歷史小說004

中國后妃公主傳奇之四

遼宮雄后——蕭燕燕

趙強・鄭軍 著

二十四番花信風

馬瑞芳

新時期以來，隨著改革開放事業的前進，外國文學思潮對中國文學有了五四以來最強烈的衝擊，帶來多方面影響。女性主義批評勃興，女作家空前活躍。基於女性體驗做特殊描寫的創作模式，如所謂「小女人散文」和私人化寫作，一度風行。塑造新的女性形象，批判男權主義或試圖（僅僅是試圖）張揚女權主義，成爲多元化文壇風景的一道特殊景觀。倘若注目在群眾中有廣泛影響的影視劇，則可以發現，中國古代女性人物如武則天、楊玉環等，簡直成了電視臺保持收視率的拿手好戲。沒有多少歷史根據的歷史人物，也能編成幾十集令人蕩氣迴腸的連續劇如《珍珠傳奇》，這是一個值得深思的文學現象。

女性，是文學的永恆話題，是文學最引人注目的話題，是隨著時代發展常寫常新的話題，任何一個時代文學的大繁榮無不伴隨著女性文學的新局面、新課題。

女性，中華民族的發展付出了艱苦勞動，在許多領域創造了不亞於男性的輝煌，但在幾千年的男權社會中女性不僅在政治、經濟生活中成爲男性的附庸，在人生角色和道德宣傳上處於「第二性」地位，而且在歷史記載和文學創作上也處於被忽略、被歪曲、被篡改的狀態。例如：驕奢淫逸的皇帝及聽命於這些皇帝的文人墨客，不但不思考男性統治者對歷史和黎民犯下的罪行，反而用「女色亡國」輕輕地爲其開脫罪名，就是最有代表性的歷史現象。古代文學中對宮廷女性的眞實的、同情性描寫是遠遠不夠的。如：幾千年的宮廷中，幾百乃至幾千女性爭寵一個男性，是絕對非人道的現象，最傑出的詩人白居易和最出色的劇作家洪升卻共同創造出「七月七日長生殿，夜半無人私語時」幾乎烏托邦式的愛情神話。深入描寫宮廷女性痛苦內心世界的藝術作品更是寥寥無幾。《長信宮詞》寫道：「奉帚平明金殿開，且將團扇共徘徊。玉顏不及寒鴉色，猶帶昭陽日影來。」寫出了一種淡淡的哀愁，且是帶有明顯同性相嫉特點的哀愁。白居易寫的《上陽白髮人》，「入時十六今六十」、「紅顏暗老白髮新」，對白髮宮人的深刻同情，可算這類作品中最傑出的。當然，《浣紗記》創造的傾國傾城、憂國憂民、復國和愛情不能兩全的動人的西施形象，唐傳奇中爲宮女的愛情付出生命代價的王仙客……都可以算古代文學描寫宮廷女性生活的鳳毛麟角之作。

中國后妃公主傳奇，是系列長篇歷史小說，這套書的寫作是在汲取某些歷史記載和傳說基礎上，張開想像的翅膀，以現代人的觀點，描寫古代歷代后妃公主的人生軌跡，以現代人的觀點闡釋她們不平凡的人生。她們的人生，是歷史的參照，是道德的啓迪，是對眞善美的謳歌，是對假惡醜的鞭撻；她們，有的有花一樣美麗的人生，有的又完全可以稱之爲「惡之花」。這套書的作者，多經過大學文史專業系統學習，有深厚的學術素養和多年寫作訓練，所寫小說構思新穎，情節曲折，人物生動，文字簡練，眾擎群舉，演義中國古代宮廷女性的人生，可以說，這套書塡補了歷史小說寫作的一項空白。

我的好友朱淡文教授是卓有成就的著名紅學家，她在臺灣出版描寫中國古代才女的書名曰《二十四番花信風》，出版社邀我爲這套書做序，特借淡文書名爲序，希望中國后妃公主傳奇能滿足讀者的閱讀期待。

一九九九年五月二十日

目錄

少女情懷

民族之戀

強扭的瓜

初入宮闈

涉身朝政

遼宋議和

20 為了儘快達成遼宋議和，蕭綽又一次讓耶律賢服從自己。克沙骨慎思的出訪，標誌著遼宋和睦交往的時期開始了。／一二四

21 很久不上朝視事的遼景宗耶律賢的突然出現，令眾大臣頗感驚異，他的一番話更讓他們震驚不已。這時，一場叛亂發生了。／一三三

左支右絀

22 當蕭綽埋頭於國內事務時，太原來的使者卻讓她陷入了沉思。女真的侵擾，使她不能西顧，而宋軍卻已經到了太原城下。／一四七

23 當宋太祖趙匡胤以為太原指日可破時，卻不知大限已悄悄將至。最終，他還是遵照母后的遺詔，把皇位傳給了弟弟趙光義。同時，也給後世留下了「燭影斧聲」之謎。／一五五

24 一次本來為了消遣的行獵安排，使遼景宗耶律賢受驚臥床。於是，皇后蕭綽又想起了韓德讓，並在他的幫助下，終於破解了父親當年的被殺之謎，為自己除去了多年的心頭大患。／一六二

窺視北宋

太原城下

30 太原城下的硝煙還沒有散盡，宋太宗趙光義已經不再沉浸於勝利的喜悅之中，他的目光又向東北方向望去。他的下一個目標是哪裡呢？／二一六

激戰高梁河

31 當大遼國皇后蕭綽正爲不知從太原撤軍的宋軍去向而感到苦惱時，南京正危在旦夕。一騎飛馬讓蕭綽從僥倖中驚醒過來。／二二五

32 宋太宗趙光義集中全力攻打幽州城（北京市），不料高梁河畔等待他的卻是失敗。一場惡戰，讓他狼狽敗逃，收復幽雲十六州的幻夢徹底破滅。／二三四

33 盛大的慶功宴會上，酒至半酣之際，蕭綽卻突然命令撤去宴席，群臣驚愕。但蕭綽的賞罰兼施，又讓群臣心服口服。／二四二

耶律賢之死

34 耶律賢的貿然南伐，韓匡嗣的剛愎自用，終於釀成了大軍慘敗。爲了自己的情人韓德讓，蕭綽從耶律賢的刀下解救了韓匡嗣。／二五一

35 連續的戰敗，使遼景宗耶律賢皇位不穩。而在射柳祈雨儀式上，又孕育著一場新的叛亂，最終讓蕭綽消弭於無形之中。突然喪子，又使蕭綽沉浸在巨大的悲痛之中。／二五九

太后攝政

運籌帷幄

取士賑民

澶淵盟約

還政歸天

少女情懷

1

在大遼國首府上京東部的烏爾吉木倫河西岸，十六歲的契丹族少女蕭綽正緊緊依偎在漢族男青年韓德讓的身邊訴説衷腸，沉浸在初戀的幸福之中。

鏡頭推向一千多年以前，聚焦在西元九六八年（遼穆宗應曆十八年）的一個夏日，艷陽融融，晚霞如畫。

在大遼國首府上京（內蒙古巴林左旗林東鎮）東部，有一條流經這裡的狼河（內蒙古烏爾吉木倫河）。在河西岸的那片潔淨的沙灘上，剛剛從水中嬉戲上岸的契丹族少女蕭綽正緊緊地依偎在漢族男青年韓德讓的身邊，傾吐著彼此心中的無限愛戀。他們談論的話題由大變小，語調從強而弱。慢慢地，他們默不作聲地體味著肌膚相親的快意。凝望著少女羞紅的臉頰，眼看著她那望穿秋水的渴求目光，韓德讓再也按捺不住感情的躁動，一把將蕭綽摟進懷裡狂熱地親吻起來。

他們沒有顧得上躲進草叢以避人耳目。

跟隨蕭綽小姐而來的丫環蓮哥見景生情，像懷揣著小兔子一樣心裡砰砰直跳，羞怯地悄悄躲到了遠處的一棵不大不小的柳樹底下，不時地投來艷羨的目光。

本來，今天是蕭小姐主動邀請男友韓公子韓德讓來這裡幽會的。她一向熱情開朗，敢想敢爲。可這會兒，她卻變得如此的被動，痴迷地接受著眼前的一切——感情的閘門驟然敞開，情欲之水奔湧橫流，縱貫全身。十六歲的少女第一次向愛神敞開了心扉，也敞開了她那尚未完全發育成熟但已經豐滿細嫩的酥胸，任憑韓公子千般愛撫、萬遍體貼。

他是貪婪的，和所有健壯的男子一樣。

她感到無比幸福，陶醉得幾乎無法自控，癱軟在沙灘上柔若無骨，如飢似渴地領受著、品味著……

眞希望太陽能永遠側掛在天空，多欲想此時此刻、此情此景會綿長永恆！

可太陽還是在他們的喘息聲中按著天規天條躲到了西山那邊，泛起的晚霞是如此美麗、如此迷人。

丫環蓮哥不知不覺地在樹下已經等了快兩個時辰。她不忍心驚擾他們。可天色已晚，確該服侍小姐打道回府啦。她向前走近些輕聲呼叫：「三小姐──、三小姐──。」

聲音柔弱細膩。

沉浸在幸福之中的蕭綽和韓德讓顯然已經聽到了蓮哥的呼叫，他們從有如夢境的甜蜜樂園中回過神來，懶懶地誰也不願作答。還是韓德讓率先攬著蕭綽的脖頸坐了起來，替她紮好了衣帶，又理了理秀髮，輕聲道：

「燕燕（她的契丹族乳名），該回去了，再晚了府上會著急的。」

蕭綽嬌嗔地噘起了小嘴，又留給了韓公子一個長長的香吻。

2

蕭綽打定主意，死心塌地地與韓公子廝守一輩子。

入夜，蕭綽睜著眼睛望著屋頂，一點睡意也沒有。她在回味著今天下午的興奮和快慰。這是她有生以來的第一次，正所謂情竇初開，也是一個少女走向成熟的質的飛躍。她在想：自己與韓公子雖然門戶相當，但畢竟是跨民族之戀。這種戀情能如願以償地演進爲婚姻嗎？

她暗自下定決心，不論遇到多大阻力，都要與韓公子死心塌地地廝守一輩子。

民族之戀

3

契丹族的起源充滿了浪漫情調，而今已蹤影難尋。達斡爾族成爲保留契丹人傳統最多的民族。

蕭綽出身於契丹族的一個大姓——蕭氏，是純正的契丹族的血統。

契丹族是我國古代東北地區的游牧民族之一，屬於東胡族的一個分支，發源於今內蒙古的東部和遼寧西部地區，過著以漁獵爲主的生活。

契丹族形成獨立民族的時間大約在東漢末年。相傳有位名叫奇首的神人騎著一匹白色駿馬從馬盂山游過土河（內蒙古老哈河）繼續向東漫游，恰巧一位仙女駕馭著青牛車走出茫茫松林，順著潢河（內蒙古西喇木倫河）漂游而下，到了兩河交匯的遼河（今同）上游，兩位神仙不期而遇。仙女羞羞答答地躲閃讓路，而奇首則大大方方地迎上前去，四目相對，彼此情投意合，結爲夫妻，生育八個兒子，後來形成相應的八大部落，繁衍生息，共同構成了契丹族。

到南北朝時期，契丹族逐漸強盛起來，並尋機南侵中原，但多次遭受重創。

唐末五代之際，中原王朝頻繁內戰，實力銳減，給邊塞民族以最佳的可乘之機。契丹族在此期間實力發展很快，終於在九一六年（神冊元年）正式建立了自己的國家——「契丹」國，民間也稱「大蕃」。九四七年（大同元年）改國號爲「大遼」。（遼在契丹語中是鑌鐵的意思，因爲契丹國盛產鑌鐵，質地堅硬，契丹人把它視爲民族驕傲，所以借用鑌鐵作爲國名）到一一二五年

（保大五年），大遼國的最後一位皇帝——天祚帝滿面羞愧，向大金國舉手投降，歷時二一〇年的大遼國宣告滅亡。

此後，契丹族任人擺布，與周邊各族人通婚雜居，漸漸喪失了獨立的民族特色。今天聚居在黑龍江省和內蒙古北部的達斡爾族人是保留契丹人傳統最多的民族，比如在狩獵豹子時披豹子皮、射殺野鹿時戴鹿頭等以便迷惑和接近野生動物，據說這都是契丹族的獨特技藝。可惜大量早期的史事已經湮沒，目前唯一保存下來的一段契丹文字是鐫刻在今陝西乾陵武則天墓前「無字碑」上的那段本不該有的碑文，現今卻成了文物價值極高的史料，有待於學者逐字解讀。

4

特殊的身世飽含著滄桑的閱歷。

蕭綽的民族本「姓」爲「述律」氏，「蕭」是她的漢姓。據說遼太祖耶律阿保機當政時十分崇尚漢朝的一統天下，景仰漢高祖劉邦的宏偉基業。他把自己比作劉邦，而把輔佐自己登臨大寶的述律家族比作漢初名相蕭何，遂賜姓爲「蕭」。

5

家境優裕的蕭綽從小聰明伶俐，倍受寵愛。父親曾觀察三個女兒掃地，判定小女兒燕燕必成大器。陷入甜蜜初戀的蕭綽選擇的白馬王子竟然是比她大十二歲的漢族青年韓德讓。

蕭綽的父親蕭思溫原名「述律寅古」，「蕭思溫」是他的漢姓漢名。蕭思溫的父親蕭忽沒里在世時，家族已十分顯貴。蕭思溫成年後，又納娶了遼太宗耶律德光之女——汧國長公主耶律呂不古爲妻，成爲蕭氏家庭的眾多駙馬之一。

契丹族有兩大主幹姓氏：一是耶律氏，號稱「國族」，人多勢眾，力量雄厚，從皇族、權貴到平民、奴僕，各階層都有；二是蕭氏，長期以來形成與皇族耶律氏對等聯姻的特殊關係，號稱「后族」。遼朝諸位皇帝的皇后、妃嬪、眾多的王妃以及公主們下嫁的駙馬，基本上都出自蕭氏。

蕭氏家族的正宗祖先是回鶻人，又稱回紇、袁紇、韋紇、畏兀兒等，與今天的維吾爾族人同宗同源。這些民族的最顯著的特徵是女性皮膚白嫩、身材勻稱肥美、面容姣好、眉清目秀，自古爲中原男性所垂涎。

蕭思溫年輕的時候在契丹男子中算是一個怪僻之人。該民族尚武之風盛行，青年男子不論貴賤，都必須學習騎馬射箭。這是生存的需要，也是對外征戰的需要。

蕭思溫不是沒有條件去完成那顯現民族特色的人生之旅，而是從心裡厭惡舞槍弄棒那一套。他對漢族先進的中原文化情有獨鍾，酷愛讀書習文，並修煉成儒雅書生，成年後被安排在官府擔任文翰之職。

蕭思溫是幸運的。他寡言少語、溫文爾雅、沉著冷靜的獨特性格爲皇族所相中，有幸從遼太宗女兒汧國長公主手中接過鮮綠的橄欖枝，成爲當朝天子的乘龍快婿，並由此官運亨通，出任大遼國南京（北京）留守，實乃主一方山水的土皇帝。

也許是懾於皇權，抑或夫妻感情篤深，蕭思溫展示給外界的是一個「鍾情郎」的形象。婚後幾年，他們相繼生了三個女兒：大女兒蕭和輦，成年後嫁給了皇族王子耶律罨撒葛；二女兒名字已經失傳，出於政治目的被迫嫁給了生性殘暴的耶律喜隱；三女兒即是本書的主人公蕭綽（蕭燕燕、蕭太后），她生於九五三年（應曆三年），比二姐小三歲。

蕭綽的降生給盼子心切的父母又潑了一盆冷水。

蕭思溫素有重男輕女的思想，可在那個時代，生兒育女自己根本無法左右。但女兒也畢竟是自己的親骨肉！蕭思溫在處理繁忙的政務之餘，看著漸漸長大的三個女兒，個個如出水芙蓉，漂亮可愛，聰明伶俐，也就淡忘了沒有子嗣的缺憾。

在三姐妹中，蕭綽可算得上是最機靈的。她秀外慧中，神采飛揚，手腳勤快，處事得體，非常討人喜歡。同樣幹家務活，同時打掃庭院清理房間，三女兒蕭綽總是幹得又快又好，博得父母的偏愛。

蕭綽在父母的關愛中一天天長大了，稚嫩的胴體芳香流溢，嬌美的容顏讓人賞心悅目，成爲遠近聞名的秀美人兒，被人們冠以「細娘」的頭銜兒。這是契丹人對蓋世靚女的讚譽之詞，用在蕭綽身上一點兒也不過分。一些有眼光的達官顯貴們沒事兒找事兒地與蕭思溫套近乎，誇獎他的女兒如何美麗，如何優秀，採用各種方式表露願與蕭思溫結爲兒女親家的眞誠打算。

蕭思溫是冷靜的。他知道女兒的天姿是最大的本錢，做父親的一定要反覆篩選，爲女兒找一個家境優裕、才貌雙全的如意郎君。

不過，他知道有個屏障難以跨越，即遼太祖耶律阿保機在位時立下的不成文的規矩——皇族耶律氏與后族蕭氏結爲世代互相聯姻的對等關係，構成嚴密的「婚姻互聯網」。

看來遼太祖和他所統治的那個時代的臣民對優生優育眞的是一無所知，甚至帶有錯誤的偏見。

蕭思溫的大女兒蕭和輦還未發育成熟就嫁給了皇族王子耶律罨撒葛。這在某種意義上也預示著小女兒難以跳出這個圈子。

流年似水，芳心萌動。

隨著又一年春草的復發和對異性的渴求，蕭綽朦朦朧朧地意識到了這一點，但她不願受此羈絆。

她在父親的直接教誨和影響下學習了許多漢族的傳世典籍、詩文樂禮，接觸到不少有修養、有權勢的漢族人，對漢族人不但沒有偏見，反而喜愛知書達理的漢族人。

蕭綽出生在大遼國的南京城，並在那裡度過了童年。後來父親蕭思溫被召回上京任職，官邸與漢族官員韓匡嗣相隔不遠。

韓匡嗣也在遼國朝廷供職，起初沒啥實權，但在漢族官員中，他算是受重用者。他有五個兒子，依次是韓德源、韓德讓、韓德威、韓德崇、韓德凝。在五兄弟中，排行老二的韓德讓尤爲出眾，英俊瀟脫，落落大方，善作詩文，通曉音律，且擅長騎馬射箭，練就了一身好武藝。

蕭思溫與韓匡嗣同爲朝官，又是近鄰，自然有些交往。尤其是蕭思溫，由於大量吸收了中原的先進文化，努力學習漢族人治國的先進經驗，對才思敏捷的韓匡嗣頗有好感。

在宋朝以前，兩性之間的清規戒律很少，男女相處享有較大的自由。特別是契丹族的女子，更大可不必把自己禁錮在閨房之中不見天日。

韓德讓來過蕭府辦事，給蕭家留下了極好的印象。蕭綽偶爾也去韓府玩耍，聽韓德讓講述漢族歷史上的典故。從盤古開天到大唐興國，從天文地理到五行占算，韓德讓都能侃侃而談，常常聽得蕭綽痴迷發呆。此後，只要有空閒，蕭綽就拉著丫環去韓府聽韓德讓講故事。

她對韓德讓佩服得五體投地。漸漸地，她發覺自己不僅愛聽韓公子韓德讓的故事，而且喜歡上了他這個人，由崇拜昇華爲愛慕，並產生了嫁給韓德讓的念頭。

爲了給增加接觸尋找藉口，蕭燕燕懇請韓德讓教她寫字作詩。

韓德讓從蕭綽的舉止表情中似乎已經感悟到了什麼。她常常眼光滯留在韓德讓的臉上久久不肯挪去，看得神馳思飛。她管韓德讓不叫老師，而叫「韓大哥」（儘管他排行老二）。

其實，韓德讓初次見到蕭綽就喜歡上了這個富有情調的契丹少女，爲她的天姿美貌所傾倒，只是不敢奢望將來娶她爲妻罷了。因爲兩個民族之間畢竟存在著難以表述的心理隔閡，並且自己要比蕭綽大出十多歲。

頻繁的接觸爲他們鋪就了滋生愛情的溫床。他們心領神會，情投意合，背著雙方父母開始私下約會，交流方式也演化爲「非語言型」的縱情表白。

在韓德讓看來，蕭綽是個火辣辣、水靈靈的可愛的姑娘，沒想到竟如此風情萬種，柔若無骨，秀色可餐。

對蕭綽而言，韓德讓屬於那種儀表堂堂、風度翩翩的白馬王子，哪曾想還這般陽剛雄烈，令人心醉。

他們的感情在迅速升溫。

他們每隔一兩天就要見上一面，可這與感情的需求仍舊相差甚遠。分離獨處的時刻，腦海裡映射的是回憶、構畫和浪漫的胡思亂想。

蕭思溫已經明白無誤地發現了女兒的隱私，但他沒有阻攔。

蕭綽心意已定。她向父親挑明了情緣，乞求父親託人做媒，把自己許配給韓德讓。

蕭思溫的確算是有修養之人。他理解並尊重女兒的感情，對韓德讓也比較賞識，只是嫌他年齡大了些。他不反對這門婚事。

於是，在雙方父母的操辦下，蕭綽與韓德讓正式舉行了定親儀式。

蕭綽心裡是甜蜜的。她可以名正言順地與心愛的人待在一起，不必再遮遮掩掩啦。她認爲將來能與韓大哥相伴終身是今生今世的最大幸福。

韓德讓更是快慰的。他爲自己能娶到如花似玉、善解人意的蕭家三小姐而慶幸不已。他們興奮至極，在郊外的那片樹叢中精心選擇了一處十分隱蔽、既不潮濕、又避風寒的好地方做爲「情感交流根據地」，釀造著愛的濃情蜜意。

他們陶醉了，再邁一步就跨進了婚姻的大門。順著前行的方向，瞭望婚禮的殿堂，世界竟是如此美妙，人生竟是這般幸福！

但是，情緣未盡。在他們的感情生活中，驟然間又颳起了風暴，把他們吹到了婚姻之旅的三叉路口，而且只能各奔東西。

這一強行干擾來自於契丹族的最高領導層，來自於大遼國的第五任國君——遼景宗耶律賢。

強扭的瓜

6

新登基的遼朝第五任皇帝——景宗耶律賢，從內心裡感激當初擁立有功的蕭思溫，也瞄上了他那如花似玉的三小姐。

蕭綽與韓德讓的感情是純潔無瑕、經得起考驗的。但他們訂立的婚約並沒有支起保護傘，因爲它對金口玉言的最高統治者來說不具有任何約束力，包括法律、習俗。這是改變蕭綽命運的根本原因。

蕭綽由於大遼國而名垂史冊，大遼國也因爲蕭綽（即後來的蕭太后）而增色不少。

從太祖開基到耶律賢入殿，遼國已有四位皇帝先後登場，即太祖耶律阿保機、太宗耶律德光、世宗耶律阮、穆宗耶律璟。前三位對拓展遼國疆域、壯大實力、建章立制都做出了不可磨滅的貢獻。可是穆宗上臺以後則開始了昏庸殘暴的統治，處事毫無章法，隨心所欲，把國家大事統統置於腦後，只顧個人享樂。他喜歡遊戲宮女、狩獵和殺人，常常通宵達旦地聚宴狂飲，白天則昏睡不醒，國人稱之爲「睡王」。他在位十九年，把遼國搞得怨聲載道，終於在九六九年（應曆十九年）遇刺身亡。

此時的蕭思溫已是朝中頗有影響力的重臣。他最先得知穆宗被弒的消息，就串通女里、高勛、韓匡嗣等另外幾個大臣，擁立遼世宗的次子（穆宗的養子）耶律賢登基繼位，這就是我們要重彩塗抹的遼景宗。

懷著對蕭思溫的感激之情，遼景宗耶律賢對其崇敬有加。耶律賢是個明白人。他深知，如果不是蕭思溫等朝廷要員的鼎力支援，他耶律賢是不會有今天的。他很佩服蕭思溫的才能，登基後立即委以重任，不久又任命蕭思溫爲北院樞密使，使其成爲「一人之下，萬人之上」的實權派人物，擁有統兵、治民和理財三重大權。

沐浴皇恩的蕭思溫更顯春風得意，趾高氣昂。

一天，蕭思溫上朝理政，碰上幾位大臣正在爲新皇帝議婚選妃。他們並沒有迴避蕭思溫。蕭思溫沒有插言，默不作聲地悄悄走開了。

蕭思溫很敏感。

按常規，皇上選妃不出蕭氏家族。這回會不會例外，會不會選到自己門下？三個女兒都算是姿色出眾，男人們見了都自然而然地會多看上幾眼。大女兒已經出嫁，顯然不在考慮之列。二女兒和三女兒還閨閣待嫁。只不過三女兒選好了如意郎君，且公開舉行過定婚儀式，不應反悔。如果皇上能看中二女兒，那是再好不過的事情，非但自己成了當朝國丈，一世榮華，整個家族也有了富貴的保障。只可惜二女兒的容顏不及三女兒燕燕那樣艷麗迷人。

蕭思溫猶疑不定。他總有一種預感，實際上已經考慮到了有可能出現的情況。

果然不出所料。

沒過幾天，遼景宗耶律賢便派人向宰相蕭思溫轉達了皇上的旨意，準備納娶蕭思溫的三女兒蕭綽貴妃。蕭思溫且喜且憂。

7

耶律賢在宴會上巧遇蕭綽，打定主意要扭下這個嫩瓜。

新上臺的皇帝耶律賢是在登基前的一次契丹族的傳統節日上見到蕭綽的。該節日由蕭氏家族作東，專門宴請皇族耶律氏成員，每年一次。那時，耶律賢還是一個普通的王子，還沒有當皇帝。因為他身體瘦弱，相貌平平，舉止拘謹，並不引人注目。可是當他瞧見光艷照人的蕭綽以後，便立即被她的美貌所傾倒，貪婪的目光始終盯著蕭綽那張俊俏誘人的臉龐和曲線柔美的身材，產生了強烈的佔有欲，只是苦於缺乏膽量，也找不到合適的機會與蕭綽單獨接觸，表白心意而已。

蕭綽自從與韓大哥韓德讓訂婚以後，左看右看就覺得韓大哥完美無缺，不論身材、長相、氣質還是風度，樣樣得體，簡直就是想像中的白馬王子。這種至善的感受和獨有的情思使蕭綽視其他追求者為糞土，只鍾情於韓德讓一人。

在這次宴會上，在她招惹來的那些異性的各色目光中，也曾幾度與耶律賢四目相對過。她對他不屑一顧，顯示出盛氣凌人的女性所特有的傲慢。

自那以後，耶律賢開始打蕭綽的主意了，後來他聽說蕭小姐已經名花有主，心裡好一陣子懊惱難過。

而如今，耶律賢是說一不二、為所欲為的皇帝了，可以排除一切阻力來滿足私欲。事實上，他正是這樣幹的。

8

聞聽婚變的蕭綽和韓德讓肝腸寸斷，痛不欲生。

蕭思溫非常愼重。他知道三女兒聰穎賢慧，美貌傾城，進宮後十拿九穩能當皇后，甚至能在一定程度上籠絡住景宗耶律賢，協助他治國治民，確保蕭氏家族長久興盛。可他也意識到這件事的難度和麻煩。他瞭解燕燕與韓德讓的感情，不忍心拆散他們，棒打鴛鴦。再說，如果燕燕耍起脾氣，堅決不從，該怎樣收場？強行逼迫會不會把女兒逼上絕路？

想到這些，蕭思溫感到心煩意亂。

他明白，不論女兒願意與否，君命不可抗拒。只要皇上不改口，他們蕭家父女就只有服從的道理而無推拖的權力。

蕭思溫把這一消息委婉地告訴了女兒。

蕭綽吃驚地望著父親那表情肅穆且又蘊藏著愁絲的面孔，啞口無言，面色發呆，淚水奪眶而出，撲簌而下，繼而嚎啕大哭。她知道父親話語的分量，更懂得這將意味著什麼！

父親沒有再說什麼，也沒有安慰她，低著頭心事重重地慢步離去。

蕭綽呆呆地站在房間裡默默地流淚。她知道這不能怪罪父親，一個勁地抱怨這個混賬皇帝爲什麼偏偏看上了自己？天下美女千千萬，他耶律賢怎麼能忍心拆散一樁恩愛美滿的姻緣！

蕭綽當天沒吃晚飯，躺在床上整整哭了一夜，濕了枕巾，紅了眼窩，也腫了眼皮。

第二天，她仍舊臥床未起。韓德讓在他們幽會的老地方空等了一回。

丫環蓮哥心疼地開導小姐：

「這是命裡該著，是沒辦法的，也不是咱家老爺能私自做主的，就是韓公子也不會埋怨你的。再說能被皇帝選進宮又不是什麼壞事兒，有多少姑娘把頭削個尖要往宮裡擠還擠不進去呢？……」

蕭綽不願意聽丫環的這番話。可丫環說得句句在理，並沒有講錯，也不該批評人家。

蕭綽在想，不論如何，也得把眞實情況告訴韓德讓。

她想叫丫環蓮哥去約韓公子立即見面，丫環說：

「天色已晚，大門也上了鎖，家人不放心，不會讓小姐出去的。」

她好不容易又熬過了一夜。

天亮以後，蕭綽打發丫環早些去約韓公子，上午到老地方會面。

一見到韓德讓，蕭綽便一頭撲進韓德讓韓大哥的懷裡放聲痛哭。

韓德讓驚慌失措——燕燕這是怎麼啦？受了什麼委屈了呢？

「燕燕，哭什麼呢，快告訴我！」韓德讓關切地催問。

丫環欲言又止，她害怕在這種場合多嘴會惹出麻煩，只顧低頭擺弄著手指。

蕭綽仍舊在哭。

終於，她停歇了一下，帶著疲憊憂傷的神色，眼淚汪汪地、一字一頓地把情況告訴了心愛的韓德讓。

韓德讓從剛才蕭綽不停的哭聲中以及丫環蓮哥的反常表現裡已經有一種不祥的預感，可他沒想到事情會來得這麼突然、這麼嚴峻、這麼不容分說！他眞像當頭挨了一棒，昏昏無語，面色蒼白。

他是一個有個性的人，也有一些小脾氣，但今天他沒有發作，他也不能發作，他向誰去發作呢？他強行控制了自己的情感，可怎麼也管不住自己的眼淚，任憑它奔湧而出。

這一次，他們沒有親昵。

韓德讓只顧摟著已哭成淚人的蕭綽呆呆地坐在那裡，直到日落西山，又勉強支撐著把她抱上了馬背，一聲不吭地目送著丫環牽馬前行，淚水再次模糊了他的視線。

9

感情眞摯的蕭綽執意要把貞操獻給心愛的韓大哥，可韓德讓左右爲難。

從皇宮裡傳來的風聲一天比一天緊。蕭思溫不得不考慮女兒與皇帝的大婚了。

蕭綽知道事到如今已無法改變了，聯想到即將開始的高牆灰瓦、爭風吃醋的苦悶生活，心裡就煩躁不止。

皇宮不大，但庭院幽深。此去恐怕一輩子再也見不到韓大哥啦，這將給韓大哥帶來了多少愁怨和憂傷啊！

她根本就不喜歡遼景宗耶律賢，更談不上愛他，尤其瞧不起他那只顧私欲的德行。與這種人捆綁在一起生活一輩子，能有什麼樂趣呢？她決定把自己的眞愛、少女的貞操獻給心愛的韓大哥！

蕭綽著意把自己打扮得漂漂亮亮，派丫環去邀韓德讓赶赴她婚前的最後一次約會。

還是在那片樹叢中，蕭綽六神無主地坐在那裡等待著韓大哥的到來。

三月的風，寒氣逼人，可蕭綽還是情不自禁地敞開了衣襟。

韓德讓很冷靜。他從內心深處、從靈魂深處深深地愛著蕭綽，更理解蕭綽對自己的感情。他不想，也不敢放縱自己，因爲在蕭綽的火熱情懷下，鋼鐵也會被其銷融！

他輕輕撫慰著蕭綽滑嫩的上身，輕聲說道：

「燕燕，我知道這不能怪你，我不怨你，怨就怨我們沒有緣分，怨我韓德讓無能、沒福氣！皇上相中你是對的，因爲你是天下最完美無缺的女人。這不是你的罪過，也不是皇上的罪過，而是我韓德讓福薄命淺。我們都是皇帝的子民，怎敢爲了兒女情長而敗壞了聖上的名聲。我不是不想要你，我多麼想得到你啊。可是，一旦皇上發覺了你不是處女身，後果會怎樣呢，你想過了嗎？我不能啊，我的燕燕！」

說到這裡，韓德讓已泣不成聲了。

他們相擁而哭。

良久，蕭綽拉著韓德讓的手在自己肉體的各個部位滑動，喚醒了韓德讓的強烈欲望和渴求。

一陣銷魂般地親熱。蕭綽用她輕巧的朱唇幾乎吻遍了韓德讓的周身。

這是他們極度眞誠的感情交融，也是蕭綽在大婚之前送給韓大哥的最厚重的情意、最長久的吻別。

10

特殊的婚禮塑造了一個非凡的女性，也展示了她獨特的風采。

蕭綽與遼景宗耶律賢的婚禮正在緊張有序地準備之中。他們的吉日良辰選擇在九六九年（保寧元年）的三月，即耶律賢登基的當月，具體是在哪一天，歷史上沒有留下詳細的記載。

契丹族的婚禮有一項必不可少的內容——賽馬。不論王公貴族還是平民百姓，新郎新娘都必須經過這一程式，甚至皇帝也不例外。

蕭綽與耶律賢的婚禮賽馬儀式選擇在國都上京郊外的一片開闊的草原上。皇家龐大的迎親隊伍把蕭綽接到了這塊人聲喧鬧的草原。這裡人群如雲，都在翹首以待，還有大批的侍從、蓄意捧場的官員，也有專程趕來看熱鬧的尋常百姓。

當蕭綽從輦車中一露面，便博得了眾人的驚叫和讚嘆。人們議論紛紛——眞不愧是草原上的「細娘」。也不知道人家的父母是怎麼養的，從模樣到身材，簡直無可挑剔，就連走路的姿勢也那麼好看。

守護在皇帝身邊的大臣和侍從們已經爲新郎新娘準備好了兩匹身姿健美的棗紅色駿馬。按照賽馬規則，新郎新娘同時起步，騎馬向同一方向奔跑，如果新郎騎術不高，掉下馬來或落到新娘後面，那可就有熱鬧看了，新娘必須用馬鞭抽打新郎，叫做「打新郎」。至於怎麼個打法，打哪個地方，則完全由新娘把握分寸。如果她喜愛新郎，可以象徵性地輕打背部或下肢，這時眾人會起鬨逗樂子。如果她不愛新郎，那就慘了，很可能動眞格的使勁來上幾鞭，直到新郎低聲下氣求饒爲止，警示他在婚後的生活中俯首聽命。相反，如果新郎贏了，則是理所當然的事情，就不享有打新娘的權力。其實，即便是給男人們這種權力，又有幾人能捨得抽打即將過門的嬌妻呢？

了解底細的人都知道，耶律賢的騎術不敢恭維，而蕭綽倒是技藝高超，料定今天會有一場好戲。

蕭綽沒有順著觀眾的思路去做，她覺得今天不是表現自我的場合，也沒有那個興致，因爲她面對的是一國之主！她必須要留給他足夠的尊嚴和面子！她始終控制著馬速，一直尾隨在耶律賢身後，一步也不曾超越。想看熱鬧的人總覺得不過癮，也猜出了蕭綽的良苦用心。

11

婚後的蕭綽始終擺脫不了韓德讓的身影，也品嘗了婚姻的苦澀。

婚禮過後，蕭綽已由先前一個純潔如玉的姑娘搖身變成了皇帝的貴妃。

新婚之夜的蕭綽心裡極度矛盾、煩躁而痛苦。她無法擺脫過去與韓德讓相親相愛的場景，睜眼閉眼，腦子裡都是韓德讓的身影。她壓根兒就不喜歡耶律賢，甚至到現在也沒產生多少好感。她儘量調整心態，強裝歡顏與具有無尙之尊的耶律賢做愛。

每當耶律賢筋疲力盡地獨自睡去的時候，蕭綽就更加思念與韓德讓韓大哥在一起的快慰與甜蜜。她責怪韓大哥爲什麼不肯佔有被她視爲無價之寶的純情少女的貞操。

事到如今，她也清清楚楚地知道，無論如何，自己必須好好善待皇上，讓皇上滿意，因爲這不僅關係著自己的生死存活，而且決定著韓大哥的命運，決定著蕭氏家族的榮辱興衰。否則，一切都可能化爲泡影。

12

蕭綽把「燕燕」一稱看作是韓大哥的專利，示意耶律賢稱她「蕭綽」，可耶律賢死活不肯改口。

前不久剛剛接受萬民擁戴的遼景宗耶律賢如今又蒙新婚大喜，精神抖擻，神采飛揚。他對新婚燕爾的蕭綽非常滿意，馬上封她爲「貴妃」。

爲了表示親昵，耶律賢起初也稱呼她的小名——燕燕。她討厭聽到從耶律賢口中吐出的這兩個字，覺得世上只有父母和韓大哥才有資格這樣叫她。她要把這一稱呼作爲韓大哥的專利珍藏在心底，不允許耶律賢使用「燕燕」這個聖潔的名字。另有一次，耶律賢又在親切地叫她「燕燕」。蕭綽借機申辯道：

「聖上，臣妾又不是小孩子，怎麼還叫乳名呢？是不是聖上瞧不起賤妾呀？再說，臣妾現在已經是陛下的貴妃，要母儀天下，還要面對那麼多的漢人。以後陛下就叫我漢名蕭綽好嗎？這是我最喜歡聽的。」

遼景宗耶律賢樂呵呵地滿口應承：「好、好，我的小乖乖！」可實際上，他根本就沒想改，也的確沒有改口，因爲他覺得還是叫小名親切，聽「燕燕」兩個字也很順耳。蕭綽看他不肯更正，又不能翻臉，只好順其自然了。

初入宮闈

13

走進深宮的蕭綽，念念不忘的仍是韓德讓。可入宮前，父親那語重心長的教誨，卻又讓她不得不接受這一現實。

今天是蕭綽入宮的第五天了。

當晨曦還沒有透過窗櫺射進來的時候，蕭綽早早地就醒了過來。

這些天裡她是在痛苦的煎熬中度過的。當然不可否認，皇上對她還是格外垂青的，接連四天每晚都要臨幸她的寢宮。望著其他嬪妃那妒火四射的眼光，並不愛皇上的她，心中竟然升起一絲絲隱隱的得意之情。可這種感覺卻常常又令她很困惑，自己並不愛這個皇上，怎麼會有這種感覺呢？難道女人都是水性楊花嗎？不，我絕對不是那種女人，這也不是水性楊花！蕭綽在心中對自己這種奇怪的想法努力地做著否定。

她扭頭看了看身邊歡愉過後已沉沉睡去的皇上，腦海中卻又浮現出與韓德讓情投意合、恩愛纏綿的一幕幕情景，令她揮之不去。

恍惚間，蕭綽彷彿是與韓德讓依偎在一起……

忽然，蕭綽的手摸到了一個光禿禿的頭顱，才把她從對往事的遐想中驚醒過來。

可以說耶律賢在契丹青年男子中並不算醜，可是在蕭綽的眼中，只有韓德讓才是最優秀的男人，那顧盼飛揚之間的倜儻風流、俊逸瀟灑無人能出其右，更遑論這個病懨懨的皇上呢？

蕭綽看著熟睡中流著涎水的耶律賢，不由得皺了皺眉頭。突然，幾天裡一直在恍惚中生活的她恍然大悟般地痛心起來。

自己竟然跟身邊這個醜陋的男人一起生活了四天，天哪，難道自己眞的要跟他生活一輩子嗎？

可事實上，自己正跟這個男人躺在同一張床上。蕭綽知道自己已經無法拒絕，也無法改變這個事實了。一入皇宮深似海，與韓德讓的婚姻之約是無法踐諾了。

想到這裡，蕭綽不由得長嘆了一聲，又回憶起入宮前那天晚上父親那語重心長的話語。

那是她臨出嫁的前一天。

北院樞密使蕭思溫的府邸張燈結綵，熱鬧非凡。僕人們出出進進，正在爲第二天三小姐的婚禮大典進行準備。

蕭思溫正在前廳招呼著前來賀喜的同僚親朋，臉上洋溢著止不住的得意神色。

「老爺。」丫環蓮哥快步走到蕭思溫身邊，俯在蕭思溫耳邊低語了幾句。

蕭思溫的滿臉喜色頓時消失，但很快又恢復平靜，站起身拱手道：

「各位大人，請稍坐，家裡有點小事，我去處理一下。」說完，蕭思溫轉身進了後堂，怒氣沖沖地向後院走去。

在蕭綽的繡房門外，圍了一大堆人，幾個梳頭娘和丫環們拍著房門道：「三小姐、三小姐，快把門打開，喜日子馬上就到了，還要梳洗打扮呀。」

在門口，蕭綽的大姐和二姐也急得團團轉。

蕭思溫來到門前，大姐蕭和輦忙喊了一聲「爹，三妹她……」

蕭思溫擺了擺手，梳頭娘和丫環們見到老爺來了，急忙住嘴，閃在一邊。

蕭思溫拍著房門，急聲道：「燕燕！燕燕！是爹，快開門！」

蕭綽正坐在床邊暗自垂淚。

幾天前，她還在設想著嫁給韓德讓之後兩情相悅的情形。可是萬萬沒有想到，由於父親的擁立之功，卻給自己帶來了入宮陪王伴駕的「噩運」，自己對美滿姻緣的夢想被徹底擊碎了。這幾天她茶飯不思，一想到要離開韓德讓，就忍不住一陣痛哭。剛才梳頭娘和丫環們要給她梳妝打扮，也讓她給轟了出去。

聽到父親的敲門聲，蕭綽哭道：「不嫁，不嫁，我死也不嫁。」

蕭思溫聽後，沉思了一下，揮了揮手，梳頭娘和丫環們全都退了出去。

蕭思溫隔著房門道：「燕燕，你真的不嫁嗎？你這不是要爹爹、要我們全家的性命嗎？燕燕，聖命不可違。燕燕，難道你真的就這麼狠心，讓我們全家都被處死嗎？唉，燕燕，爹爹求求你了……」

聽著父親的哀求，蕭綽終於坐不住了。她打開房門，撲進了父親的懷裡，嚎啕大哭起來。

蕭思溫抹去蕭綽腮邊的淚珠，拉著她的手坐到床邊。

蕭思溫端詳著愛女，看著她日漸消瘦的面龐，也忍不住老淚縱橫。

對於女兒心目中的韓德讓，蕭思溫是非常了解的，這是一個少年老成而又智謀過人的年輕人，有治國安邦之才，又知書達理。自己正是看中了韓德讓這一點，才把燕燕許配給他，可是誰能料到，一道聖旨，卻拆散了女兒心中的美滿姻緣。

看著女兒那滿臉酸楚之色，蕭思溫不由得長嘆一聲道：「燕燕，爹爹知道你心裡在想什麼，是不是還在想韓德讓？唉，這也是沒有辦法的事，我們蕭氏歷來就是契丹的國舅族，看來你也逃避不了這個命運。燕燕，認命吧。要知道違抗聖旨是要全家抄斬的，你要為咱們全家考慮考慮呀。」

蕭綽聽到這裡，漸漸地止住了抽泣聲，只是幽怨地嘆了一口氣。

蕭思溫看到女兒平靜以後，話鋒一轉，「燕燕，單是為了咱們這個家，為了咱們蕭氏家族，也為了你自己，你也得高高興興進宮去。」

蕭綽聽到父親這麼說，大惑不解，不由得睜大了眼睛看著蕭思溫。

蕭思溫喝了一口茶，接著說道：「燕燕，我們家自太祖之時就位居高官顯爵，世世殊榮，但到爹爹這一代，也直到現在才官到侍中，眞是愧對先人啊。」蒼涼的語氣中滿含鬱悶之情。

蕭思溫又說：「這一次我恰逢扶助皇上即位，得以遷升至北院樞密使，皇上又垂青於你，要把你招入宮中，這不正是我們家族重振旗鼓的良機嗎？現在皇后之位是虛位以待，你入宮之後就是貴妃，憑你的才智和美貌，當上皇后也只不過是探囊取物。你平常不總是不服氣你大姐嫁給太平王，發誓你將來一定要嫁個更強的人嗎？這回你要是當上了皇后，不就遂了你的心願了嗎？」

蕭綽靜靜地沉思著。

蕭思溫知道女兒已被勸動，就不再言語了。

蕭綽思慮良久，毅然道：「既然已經這樣，我就認命了。」說完頹然地低下了頭。

蕭思溫忙又道：「燕燕，你不要以爲當耶律賢的皇后會很清閒。」

「怎麼，我還會爲他去拈酸吃醋嗎？」蕭綽撇了撇嘴。

蕭思溫笑了笑道：「我說的不是家務事，而是指國家大事。」

「國家大事？」

「對，你看，皇上文弱多病，懦弱有餘，卻又果敢不足，身邊正缺一個輔佐朝政的人，如果你當上皇后，不就正好能趕上這個機會，而如果大權旁落，恐怕就會生出肘腋之變，所以，還是由你來輔佐皇上最好。燕燕，你從小不就對代兄著書的班昭、代父從軍的花木蘭心存敬佩，幻想能像男子一樣建功立業嗎？現在，這難得的機會來了，做一個像應天后（太祖耶律阿保機的皇后）那樣的人。燕燕，你想一想……」

……

蕭綽從沉思中回過神來，看了看身邊還在沉睡的皇上，心中不免又產生了一絲愧疚之情：進宮幾天了，沒有給皇上露過笑臉，不過皇上對她倒是眞好，很是溫柔體貼。事已至此，只好盡一個皇妃的義務了，讓皇上開開心。

想到這裡，蕭綽悄悄地從龍床上爬了起來，穿上了衣服。耶律賢早上醒來，一摸身邊發現蕭綽已不見身影，正大感詫異。

忽然，蕭綽從門外走了進來：「皇上，睡醒了，請陛下先洗漱更衣。」

耶律賢見幾日來愁雲密布的蕭綽頭一天綻開了笑容，也覺得心情舒暢。他高興道：「燕燕，怎麼今天有笑臉啦？不再想家啦？」

蕭綽見耶律賢如此善解人意，忙就勢點了點頭，佯羞道：「皇上又取笑臣妾了。」

耶律賢穿上衣服，洗漱完畢後，蕭綽親手把早膳端了過來。

「陛下，請嘗嘗臣妾親手爲您做的早餐。」

耶律賢眼睛一亮：「你還會下廚？」

蕭綽羞紅著臉，低下頭道：「請陛下品嘗後再說。」說著，打開了蓋碗。

耶律賢一看，只見紅紅綠綠，色彩斑斕，煞是好看，只是不知道是什麼。

蕭綽道：「這是素炒菜心，這是燒炙牛肉條，這是鴨掌羹。皇上，我們大遼不僅僅有草原、沙漠，還有南京（北京市）那麼繁華的都市，因此我想讓陛下也嘗一嘗漢人的飲食，換一換口味，這還是我在南京學的呢。」

耶律賢聞著那濃郁的香味，不禁食欲大開，連連點頭道：「不錯，不錯。」很快風捲殘雲般地將這精美的菜肴一掃而光。吃完之後，才想到蕭綽還沒有吃。他愧疚地望了望蕭綽，說道：「今天的菜太好吃了。」

蕭綽笑了笑，說道：「陛下，只要您愛吃，我以後就還給你做。」說完，又出去端了一碗鹿肉糜粥進來。

耶律賢這頓早餐吃得眞是香甜異常。他望著蕭綽那嬌嫩欲滴的臉龐，不禁搖頭道：「燕燕，沒想到，你還有這麼一手。好，傳旨御膳房，今後也要給我做一些漢人的飯菜，沒想到漢人的飯菜這麼好吃。」說完，他還意猶未盡地咽了一口唾沫。

蕭綽看了看耶律賢道：「陛下，是不是該上朝理事了？」

耶律賢剛才還興高采烈的樣子，聽到蕭綽的話反而變得鬱鬱不樂起來。

「皇上，怎麼了？」蕭綽關切地問道。

「我剛即位時，我的那個堂叔耶律罨撒葛，對了，就是你那個大姐夫，就對我不滿，叛亂不成，逃到了沙陀，現在又回來了，我眞不想見這些人。這些人見我當上了皇帝，就十分不滿。我一處理什麼事，他們就指手劃腳，全然不把我放在眼裡。唉，當個皇上眞難啊。」

看著這個皇上，蕭綽感到可笑。她沉思了一下道：「皇上，我認爲該見還是得見，不然不是讓他們更加猖狂得意了嗎？況且，也沒有這麼當皇帝的，怎麼會怕見臣子呢？傳出去多不好聽呀。」

「唉，我何嘗不知道這個道理，可是我一宣布什麼決定，這幫人就雞蛋裡挑骨頭，讓我幾次都非常難堪，你說怎麼辦？」

蕭綽漲紅了臉，遲疑道：「皇上，朝中大事，我是不應該亂插嘴的。」

耶律賢擺手道：「這有什麼，你幫我出一出主意，管他們別人怎麼說。」

蕭綽笑了一下道：「陛下要是處理朝中大事也有這個想法就好了。」

耶律賢聽了，不好意思地笑了一下，說道：「你有什麼主意，快說。」

蕭綽擺弄著手中的手帕，緩聲道：「皇上剛剛即位，朝中大臣必分三派，一派是擁立你的；另外一部分，包括那些親王在內，都是有些不服氣的；還有一幫人則是中間派，哪邊勢力大他們就會倒向哪邊。我看那些不服氣你的人，一是要權，二是要錢，你就不妨加封他們爵位，賞他們財帛牛羊，看看這樣他們對你的決定是不是還說三道四，也好穩定一下他們不滿的情緒。」

「對，好，我看這個主意好。」耶律賢興奮地搓著手道。

「另外，」蕭綽接著說道，「對那些擁戴你的大臣，也要加官晉爵，尤其是要讓他們掌握實權，不要讓這些權力落到反對你的人手中。這樣，大權牢牢地握在手中，那別人就不會也不敢指手劃腳、說三道四了。陛下，你看這樣行嗎？」

耶律賢沒有說話，只是抬起頭，注視著蕭綽那艷麗的面龐。

蕭綽急道：「陛下，你怎麼了？說要我出主意，現在卻又不說話了，是不是我說錯了？」

這時，耶律賢噗嗤一笑道：「我的燕燕，沒想到你還這麼有智謀。行，我的身體不好，你就負責幫我處理政務吧，外有你父親手握大權，再加上你在旁協助我，一定會保我皇位永固的。」

不久，耶律賢進封太平王耶律罨撒葛為齊王，改封趙王耶律喜隱為宋王，封耶律隆先為平王，耶律稍為吳王，耶律道隱為蜀王，耶律必攝為越王，耶律敵烈為冀王，耶律宛為衛王，從而安撫住了這些難對付的親王們，同時又任命蕭思溫以北院樞密使兼任北府宰相，封南院樞密使高勛為秦王，使本來動盪不安的內政稍稍平穩下來。

14

萬人空巷的上京，正在舉行冊封皇后大典的儀式。可一騎飛馬帶來的戰報，迫使這場大典不得不草草收場。皇上驚厥倒地，而蕭綽的表現，卻讓所有人驚訝不已。

六月的上京，春意盎然。

大街小巷，人們處處在談論著，北院樞密使兼北府宰相的女兒，剛剛入宮僅兩個月的蕭貴妃，馬上就要被冊封爲皇后了。

在上京城裡，人們早就在傳說著北院樞密使的三女兒不僅楚楚動人、艷麗多姿，且又冰雪聰明，是契丹族內有名的美女，如今嫁入皇宮又要被封爲皇后，自然成爲人們街談巷議的話題。

這一天正是舉行冊封大典的吉日。

由於舉行皇后冊封儀式的端拱殿正在修繕，蕭綽建議，在皇城的午門前舉行這場盛大的冊封典禮，以此來表示君主與民同樂。耶律賢接受了這個建議。

上京的人們聽到這個消息，一個個奔相走告，都相約前往午門前觀看冊封皇后的典禮，一睹久已傾慕的契丹族這位有名的美女的風采。於是，人們呼兄喚弟，招朋引友，向皇城的午門前蜂擁而去。

在上京的皇宮前，牧民和漢民們都來到了這裡，擠得人山人海。大家屏住了呼吸，眼睛一眨不眨地盯著皇宮的大門。

突然，有人喊道：「開門了，出來了。」

只見宮門打開，從宮內迅速地跑出了一隊手持刀槍的禁衛軍，把擁擠到宮門前的人群趕到後面，布起了防線，從而在午門前圍出一塊一百丈見方的空地。

這時，只聽景陽鐘龍鳳鼓敲響起來，從戒備森嚴的宮門裡首先出來的是四位手持大毒縣旗的契丹武士，一個個精神飽滿、盔明甲亮、腆胸疊肚地走在了隊伍的前面。緊接著，十二名衛士手持金瓜和銀鉞排兩行縱隊也依次從宮門裡走了出來。在他們的後面，有八名宮女手執拂塵和玉如意分列兩側。

然後，從宮門裡又走出了八十名衣甲鮮亮的武士。他們抬著一個巨大的紅色步輦，又叫大鳳輦，在輦頂上飾有一個巨大的金鳳，在步輦的四周飾有行雲和金鳳，看上去富麗堂皇。

十七歲的蕭綽坐在華麗的彩輦上，微笑著向圍觀的人們揮手。

圍觀的人們馬上高呼：「皇后千歲，千千歲！」

大鳳輦停下後，蕭綽從鳳輦的銀梯上走了下來，緩步走上鋪好的紅地毯。

今天的蕭綽一身盛妝，少女時髡去的額頭邊沿的頭髮又冒出了細微茸毛，被戴著的鳳冠遮掩了大半，雙耳戴著徑寸大的金耳環在微風的吹拂下搖晃著，項中戴著一個精心打製的金瓔珞圈，身穿絡縫紅袍，站在紅地毯上。

文武大臣及命婦們隨後走出宮門，依次站在蕭綽的兩側。最後，耶律賢坐著輿車也來到午門前。

這時，宮樂大作。蕭綽在一個厚厚的氈褥上坐了下來。

耶律賢將皇后寶冊交給隨侍在輿邊的侍中。

侍中緩步走到蕭綽面前，高聲道：「聖旨到，貴妃蕭綽接旨。」

蕭綽起身跪下連拜四下，旁邊的文武大臣及其命婦也都跪下叩拜。

侍中宣道：「大遼天贊皇帝詔曰：冊立后族蕭綽貴妃為皇后，授給皇后寶冊，欽此。」

蕭綽及文武大臣和命婦們再次跪倒叩頭道：「謝皇上恩典。」隨後，蕭綽起身，坐回到氈褥上。引讀冊官手捧皇上寶冊緩步而來，在蕭綽面前跪下，把皇后寶冊放在蕭綽座前的冊案上。

耶律賢坐在輿車上，微笑著看著眼前的一切。

此刻正是舉城歡慶、萬民沸騰之時。

這時，忽然聽得遠處傳來了一陣急促的馬蹄聲，只見從上京的南門方向，一匹紅馬像離弦的箭一樣直奔到正在舉行冊封大典的午門前。

正沉浸在歡慶之中的人們和朝臣們疑惑地望著飛馳而來的戰馬，不知道發生了什麼事情。騎馬的使者看到皇宮門前正在舉行盛大的典禮，急忙勒住馬韁。可是疾奔如飛的戰馬仍然沒有止住腳步，還是衝進了圍觀的人群，引起了一陣不小的騷亂。

使者遠遠望到皇上的輿車，急忙滾鞍下馬，向遼景宗耶律賢的輿車膝行過去。到輿車前，迅速從身上解下背囊，取出書信，雙手呈上，舔了舔乾裂的嘴唇，嘶聲報告：「陛下，奉援漢大將軍之命，有緊急軍報稟告陛下。」

耶律賢也顧不得君臣之防，不等侍衛遞上來，就探下身去一把從使者手中抓過呈送的信件，展開一看，頓時臉色煞白，咕咚一聲仰身倒在車上。

這一突如其來的變故讓正沉浸在喜慶之中的王公貴族和文武官員們一個個呆若木雞，圍觀的人群也騷動起來。

眾人不知所措，還是蕭綽機敏，馬上拿出皇后的架勢，快步走上皇上的輿車，扶起耶律賢，高聲道：「南院樞密使高勛。」

「臣在。」高勛快步趕到。

「馬上結束大典。請你把大典現場清理一下，然後和上京留守韓匡嗣率本部人馬戒嚴全城，不許任何人走動出入。」

「臣遵旨。」高勛立即轉身去會同韓匡嗣負責戒嚴事宜。

「蕭思溫。」

「臣在。」

「請你帶禁軍立即把聖上送回宮去，並負責戒嚴皇宮，不許任何人出入。」

「遵旨。」

看見父親離去的背影，蕭綽的眼睛不由得濕潤了。自從入宮以後，父女之間的感情就被君臣之間的界限所隔斷。蕭綽不知道以後還有沒有機會孝敬父母了。

這時，侍衛問道：「皇后，我們怎麼辦？」

蕭綽看了看懷中抱著的耶律賢，毅然道：「馬上回宮。」

於是，一次轟轟烈烈的盛大典禮就這樣草草收場了。

望著遠去的車隊，觀禮的王公貴族、文武大臣及百姓們一個個都驚詫不已。在他們的心目中，蕭綽果敢機智，是一個了不起的女人，一個了不起的皇后。

那麼，到底發生了什麼麼事情呢？

原來，自從「睡王」遼穆宗被殺以後，遼景宗耶律賢初登皇位，北宋朝廷就想利用遼國新君即位，無暇南顧之機，準備一舉而下太原府。

三月，宋朝的都城開封。

這裡不同於塞上的草原風光。三月的時節早已經是春色滿城，人們都紛紛除去冬裝，享受著冬天難以遇到的陽春的溫暖。汴河也開始了它繁忙的航運。到處是一片歌舞升平的景象。

在皇城的御花園裡，春天的氣息更為濃郁，城外的柳枝剛剛抽出新芽，而這裡的柳樹卻早已綻出了綠葉。園中的牡丹、芍藥、月季等鮮花更是競相開放，爭奇鬥妍，吐露芬芳。

在西北角的八角亭裡。

趙匡胤和趙普擺開棋盤正在廝殺。宮女、太監們都遠遠地站在一旁。

不多時，只見楚河漢界之間，刀光劍影，風聲鶴唳。

很快，棋盤上已成殘局之勢，雙方子力基本平均。趙匡胤提車下底，剛喊出一個「將」字。

突然，亭外傳來一陣急匆匆的腳步聲，有人來到亭前。趙匡胤剛要喝斥，只聽一聲「皇上——」

他抬頭一看，原來是二弟晉王趙光義，忙笑道：「快坐下，只許觀戰，不許支招。怎麼今天有雅興過來看我？」

「皇上，剛才八百里驛傳快報剛送到。」

「哦，」趙匡胤聽到此話驚訝地轉過頭來，趙普也把手中正要放下的棋子又收了回來。

「陛下，遼國君主耶律璟據說被近侍和雜役給殺了。」

趙匡胤眼睛一亮：「死了，好，總算是出了我心頭一口惡氣。對了，現在即位的是誰？」

「聽說是遼國世宗皇帝的二子，二十二歲的耶律賢爲國主，號天贊皇帝，改元保寧。」

「又是一個小皇帝？」趙匡胤意味深長地說道：「那他們國內怎麼樣？」

「據說太平王耶律罨撒葛很是不滿，國內其他親王也都蠢蠢欲動。目前是民心不穩，人人思亂。陛下，我看這個皇帝也是一個乳臭未乾的小子，沒有什麼本事。」

趙匡胤沉吟了一下，轉身去問默不作聲的趙普：「趙愛卿，你看這次遼國君主更迭，對我大宋是有利還是有害？」

趙普聽到趙匡胤如此發問，把手中的棋子放下，站起身來踱著方步緩聲道：「陛下，據我所知，這個耶律賢從小受過驚嚇，體弱多病，必然決定了他不能成什麼大事。不過……」

「不過什麼？」趙匡胤問道。

「不過聽說遼國宗室子弟人人都有資格爲帝，憑他一個乳臭未乾的小子能坐上這個皇位，就說明一定有實權人物在盡心輔佐他。按道理講，新君即位，必然得樹立威信，而契丹人向來崇尚武力，這樣輔佐耶律賢的人必然就會在武備軍功上下功夫，來爲耶律賢樹立威信。」

「那你是說契丹人有可能趁機犯邊？」趙光義在旁插話道。

「原本應該如晉王所說。但是我想，就憑耶律賢，現在還不會把這個皇位坐得太穩。現在他首先需要解決的是國內問題，以確保皇位穩定，一定無暇他顧。所以我們現在還不必擔心我們的邊境問題，只需稍加戒備即可。分兵南伐之事可以放心進行。不過我們倒是可以派兵去騷擾一下太原的劉繼元，看看遼國新君即位後，對劉繼元的態度有沒有什麼改變。」

「這樣行嗎？」趙光義反問道。

「我看可以。趙愛卿，就照你的意見辦，南伐之事不變，另外派邢州（河北邢臺）節度使出兵太原，試一試劉繼元。」趙匡胤興奮地說。

於是，當耶律賢得知宋軍進襲太原時，便聽從蕭思溫的建議，命西京（山西大同市）留守派軍隊馳援太原，沒想到在太原城下遭到宋軍迎頭痛擊，慘敗而歸。

耶律賢正是接到這一慘敗的消息而突然昏倒在車上的。

蕭綽在寢宮裡默默地坐著。

剛才已經甦醒過來的耶律賢喝了一碗飛龍湯之後，又沉沉地睡去。

這時，陪她入宮的蓮哥悄悄走了過來：「皇后娘娘，你也該休息了。」

蕭綽默默地搖了搖頭，剛才那一幕混亂的場面還在她的腦海中揮之不去。

看著身邊體弱多病的耶律賢，蕭綽才眞正體會出了父親對她的囑咐那沉重的分量。今天的冊封大典沒有給她帶來絲毫的興奮和喜悅，她只是越發感覺到，自己肩上的責任愈加沉重起來。

蕭綽呆呆地坐著，直到東方破曉。

15

「討賽離」節上的長命縷，並沒有保佑父親長生不老。父親蕭思溫的被害，使蕭綽感到身邊時刻存在著危險。爲了替父報仇，她暗下決心。

九七〇年（保寧二年）五月初五。

契丹人像南邊的漢族人一樣，也有端午節這個節日，只不過他們稱之爲「討賽離」。

今天，正好是契丹人的「討賽離」節。

在東京的皇城裡，張燈結綵，一派熱鬧非凡的景象。

皇宮正殿，更是笑語喧嘩，人潮湧動。大家在等待宴樂的開始。

司天監站在正殿的左側，緊盯著日晷。

當他看到日晷上的正午刻度與日影剛剛重合之時，趕忙大聲宣布：「午時正刻到！」於是，整個皇宮裡響起了沉悶而又悠長的號角聲，回盪在上京城（內蒙古巴林左旗林東鎮）的上空。

正殿裡一片肅然。南北院官員分別按次序排成兩隊，看著丹陛階上的龍座。

耶律賢和蕭綽身穿吉服，在宮女的引領下從屏風後走出，落座在龍座上。

禮官見皇帝皇后落座完畢，立即雙手捧著七件內絮艾葉的棉衣，走到遼景宗耶律賢前面，屈膝跪倒，雙手呈給他。然後，禮官依法也向蕭綽呈上了七件內絮艾葉的棉衣。

之後，禮官匍匐在地，高聲頌道：「祝皇上皇后長壽吉祥，福祉綿長。」文武百官也跪倒在地，齊聲高頌。

耶律賢看著眼前畢恭畢敬給自己施禮的這群官員們，得意地笑了。

緊接著，以蕭思溫爲首的北院大臣和以高勛爲首的南院大臣也依次接受了禮官呈送上的七件內絮艾葉的棉衣。

賜衣儀式一結束，禮官就高聲宣布：「準備宴席！」

這時，太監和宮女們手忙腳亂地在大殿裡布置好了宴席。耶律賢和蕭綽首先坐了下來。北南兩面的臣僚也都依次坐下。只見桌上擺滿了熊掌、駝峰、烤羊、鹿脯、臘肉及各類應時新鮮水果和醇香的美酒。

望著眼前這豐盛的酒席，大家並沒有動手，眼睛都盯著帳外。

這時，有四個太監抬著一個巨大的方盤走進了大殿。方盤上有一塊巨大雪白的艾糕，隨後進來一位手持長刀的渤海人打扮的廚師，他用長刀在艾糕上切下了狹長的兩塊，分別用兩個小托盤盛上，跪在地上呈送到皇上耶律賢和皇后蕭綽的面前：「請皇上、皇后品嘗。」

耶律賢和蕭綽各自取過品嘗一口。耶律賢點點頭道：「嗯，味道不錯。來，把艾糕端過來。」

四個太監依言把艾糕端到耶律賢面前，耶律賢從腰間抽出銀製的小刀，親手切下一塊，然後用托盤托著離座走到蕭思溫的面前：「來，蕭大人，這是朕親自賞給你的。」

蕭思溫連忙站起來，又略帶炫耀地看了一眼那些帶著嫉妒、或是羨慕的眼光望著自己的眾位大臣，大聲道：「謝主上隆恩。」接過了艾糕，吃了一大口，得意道：「皇上親手賞的艾糕就是好吃。」然後大模大樣地坐了下來。

耶律賢回到座位上，指著剩下的艾糕對大家說道：「這些都賞給你們吧。」於是，早已等得不耐煩的眾位大臣們紛紛上前，拔出佩刀，各自割取一塊，回座大嚼起來。南院樞密使高勛和政事令女里看著蕭思溫得意的笑容，忍氣吞聲地走到方盤前，各自割下一小塊，放在嘴裡，慢慢地咀嚼著，嘴裡泛起了一絲苦味。

等到大家吃完艾糕，蕭綽喚過身邊的蓮哥：「把我給大家準備的合歡結和長命縷拿來。」蓮哥依言進了後殿。

一會兒，蓮哥用手托盤盛了一堆五顏六色的合歡結和長命縷來到蕭綽面前。

蕭綽取過合歡結，給耶律賢紮在了腰帶上，又把用五彩絲纏成人形的長命縷掛在耶律賢頸上。耶律賢也如法炮製，為蕭綽配上。

蕭綽走下龍座，為父親蕭思溫也佩戴上合歡結和長命縷。

然後，她回到座位上，指著盤中剩下的合歡結和長命縷，對大臣們說道：

「這是我為各位大臣將軍親手紮製的合歡結和長命縷，現在賞賜給大家，希望大家能夠盡心盡力地輔佐皇上。」

殿中大臣齊聲道：「謝皇后賞賜，臣等當盡心竭力輔佐皇上。」

說完紛紛上前取過合歡結和長命縷，佩在身上，高勛和女里也十分不情願地佩戴在身上。

司禮官見儀式結束，高聲道：「宴樂開始！」宮中的樂工立刻奏起了歡快的舞曲，舞女們邁出了輕盈的舞步。

耶律賢和蕭綽舉起酒杯，對著群臣道：「請大家盡情歡樂。」

早已急不可耐的文武群臣們聞聽此言，一改剛才的文雅之舉，一個個紛紛抓起面前桌案上的羊腿、鹿脯等大嚼起來。

頓時，大殿內劃拳聲、勸酒聲和高喊聲不斷，已完全沒有了原來的君臣之防。

遼景宗耶律賢和皇后蕭綽也縱情飲宴著。

在樂曲聲中，酒宴一直進行到夕陽西下，眾大臣們才左攙右扶，紛紛離宮而去。

在酒宴進行的過程中，誰也沒有注意，只有南院樞密使高勛和政事令女里兩人默默地喝著悶酒，直至散席。

十天以後，在醫巫閭山的盤道嶺，深夜。

在蕭思溫的大帳裡，燭光搖曳，炭火熊熊。陪耶律賢行獵了一天的蕭思溫正坐在帳中，吩咐侍從們備上熊掌和紅壺美酒，一邊斟酌慢飲一邊醉眼迷離地欣賞著幾個黨項女俘的翩翩舞姿。

此時此刻，在離蕭思溫大帳不遠的一個帳篷裡，同樣是紅燭閃爍，同樣也有一些人在把酒長談。

在略顯黑暗的陰影裡，坐著陰沉著臉的南院樞密使高勛，旁邊是政事令女里。坐在對面的是國舅蕭海只和蕭海里。

四人圍坐在擺滿了酒菜的桌几四周，邊喝邊談。

只聽女里怒道：「這個蕭思溫，仗著女兒貴爲皇后，又是什麼北院樞密使並兼北府宰相，又是魏王。現在越來越跋扈，完全不把我們這些擁立皇上的老臣放在眼裡。」

高勛接道：「是呀，在去年的柴冊禮上，他還大放厥詞，硬是慫恿皇上發兵六萬攻打宋國，結果在滿城（河北滿城縣西）讓宋將田欽祚三千兵馬打得大敗而逃，還落了一個『三千打六萬』的笑柄，眞是丟盡了我們契丹人的臉面。」

「還有。」女里接著道，「在前兩天的『討賽離』節上，皇上、皇后親手賜他艾糕、長命縷和合歡結，你看看給他得意的，那張大嘴都快撇到耳岔邊了。」

他們的談話，很快就把蕭海只心中的怒火勾了起來。

「他媽的，這個蕭思溫，手伸得也太長了，非得把我手下的心腹給撤了，安插了一個他的心腹，叫什麼耶律斜軫。不就是一個牧民家的臭小子嗎？有什麼本領，還不是抱著蕭思溫的粗腿向上爬，眞讓我咽不下這口氣。」

高勛看了看默不作聲的蕭海里，陰陽怪氣地說道：「我們再窩囊，也沒有海里將軍窩囊，今天蕭思溫實在是太過分了。」

高勛的一席話說中了蕭海里心中的痛處，身上的傷處好像也疼了起來。

原來，今天在行獵過程中，蕭海里縱馬逐鹿時，恰與蕭思溫的馬撞到一處，蕭思溫險些被馬踏傷。蕭思溫大怒之下，竟杖責蕭海里二十大板。

蕭海里想到此處，不由破口大罵：「不就是個樞密使嗎？衝撞了他的馬就像驚駕一樣，咱們大遼到底誰是皇帝？」

「兩位國舅，蕭思溫這個傢伙壓迫我們漢族外臣，我們能忍也就忍了，可是，他和你們都是皇親國戚。他就憑著皇后父親的身分來擠兌你們，眞是太不公平了。」高勛趁機煽風點火。

一聽這話，蕭海只憤怒道：「等到有朝一日我能執掌大權，非得讓他嘗嘗苦頭不可。」

女里不禁鼻子一哼：「還有朝一日執掌大權呢，我跟高大人現在怎樣，還不是讓他整得死去活來？等你操掌大權後，跟現在我們的處境難道會有什麼不同嗎？況且，要是眞的等到那一天，我看蕭思溫也就當上皇帝了。你我那時也許早就屍骨無存，還何談『復仇』二字？」

就在這時，蕭海里猛喝了一口酒，臉漲得通紅，拔出腰間銀刀，猛地一下插在桌子上，抬頭大聲道：「當斷不斷，必有後患。我們現在就找機會把蕭思溫這條老狗殺掉，這樣既報了我們受辱之恨，又爲我們大遼國除了一代大奸。」

「對，就這樣辦。」蕭海只贊同道。

高勛和女里在黑影中互相對望一眼，無聲地會意一笑。

高勛舉杯道：「海里將軍喝醉了。來，讓我們乾了最後一杯酒，還是早早回帳休息吧。別忘了，蕭思溫是一代權臣，防守嚴密，要除掉他談何容易。今晚上的談話我們只當說笑，千萬不要出去隨便亂說。現在天色已晚，請各位回去吧。」說著做了一個送客的手勢。

蕭海只在走出高勛的大帳時還對蕭海里嘟囔著：「這怎麼能是說笑，我一定會讓它變成現實，變成現實！……」

高勛和女里在黑暗中聽到蕭海只的話，暗自高興。他倆很快又隱沒在帳門裡。

蕭海只和蕭海里一路走去，兩人心中的怒火已經被撩撥得異常旺盛，在酒精的刺激下熊熊燃燒。

「海里將軍，你看幹不幹？」蕭海只問道。

「剛才我們在高大人大帳裡高聲叫嚷，我擔心外面會有人聽到。要是走漏風聲，我們就會人頭落地的。我看不如先下手爲強，說幹就幹。」蕭海里低聲道，陰冷的眸子在黑暗中發出了懾人的寒光。

已是半夜時分，草原在夜幕的籠罩下一片靜寂，只是偶爾傳來幾聲狼嗥和馬嘶聲，在整個的宿營地零星地明滅著幾堆漸熄的篝火。白天極度疲憊的人們早已沉沉地睡去，巡邏守護的衛兵們也抱著刀槍倚靠在一起，打著瞌睡。

就在這時，只見兩條黑影在黑暗中快速移動，很快就靠近了蕭思溫的大帳。他們很小心地隱沒在大帳的陰影裡。

門口守護的衛兵蹤影皆無，大概是又到哪裡盡酒興或者乾脆睡覺去了。「天助我也！」兩人不約而同地想。

這兩人正要摸進帳篷，突然發現門簾的縫隙中透出一道光線，兩人一驚，急忙又隱沒在陰影裡。

「怎麼，這傢伙這麼晚了還沒睡？」這是蕭海里的聲音。

黑暗中蕭海只低聲道：「再等一等，看準機會再動手不遲。」

兩人伏在大帳外仔細地聽著大帳內的動靜。除了偶爾傳來的一陣呼嚕聲外，好久也沒有聽到一點說笑喝酒聲。蕭海里一咬牙，小心地掀開門簾，只見蕭思溫正赤身裸體地摟抱著一個年輕貌美的黨項女俘沉沉地睡在地毯上，燭光依然明亮，炭火盆已漸漸熄滅。

蕭海里看著沉睡中醜態百出的蕭思溫，厭惡地搖搖頭，跨前一步，走到蕭思溫身邊，抽出鋒利的腰刀，刀刃在燭火的映照下閃著懾人的鋒芒。蕭海里咬了咬牙，對著蕭思溫的前胸猛力戳了過去，只聽「噗嗤」一聲，血從刀口裡躥了出來，濺了蕭海里一臉。

蕭思溫痛苦地扭動著，想努力睜開浮腫的眼睛。

蕭海里抹了一把臉上的血，扭頭對蕭海只低聲喊道：「快動手！」

蕭海只遲疑了一下，也抽出佩刀，對著蕭思溫的胸部猛捅進去。蕭思溫在痛苦中掙扎一下，終於不動了。

蕭思溫懷中的女子被驚醒。她睜開眼睛，茫然地看著眼前這兩個陌生的人，突然發現自己身上濺滿了鮮血，發現蕭思溫已死去了，才驚恐地尖叫了起來。

蕭海只下意識地伸手一刀，結束了這個無辜女子的性命。望著眼前的血腥狼藉，蕭海只變得有些不知所措了，剛才的酒勁早已煙消雲散。「海里將軍，下面我們該怎麼辦？」他顫抖著問。

蕭海里這時也彷彿才清醒過來。他伸手把那女子散落在地上的衣服拾起，慢慢地拭了拭刀上的血跡。想了想，說道：「蕭思溫這兩年勢力這麼大，而且事發後皇后一定會逼著皇帝嚴查。我們和蕭思溫有矛盾是眾所周知的，所以一定會查到我們頭上。與其這樣，我看咱們不如腳底抹油，趁早溜走吧。」

蕭海只無奈道：「那也就只好如此了。」

兩人在夜幕的掩護下溜回了自己的大帳，紛紛收拾金銀細軟和行囊。

不一會兒，兩匹戰馬載著二人在黑暗中絕塵而去。

皇后蕭綽昨天與夫君耶律賢趁著酒興歡愉了一夜，清晨時才剛沉沉睡去。

當睡夢正香之時，忽然外面跌跌撞撞地跑來一名太監，驚醒了蕭綽：「稟告皇上、皇后，魏王侍衛來報，魏王在寢帳中被殺。」

這句話猶如晴天霹靂一般在蕭綽頭上炸響。她陡然從床榻上坐起，突然發現身無寸縷，忙抓過一件衣服掩在胸前，喝道：「快講，到底是怎麼回事？」

「回皇后，侍衛來報，說是今早婢女進帳侍候魏王洗漱，結果發現魏王和一名侍妾躺在血泊之中。現在，宿衛司已派人把魏王寢帳團團圍住，請皇上、皇后定奪。」

這時，遼景宗耶律賢才從夢中醒來，他睡眼惺忪地問道：「發生了什麼事？」

皇后蕭綽一改剛才那鎮靜從容的神色，俯身伏到耶律賢懷裡失聲痛哭道：「我、我爹爹被人殺死了。」

耶律賢仍舊懵懵懂懂地問：「誰？怎麼回事？誰被殺死了？」

蕭綽看到耶律賢這副模樣，氣得狠狠地掐了耶律賢大腿一下，喊道：「我的冤家，你趕緊給我醒一醒，是我的父親被殺死了。」

耶律賢這才恍然大悟般地從床上躍起：「什麼，我的岳丈被殺了，這還了得？」然後，他問道：「皇后，你說該怎麼辦？」

此時的蕭綽，不僅深深感受到喪父的悲哀，更對面前的耶律賢深深地失望了。

她抬起頭，略帶厭惡地看了一眼面前這個孱弱的皇帝，拭去了眼角的淚水，大聲道：「傳旨下去，命令北院統軍使率軍隊立刻對宿營地四周進行嚴密封鎖，不准任何一個人走脫，違令者斬。關於緝拿凶手之事，由夷離畢院（掌管刑獄）統籌負責。如果有消息儘快來報。另外，魏王的善後事宜由敵烈麻都司（掌管禮儀）負責操辦，以王公之禮下葬。這些事馬上就辦，下去吧。」

太監急步跑出大帳傳旨去了。

蕭綽處理完這些事情，彷彿大病一場一樣，全身有一種虛脫的感覺。她呆呆地坐在床榻上，心中一片茫然。

好半天，耶律賢碰了碰她：「燕燕，該穿衣服了，我們應該去祭拜一下魏王。」這一碰又把蕭綽從沉迷拉到了現實之中，她又撲倒在床上，失聲痛哭起來。

耶律賢見此情景，禁不住又慌了手腳，拍著蕭綽的後背道：「燕燕，別哭了，我一定把殺害魏王的凶手抓住殺掉，爲你報仇。」接著，他又用討好的語氣道：「燕燕，我看你剛才的樣子眞像一個領兵的大將軍，好威風。」

耶律賢這句沒頭沒腦的話，讓蕭綽心中更加厭惡，也更加悲哀。父親已經死了，自己又嫁給了這一個懦弱無能的男人，她不知道自己終生託付給他究竟會給自己帶來幸福還是不幸。

想著想著，蕭綽的哭聲越來越大。聽著蕭綽的哭聲，耶律賢被弄得更加沒主意了。他在大帳裡急得團團亂轉，「唉」聲不斷。

過了好長時間，蕭綽逐漸恢復了平靜，哭聲漸漸小了。透過指縫，她悄悄瞥了一眼六神無主的耶律賢。她知道，耶律賢在她心目中的形象已經是徹底坍塌了。悄悄地，韓德讓的身影又浮現在蕭綽的心中。蕭綽忍不住嘆了一口氣。

耶律賢看到蕭綽不再哭了，急忙靠過來討好道：「燕燕，走吧，我們先去魏王大帳看看，然後我再督促各位官員嚴力緝拿凶手，魏王報仇雪恨。」

蕭綽搖了搖頭，她清楚地知道，靠這個無能的皇帝是什麼事也解決不了的，父親的仇只有靠自己報了。

涉身朝政

16

受到戰敗羞辱的遼景宗耶律賢又想在戰爭中找回自尊，而蕭綽卻提出與打敗過遼軍的大宋講和，不由得讓耶律賢大惑不解。

父親的死，對蕭綽的打擊是巨大的。雖然在自己的極力要求之下，耶律賢下令搜捕凶手，並最後抓住了蕭海里和蕭海只，誅殺了他們。但蕭綽從種種蛛絲馬跡中覺察出，在他們二人的背後一定還有人在指使，但耶律賢卻停止了追查，讓蕭綽心生疑慮。蕭綽隱隱地感到，在朝堂之上，有一股勢力在非難排擠自己，可到底是誰，她也說不清楚，只能說是一種感覺。現在父親死了，朝堂之上已經沒有了可依靠的力量，皇上又是那麼懦弱無能，使蕭綽對自己的地位產生了深深的憂慮。她不得不考慮，一定要建立自己的私人勢力，一來維護自己的地位，二來還可幫自己查清謀殺父親的其他凶手。

然而，在蕭綽的心中，最緊迫的還是要生一個皇子。雖然自己已經有了一個女兒觀音女，但是母以子貴，只有生下皇子，才可以保證自己的地位，這是維護自己皇后身分最簡捷的途徑。

一旦打定主意，蕭綽就決定付諸行動。

西元九七一年（保寧三年）三月。上京大殿。

今天的早朝，對於耶律賢來說又是一個糟心的日子。

聽著眼前這些文武群臣喋喋不休的爭論，本來就對紛雜的政務一頭霧水的耶律賢更加煩躁了。

只見南院樞密使、秦王高勛正站在大殿中間口沫四濺地說著：

「陛下，現在我上京都城人心惶惶，傳言宋軍將要北征，我大遼因爲前年『三千打六萬』的慘敗，此次要駕幸東京（遼寧遼陽），而百姓們卻紛紛傳言陛下準備遷都，百官之中也是人心浮動，有的人甚至還在紛紛收拾細軟金銀，準備攜家隨陛下東歸，請問陛下可有此事？」

遼景宗耶律賢聽著高勛那非常刺耳的詰問，何況又提到了那次「三千打六萬」的慘敗，眞讓他火冒三丈。這件事一直就是他的一塊心病。在他甫一即位，雖然是魏王蕭思溫極力主張向宋國開戰，但他又何嘗不想利用對宋作戰的勝利來爲自己坐穩皇位增加一個重要的砝碼呢？誰曾想，卻遭到當頭一棒，「三千打六萬」，實在是太丢人了，讓朝廷的那些親王看了我的大笑話。這個高勛，不知天高地厚，今天竟然又來揭我的瘡疤。

原來，前年十二月在耶律賢舉行完柴冊禮時，在蕭思溫的極力慫恿之下，爲了揚威顯名，耶律賢便貿然派出六萬大軍從長城口（徐水縣以北）南下，向定州（河北定縣）奔襲而來。志在必得的遼軍沒想到在滿城（河北滿城）卻遭到預先埋伏在這裡的定州路兵馬都部署田欽祚率三千宋軍的伏擊。從早晨天亮一直到下午申時，一場惡戰，雙方殺得昏天黑地，結果，人困馬乏的遼軍在宋軍的猛衝猛殺之下四散潰逃，大敗而歸。

耶律賢想著想著，瞪了一眼高勛，正不知如何回答是好。高勛根本就沒注意到耶律賢的臉色，不等耶律賢回答，就又說道：「陛下，還有人說上次我遼軍大敗的罪魁禍首是魏王。雖說魏王已被謀殺了，可當今皇后是魏王的女兒，我想請陛下暫時廢掉皇后稱號，這樣對我大遼國民也有個交代，以穩定人心，請陛下定奪。」

高勛爲何力主廢掉蕭綽皇后之位？原來他心中，清楚地知道謀殺蕭思溫之事就是個禍根，他擔心將來陰謀被揭穿，因而決定先下手爲強，力諫耶律賢廢掉蕭綽皇后之位。

高勛這一席話讓耶律賢憤怒異常。一個漢人，竟敢插手朕的家務事，眞是膽大包天。他眉頭緊鎖，臉色鐵青，看樣子要發火。

耶律賢的舉動被一旁善於察言觀色的惕隱耶律休哥看在眼中。他一向就與高勛這個自以爲是的漢人不睦，討厭他那目空一切、盛氣凌人的作風。何況，今天高勛的所作所爲已經激怒了皇上，高勛的擁立之功已經因觸怒皇上而不再成爲他的護身符。現在該是他發話的時候了，一可以爲皇上挽回臉面，二可以整治一下這個不可一世的高勛。

想到這裡，耶律休哥急忙跨前一步，出班向耶律賢施禮，然後道：「高大人作爲南院首官，怎敢妄言皇上之家務？皇后的廢立全由皇帝自己作主，做臣子的不要妄生議論，當心僭主之罪。」

高勛聽完了耶律休哥這一番責難，不由得冒出了一身冷汗。他抬頭看了一眼皇上，只見耶律賢正緊盯著自己，眼中射出陰冷的寒光。高勛至此才知道自己打錯了算盤，本來他以爲蕭思溫死了以後，蕭綽沒有了靠山，一定會失寵的，因而才有此議。沒想到皇上並不同意，同時還有耶律休哥跳出來幫蕭綽說話。高勛此刻才意識到自己不該伸這麼長的手去管皇上的家務事。他越想越怕，顫抖地說：「臣不該妄言陛下家務，臣罪該萬死，還請陛下降罪。」說著，流下兩行老淚。

耶律賢本來想要嚴厲處治高勛，但一看到他誠惶誠恐地認罪，且老淚縱橫的樣子，不覺心中一軟——畢竟是自己的擁立之臣！蕭思溫已經死了，只剩下他和女里了，還是他們較可靠一些。於是把手一擺道：「高大人，今天朕就不治你妄言之罪了，以後再犯，定斬不饒！」

「謝陛下。」高勛站起身來，抹去頭上的冷汗，知道自己撿回了一條老命，暗自慶幸。

耶律休哥見高勛如此狼狽，不覺好笑，又接著說道：「關於秦王所說定州之役，我也有不同看法。」

「不同看法？」耶律賢一聽，來了興趣，忙催促道：「快說。」

高勛抬起頭，用企求的眼光看了一眼耶律休哥，不知他又會說出什麼對自己不利的話來。耶律休哥裝作沒看見的樣子繼續說道：「前年定州之役，雖然說我軍敗歸，但實力卻一點沒有受到損失，不過是引兵全身而退，並非慘敗。高大人作爲國家重臣，怎能把民間的街談巷議擺到朝堂之上。而所謂東遷，更是純屬高大人妄自揣測。我想皇上絕不會丟棄下祖宗的基業，損我大遼國威。」

耶律賢聽到這裡，不禁微微地點頭，臉上露出讚許的笑容。高勛則恨得牙根直癢。

耶律休哥看到皇上面露嘉許之色，更加來了精神，說道：「但是我以爲，對民間騷動也不可不考慮。唯今之計，臣以爲我們應該再次修整武備，重舉征伐之事。只要勝利了，一切對陛下不利的言論自然會煙消雲散。」

耶律賢聽到此處，不由一愣，他實在是對與宋交戰心有餘悸，「愛卿之意是否是還與宋國交戰？」

耶律休哥忙擺手道：「不，陛下，我們現在需要的不是復仇，而只是勝利。只要有勝利，我大遼的民心、軍心就都穩定下來了。」

「那你的意思是……？」

「陛下，最近幾年，黨項對宋納貢稱臣，自以為有人撐腰，對我國倒頗有輕慢之意。我軍不妨出兵教訓它一下，讓它知道我們大遼也是不好得罪的。而且黨項各部近幾年內部紛爭不斷，如果出兵，定能大獲全勝。」

「嗯，這個主意不錯。」耶律賢點頭道，「那何時出兵？」

「臣以爲，首先我們應該先訓練軍隊，準備充足的糧草，這樣才能有取勝的把握。」

耶律賢沉思了一下，點了點頭。

散朝後，耶律賢向御書房走去。

今天的朝會中耶律休哥的一席話，令幾日來鬱悶已久的耶律賢愁雲頓開。

當他走到蕭綽的寢宮附近時，忽然聽到殿內傳來了一陣悅耳的古箏聲，他才想起由於煩悶已有好幾天沒到蕭綽的宮裡來了。於是，他就順勢拐了進來。

站在蕭綽旁邊的蓮哥見皇上來了，剛要張口，耶律賢指了指門外。蓮哥會意地走了出去，並順手帶上了房門。

蕭綽早已從腳步聲中聽出是皇上來了，內心湧起一陣莫名的激動。這幾天裡，蕭綽每天都打扮得漂漂亮亮，等著皇上臨幸，可是偏偏皇上像是把她遺忘了似的，一連數日沒有踏進她的寢宮一步，等得她好心焦。今天，皇上終於來了。

但蕭綽卻裝作渾然不知的樣子，繼續專心致志地彈著她的古箏。耶律賢也沒有打擾蕭綽，靜靜地站在她身後。

蕭綽見耶律賢好久都沒有動靜，覺得有些不耐煩了，便故意挑斷了一根琴弦，然後裝作恍然大悟狀回頭望去，見到耶律賢便嬌笑道：「我說弦怎麼斷了，原來是陛下在這裡偷聽。」

耶律賢盯著幾日未見的蕭綽，只見蕭綽媚眼如絲，酥胸半掩，隱隱地露出春色無限。

耶律賢彷彿是第一次見她如此動人，忍不住動起情來，猛地衝上前去，緊緊地抱住蕭綽，口中低聲喊著：「我的親親燕燕，我的親親燕燕……」抱著她就向床上倒去。

兩個人很快就滾作一團，幔帳被蹬扯掉了，燭臺也被碰倒，臥室裡黑漆漆一片。只能聽見黑暗中傳來的喘息聲、親吻聲和銷魂的呻吟聲……

許久，一切又都恢復了平靜。蕭綽赤裸著身子從床上爬起，摸索著從地上拾起燭臺，擦著火絨點燃了蠟燭。在昏暗的燭光映照下，蕭綽的窈窕體態欲隱欲現，更讓耶律賢心動不已。

蕭綽回到床上，倚坐在耶律賢的懷中，抬起頭幽幽地看著耶律賢。

耶律賢低下頭，溫柔地撫摸著蕭綽的頭髮說道：「燕燕，今天我真是太高興了。好長時間以來，天天上朝議政，看到的、聽到的事情都令我心煩頭痛，後宮的幾個妃子又只會曲意逢迎。燕燕，只有你能懂我的心事。好在今天在殿上惕隱耶律休哥說了幾句讓我開心振奮的話，今晚你又令我如此神魂顛倒，今天眞是令我最開心的一日了。」

蕭綽柔柔道：「什麼話令你這麼開心？」

耶律賢答道：「今天在朝會上，高勛這個老傢伙又拿你父親提議攻宋慘敗的那件事來責難於我。對了，還說讓我廢去你皇后之位呢。」

「哦？」蕭綽眼中射出了一道陰森森的寒光。

「唉，這個高勛，也眞是老糊塗了，仗著擁立之功，到處插手，口無遮攔，連朕的家事也要管。」

「後來怎樣？」蕭綽急急問道。

「後來還是耶律休哥出來說話，擋住了他的責難，讓這個老頭兒知難而退。朕也狠狠罵了他一頓。燕燕，你就別跟他過不去了，好不好？」說完，看了蕭綽一眼，蕭綽點了點頭，沒有說話。

「對於定州之役，耶律休哥也有不同看法。」

「什麼不同看法？」還沒等耶律賢說完，皇后蕭綽就插言問道。

「休哥說定州之役其實我軍沒有慘敗，只是敗退。而且他還主張再舉戰事，西伐黨項，重樹我大遼國威。」

「嗯，耶律休哥說得有道理。」蕭綽點頭道，「陛下，我看耶律休哥是一個比較有見識、有作爲的人，又比較穩重，比高勛、女里那些老傢伙要強得多，我看陛下不妨再提拔提拔耶律休哥。」

耶律賢點點頭，琢磨著。

蕭綽深情地看了耶律賢一眼，繼續說道：「陛下，現在滿朝文武都欺你年輕，我爹也被害了，沒有人能幫你說話。那些老臣更是目中無人，趾高氣揚，跋扈得很，所以我們必須提拔一些跟我們貼心的自己人，才能對付他們。否則，今天有人要廢我的皇后之位，日後說不上哪天還要重演穆宗黑山（內蒙古巴林右旗賽汗罕烏拉山）狩獵那一幕呢。」

開始耶律賢只是靜靜聽著，突然聽到蕭綽說出這樣一句話，細細一琢磨，忍不住打了一個寒顫。

他低下頭，沉聲說道：「是呀，燕燕，現在我只有你這個親人，今後朝堂上的事你一定要幫我出主意。哦，對了，燕燕，西伐黨項之事，我心裡還是覺得有些不妥。」

「有什麼不妥之處？」

「若我軍西伐黨項，大宋趁機來攻，那我們不就腹背受敵了嗎？」

「宋國進攻？」蕭綽確實被這個問題給難住了，她咬著嘴唇沉吟了好半天。突然眼睛一亮，

「我們和宋議和，陛下，你看如何？」

「什麼？議和？你是不是瘋了，怎麼想出這個主意。不行，絕對不行。大臣們知道了，一定會吵翻天的。」耶律賢厲聲道。

蕭綽沒有絲毫激動，仍舊一臉平靜如水地緩聲道：「陛下，這不是兒戲。我思前想後，只有這種辦法才能避免我們兩面作戰，因爲我們畢竟沒有實力同時與宋和黨項開戰。我們既然想要在黨項人身上得到勝利，那就必須和宋議和，這樣才沒有後顧之憂，這是別無選擇的。何況，這也只是權宜之計。等到結束了對黨項的作戰，我們仍舊可以對宋強硬一些。而且議和之後，如果能重開榷場，那我們就可以用我們的皮毛、鹿茸、人參、馬匹換取布匹、鹽巴和茶葉等我們所需要的東西，這有什麼不好！」

耶律賢聽了蕭綽的解釋，雖然覺得有些道理，內心裡也有一絲贊成，可他還覺得這種想法近乎荒誕。他搖頭道：「我們這些年，跟南邊漢人是歷代世仇，打了這麼多年的仗，還有前年定州之役的恥辱，讓我們去和宋講和，這太不可思議了。何況，我一旦提出對宋講和，那些王公貴族、部落酋長就會和那些企圖叛亂的亂臣賊子勾結起來，向我發難。我的皇后，你這不是把我往火坑裡推嘛。不行，絕對不行。」

「皇上，那你看讓宋朝主動提出跟我們講和，怎麼樣？」蕭綽沉思了一會兒，反問道。

「讓宋國提出來？你還有這個本事？」耶律賢禁不住咧嘴苦笑了一下，不信地搖了搖頭。

蕭綽肯定地說道：「陛下，現在宋國對南方用兵正急，暫時無力顧及北方。我大遼要大兵西進，對宋也是顧慮重重。我們雙方都是麻秆打狼兩頭怕。只要我們現在拋給宋一個誘餌，他們就會毫不猶豫地吞下它，這叫姜太公釣魚，願者上鉤。」

「你就這麼有把握？」蕭綽一席話，倒勾起了耶律賢的好奇心。

蕭綽肯定地點點頭。

「那好，只要是宋國先提出議和，那些王公大臣就不會胡言亂語了。如果西征黨項大獲全勝，那朕就是英明之主了。這件事就交給你去辦了，千萬不要走漏風聲。」

蕭綽見耶律賢終於同意了，不禁嬌笑道：「皇上，你眞好。」

耶律賢看著蕭綽，忍不住笑罵道：「你這個小腦瓜，眞不知還會冒出什麼鬼主意出來。」說完，忍不住伸出雙臂，摟住蕭綽豐腴柔軟的玉體，又倒在了床上……

17

沉浸在行獵喜悅中的蕭綽，根本就沒有想到自己竟然成了被魘鎮的目標。最後，還是一位經驗豐富的老太醫一語道破了天機。

四月的江南，早已是草長鶯飛、鮮花吐蕊的時節，而塞外的草原上，雖然也冒出了片片新綠，但仍然是春寒料峭，乍暖還寒。

今天一大早，蕭綽就帶著宮女蓮哥、近侍實魯里到上京城外射獵。

蓮哥雖然是一個漢族姑娘，原來不會騎馬，但這些年一直隨侍在蕭綽的身邊，早已經是一個騎術精湛嫻熟的高超騎手了。

侍衛實魯里也是大草原上契丹人中的武林高手。蕭綽一進宮，耶律賢就命令他隨侍在身旁。幾年下來，他對蕭綽言聽計從，成爲蕭綽身邊一名最忠實的侍從。

春天的大草原，呈現出勃勃的生機。朝陽從東邊的地平線上剛剛升起，在綻出新綠的草原上播撒下萬道金光。

蓮哥一馬當先，走在隊伍的前面。她身著紫色軟緞的左衽長袍，頭戴黑色小皮帽，繫著紅色腰帶，腰佩長刀，背挎弓箭，跟契丹少女沒有絲毫兩樣。

整個冬天都被關在皇城裡呼吸不到新鮮空氣的蓮哥心煩胸悶。今天好不容易能夠出來射獵，令她興奮不已。只見她縱馬馳騁在草原上，不停地大聲呼喊著，抒發著胸臆間的喜悅之情。

蕭綽和實魯里策馬跟在後面，也爲這遼闊草原上的大好景色深深地陶醉了。身後一群侍從們在緊緊跟隨著。

突然，前面傳來了蓮哥驚喜的叫喊聲，蕭綽和實魯里也拍馬隨後趕到。

原來，由於馬蹄的奔踏，驚出了一隻躲在草叢中的野兔。蕭綽見狀不禁笑罵道：「這個小死妮子，一隻野兔也值得大驚小怪。」蓮哥嘟著嘴道：「人家並沒有害怕，只覺著好玩嘛。」

實魯里見狀，笑道：「既然蓮哥姑娘喜歡這只野兔，我不妨爲蓮哥姑娘取來。」說著，實魯里一踹馬鐙，一抖韁繩，座下的棗紅馬如離弦之箭一般飛射出去。

蓮哥見此，急得大喊：「千萬別傷了小兔的性命。」

這時實魯里已追近了奔逃的野兔。他的回答隨風傳來：「蓮哥姑娘放心，我會小心的。」在奔馳中，實魯里從背後抽出弓箭，引弓發箭，只聽「嗖」的一聲，奔跑中的野兔應聲倒在了草叢中。

實魯里縱馬奔近，俯身拾起野兔，然後返身回來。見到蓮哥，實魯里把手中的野兔雙手捧給她道：「蓮哥姑娘既然喜歡，小人就奉送給姑娘。」

蓮哥雙手接過野兔，發現野兔瞪著一雙驚恐的眼睛在看著她，忙仔細查看，小兔身上竟然一點傷痕都沒有。蓮哥驚道：「怎麼它還活著？怎會沒有箭傷呢？」

實魯裡笑了一下，從箭壺裡抽出一枝箭，原來箭頭上的箭鏃已經被折掉，所以野兔只是被箭的力量震昏，而沒有受傷。蓮哥望著實魯里，滿是感激的神色。

奔波了一整天。夜幕降臨時，蕭綽、實魯里、蓮哥和侍衛們趕著載滿獵獲品的牛車回到了皇城。

此時，正是上京城內月上柳梢之時，在皇城西南一角，有一座氣勢宏大的宅院。

在上京的傍晚，街道上已經很少有人走動。尖厲的北風嗚嗚地尖叫著，吹得這座宅院大門口的兩盞紅燈籠左右搖晃，忽明忽暗，彷彿鬼火一般，更增加了這座宅院的神秘感。

忽然，從遠處的小巷裡過來一乘兩人抬的小轎，落在了這個宅院的門前。其中一個轎夫上前輕叩大黑門上的銅環，清脆的響聲在寂靜的黑夜聽得格外清楚。好半天，只聽「吱呀」一聲，黑門開啓了一條縫，從裡面探出了一個光禿禿的腦袋，轎夫上前附在他的耳邊低語了一番。

只見這個管家打扮的禿頭急步來到小轎跟前，抬手掀開轎簾，躬身說道：

「蒲哥大師，迎候來遲，請恕罪。我家主母正在客廳等候法師大駕，請大師隨我一同前去。」

這時小轎中傳出一聲刺耳的佛號「阿彌陀佛」，緊接著，從轎中走出了一位身材矮小、相貌猥瑣的和尚，頭戴毗盧帽，身披袈裟，手拈念珠，一副鬼頭鬼腦、尖嘴猴腮的模樣，沒有絲毫的仙風道骨。只聽他尖聲說道：「請管家前面帶路。」

管家走進大門，衝門房一擺手，一個小童趕緊走出來提著燈籠在前面照亮。一行三人穿過陰森森的院落，沿著曲曲折折的小徑來到了客廳門前。

奇怪的是，客廳裡不像往常那樣讓燈籠燭光照得燈火通明，只是點了兩盞暗淡的宮燈。一名侍女在門邊守候。她看到一行三人走過來，急忙攔住道：「主母有令，只許大師一人進去，其他人等一律迴避。」管家本來就對今天這種安排大惑不解，在伸手不見五指的黑夜請來一位怪模怪樣的和尚，而且搞得如此神秘，更讓他暗生疑慮。不過多年做奴才下人的他深知不該問的事情就不要多嘴的奧妙，知趣地和小童從原路返回。

這時，侍女把客廳門打開，對這個怪和尚躬身一禮：「大師請進。」

這個和尚走進屋裡，隨手把身後的門關上了。他見到在客廳的主位上坐著一位年過四旬的半老徐娘。昏暗的燈光映在她的臉上顯得陰晴不定，更有一種恐怖的感覺。她就是這間宅院的主人，遼世宗的妃子啜里，也就是當今皇上耶律賢的姨娘。

這個和尚看著臉色變幻不定的世宗妃啜里彷彿鬼魅一般，忍不住打一個寒噤。

這時啜里伸手指著客座，開口說道：「蒲哥大師，請坐。」

蒲哥向啜里一拱手：「謝皇太妃賜座。」說完，坐了下來。

啜里陰森森的臉色稍微變得平和一些：「蒲哥大師，久仰大師法術高明，今日請大師來此是有一要事相求。」

蒲哥向上拱手道：「皇太妃有何事請講，小僧當盡力效勞。」

啜里見蒲哥如此痛快，朗聲說道：「好，我常聽人說大師有魘鎮的本領，很是靈敏，現在我有兩個仇人，我恨不得生吞活剝了他們，可他們現在還活得好好的，眞讓我生氣。」

蒲哥暗想，這個世宗妃子已守寡多年，還有什麼仇人讓她這麼切齒痛恨呢？該不會又是皇族之間的恩怨仇恨吧。

想到這裡，蒲哥忍不住出了一身冷汗。

啜里看了蒲哥一眼，平靜地說道：「你不要胡思亂想，那兩個仇人只是我家的兩個男女奴隸，我對他們一向不薄，可他們竟然敢背著我勾搭成姦，還趁我不在家時偷走了我大量的珠寶私奔了，等我回來發覺後已經來不及追趕，讓他們跑掉了。可是我至今心氣難平，只想殺死他們。今天把大師請來，就是幫我實現這個願望。」

蒲哥半信半疑地「哦」了一聲。

啜里抬頭看了一眼蒲哥，啞聲說道：「大師，能否幫我這個忙？」語音裡透著威懾和恐嚇。

蒲哥急忙站起來，差點把椅子帶倒，對著啜里雙手合十道：「阿彌陀佛！皇太妃之事，小僧一定辦到。」

啜里見蒲哥應允，才放緩語氣淡淡道：「這是那兩個人的生辰八字，拿去吧。」說著，從衣袖裡抽出兩張譜牒，遞給蒲哥。

蒲哥接過納入衣袋，說：「皇太妃如果沒有什麼吩咐，那小僧就告辭了。」說完，站起身就要辭行。

啜里聽此，驀地把剛才平緩的臉色一沉道：「蒲哥大師，雖然我們請你要魘鎮的只是兩個下賤的奴人，但傳揚出去也是不好，所以我請大師就在我的宅院裡設神壇作法，完事再請大師回去，事成之後必有重謝。就請大師委屈一下，到我後院的捨身庵中暫住，正好那裡的法器齊全，就在那裡作法吧。」然後，啜里轉頭向門外喊道：「來人呀，把蒲哥大師帶到後院捨身庵中，好生侍候，不要慢待。」

門口的侍女應聲走了進來，對蒲哥道：「大師，請隨我來。」

蒲哥跟隨女侍走在去捨身庵的路上。他暗暗琢磨著啜里的這一席話，越想心中的疑問就越大。本來，魘鎮詛咒在契丹人中也不算什麼神秘的事情，況且要被我魘鎮的只是兩個普通的下賤奴隸。但為什麼這個皇太妃卻要搞得如此神秘呢？

蒲哥敏銳地感覺到，他好像已經被捲入了一個不可告人的政治陰謀之中了。

蒲哥被帶到了庭院中一個極隱蔽的處所。這是一個小小的庵堂。原來是啜里每天吃齋念佛的地方，現在已被布置成一個作法的神秘所在。更讓人感覺陰森恐怖的是，在這個庵堂的內室，特意為蒲哥布置了一間精巧整潔的臥室。

蒲哥坐在床上，長出了一口氣。侍女忙俯身問道：「大師需要什麼，請儘管吩咐。」她隨手就為蒲哥斟了一杯香茶。

蒲哥心裡正煩悶得要命，只是不耐煩地揮了揮手。侍女知趣地輕手輕腳退了出去。

蒲哥端起了茶杯，掀開蓋碗，吹了吹浮在水面的茶葉。突然他又把茶杯重重地放下，從懷中取出啜里交給他的記有生辰八字的譜牒，凝神地看了半天。「這兩張譜牒上的生辰八字是誰的呢？到底什麼人讓啜里如此痛恨呢？」這個問題一直困擾著蒲哥，讓他整夜難以入睡。

自從那天出皇城到草原射獵回來的第二天，蕭綽就感到身體很是不舒服。今天早晨起床又覺得渾身乏力，胃口不適，吃不下東西，總是嘔一些酸水，想吃那七月的酸杏。已生過一個女兒的蕭綽敏感地意識到，她又懷孕了。對於這個孩子，是她盼望已久的。她希望這回能懷上一個男孩，這樣才能確保她在後宮的地位，母以子貴嘛。雖然她貴爲皇后，但她知道，這些年來，刀光劍影血腥屠殺總是籠罩著後宮和皇室宗系，她盼望將來由自己的兒子繼承皇位，也好消弭不停息的紛爭和屠殺。想到此處，蕭綽內心裡不禁感到一陣欣慰。

洗漱完畢，蕭綽對蓮哥道：「早餐給我來一些酸辣可口的就行。還有，這幾天我有一些不舒服，順便告訴太醫院，找個太醫來給我瞧一瞧。」

蕭綽在用早餐時，太醫早早就趕到了，已經守候在寢宮門外。待她用完早餐，蓮哥走到門口，把太醫請進了寢宮。

契丹人開化不久，不像中原漢人那樣把男女之防看得那麼嚴重，所以蕭綽並沒有隔帳蔽面，只是慵懶地斜靠在軟榻上，把右腕搭在床邊。

老太醫走近前來，誠惶誠恐地坐在蓮哥給他搬來的圓凳上，把食指和中指搭在蕭綽的腕上，左右手的寸、關、尺脈都搭了一遍。

稍頃，老太醫面露喜色道：「恭喜皇后，這是喜脈，脈象平滑有力，皇后是又有喜了，而且左尺脈跳動有力，似乎是主生男孩。」

「眞的？」蕭綽驚喜道。

老太醫點了點頭，沒有說話，繼續爲蕭綽診脈。

突然，老太醫剛才那驚喜的神情不見了，臉上布滿了疑惑和不解。他自語道：「奇怪，怎麼剛剛那平滑的脈象又變得突然凝滯起來……哦？怎麼這種現象又不見了？」

老太醫眨了眨昏花的雙眼，不相信地看了看自己的食指和中指，又仔細看了看蕭綽手腕上的經脈走向。突然，他發現，沿著蕭綽腕上的經絡走向，還有一條若隱若現的黑線逆向而行。他大爲驚奇，懷疑自己的眼睛出了毛病，又努力睜大雙眼。果然，他發現這條淡淡的黑線似有似無，在干擾著蕭綽的脈象。

這是怎麼回事呢？老太醫搜腸刮肚地思索著，回憶著曾經看到過的醫案。突然，他像是明白了什麼似的，抬頭問道：「皇后，你與什麼人有過仇恨嗎？」

蕭綽正爲得知懷孕而感到高興，因而見到老太醫的奇怪舉動也沒有多問，但聽老太醫如此發問，不覺大爲驚異，便問道：

「老先生，我這脈象跟我與什麼人的仇恨有什麼關係嗎？」

老太醫沉思了一會兒，答道：

「皇后，據我觀察，您的脈象有喜是不錯的，而且是主生皇子，看您的身體也很好，但您的脈象中總有一股奇怪的氣在侵擾您。可這股奇怪的氣又不是您自身所帶有的，這是一股邪惡的外來之氣，對您的身體極爲有害。我行醫這麼多年，還從來沒有遇到過這種症狀，所以我就苦想我讀過的醫書。我突然想起在我師父遺留給我的醫案裡，有一則記載了與您類似的病例。這是我師父親自診治過的，並作爲一個病例記錄下來。我思前想後，與您現有的這個症狀一比較，發現這個病案和您現在的症狀是一樣的。」

蕭綽聽著聽著，不由地睜大了眼睛。她撐著床沿，起身問道：「那個病例又是怎麼回事？」

老太醫答道：「這還是三十年前，後唐石敬瑭的時候。當時，他宮中兩個妃子爭風吃醋。有一次其中一個妃子喜結珠胎，另一個妃子聞訊後怕奪走自己的專寵，就找了一個會邪術的妖人對這個妃子魘鎮，想置她和腹中的孩子於死地。這種邪術實際上是用一種很神秘的意念來影響干擾被魘鎮者的意念，最終控制被魘鎮者的意念，然後令其心神俱廢而死。當時我師父在給那個被魘鎮的妃子進行診治時，在她經絡旁邊有條小黑線，與您的是一模一樣的，只是那個妃子由於被魘鎮的時間太長了，最終無法救治而死。」

蕭綽聽到這裡，不由得驚出了一身冷汗。她急忙問：「那我呢？」

老太醫拈著鬍鬚，緩緩道：「這個，皇后現在還不必擔心。據我觀察，這股邪氣侵入您的貴體才剛剛兩天左右，它現在還不足以控制您的脈象，只有稍微的影響。您的脈象還是比較正常的，沒有多大的紊亂。那條黑線現在忽隱忽現，若明若暗，還沒有形成氣候，因而目前尚無大礙，只是必須及早找出那魘鎮的妖人，這樣才能保您母子平安，所以我才問皇后有什麼人對您有這麼大的仇恨。」

蕭綽沉思了好長時間，最後不得不搖搖頭。她感到困惑，她眞的不知道究竟有什麼人對自己有如此深的仇恨。

后，我有辦法了。」

老太醫見蕭綽不住地搖頭，也焦急起來。他拈著頷下的鬍鬚沉吟良久，突然抬頭說道：「皇

蕭綽驚喜地問：「什麼辦法？」

老太醫頓了一下，說道：「我們可以查一下誰會魘鎮這個妖術，誰的法術高明，順藤摸瓜就一定能捋出這個罪犯來。」

蕭綽聽了不禁眼睛一亮，連說：「好，這個主意不錯。」接著，蕭綽高聲叫過蓮哥，吩咐她把皇上請來。

很快，殿門外就傳來了蹬蹬的腳步聲，只聽耶律賢憐愛地問道：「皇后，我的燕燕，你怎麼了？」

話音未落，耶律賢已快步闖入宮內，徑直走到蕭綽床前，伸手扶起了蕭綽，仔細地端詳起來。

蕭綽看到耶律賢來了，伏到他的肩頭上便哭了起來。

耶律賢愛撫地拍著蕭綽的背部，輕輕地問：「燕燕，你怎麼啦，是什麼病？」

蕭綽抬起雨打梨花似的面龐，臉上還掛著淚珠說：「陛下，我又懷孕了，聽太醫說這回會是龍子呢。」

耶律賢轉頭用詢問的眼光看了一下太醫，老太醫誠惶誠恐地站起來，點了點頭。

耶律賢又轉向蕭綽：「燕燕，這是好事呀，你爲什麼還哭呢？」

蕭綽恨恨道：「可是現在有人正在想害死我。」

耶律賢一聽此話，勃然大怒，站起來在大殿裡走動著，厲聲喝道：「是誰，是誰如此大膽，竟敢謀害皇后，朕知道了一定要嚴懲不貸！」

蕭綽把事情原原本本說給耶律賢聽，老太醫也向皇上解釋了一番。耶律賢這才相信會有如此之事。他像一隻熱鍋上的螞蟻，在殿裡走來走去，不住地搓手，一副手足無措的樣子。

蕭綽見此忙把與老太醫商量好的辦法告訴耶律賢，耶律賢聞聽後，大叫：「好計！好計！」耶律賢立即寫了一道密詔，喚過蕭綽的貼身侍衛實魯里，命他持著密詔速去夷離畢院，會同夷離畢（掌管刑獄之官）密查此事，不得有誤。

實魯里接過密詔，遵令速去執行。

經過三天的努力，開列了一堆會魘鎮邪術的人的名單，發現只有天雄禪寺的蒲哥和尚最近幾天不見蹤影。

經過縝密調查，得知他被世宗妃啜里接到了家中，現正在作法。

於是當天夜裡，實魯里和夷離畢親率禁衛軍，迅速包圍了皇太妃啜里的宅院，敲開大門後，直撲後院的捨身庵，正趕上蒲哥在庵堂作法。在法案上供著的兩張譜牒上面插滿了大針，譜牒上記載的正是皇上耶律賢和皇后蕭綽的生辰八字。

夷離畢院立刻升堂問案。

經過訊問，查實取證，啜里和蒲哥供認不諱。耶律賢下令，啜里使用魘鎮之法企圖謀害皇上、皇后，其心邪惡，罪不容生。但因其貴爲皇太妃，念先帝之情，改爲飲鴆賜死。蒲哥雖不知情，但其邪術可惡，有致人死地之心，也一併賜死。

這樣，蕭綽身邊的隱患被消除了。

九七二年（保寧三年）十二月二十七日這一天。蕭綽生下皇子耶律隆緒，小名文殊奴，即後來的遼聖宗。

18

西伐黨項的勝利，使蕭綽爲耶律賢翻過了那難堪的一頁。而黨項人沒有被屠城，該感謝的也是這位主張討伐的大遼皇后。

九七三年（保寧五年）正月，上京城沉浸在過年的喜悅之中。

去年一進臘月，就紛紛有探報接二連三、急如星火般地向上京臨潢府飛奔，報告西征軍的捷報。到臘月底，西征大軍在惕隱耶律休哥的率領下，大破黨項軍隊。蕭綽定下的西擊黨項、重振大遼國威的設想終於獲得成功。

這一仗打下來，打破了三年前定州戰役「三千破六萬」的尷尬。朝野上下，人心振奮，上京城內，到處都在宣揚著契丹軍的軍功，過去那些散布在大街小巷的流言蜚語也已不再有了，有的只是對契丹軍士英勇無敵的誇耀。

在上京的皇城裡，也洋溢著濃厚的喜慶氣氛，雖然一方面是因爲過年的緣故，但更主要的還是西征軍的大捷，使得原本肅穆冷清的皇宮也變得熱鬧起來了。

這天傍晚，幾日來一直沉浸在喜悅之中的耶律賢信步走入蕭綽的寢宮。

蕭綽正在逗著已過周歲的皇子玩耍。一見到兒子，耶律賢一改往日那嚴肅冷漠的表情，抱起兒子，高高地舉過頭頂，耶律隆緒高興地伸著小手咿呀亂舞。

蕭綽抬起頭，見耶律賢滿臉喜色，便含笑問道：「陛下此來，是否又有好消息？」

耶律賢喜形於色道：「是呀，今天接到西征前線緊急探報，耶律休哥率大軍攻破興慶府（寧夏銀川），大敗黨項軍隊。現在黨項軍隊已向我國乞降，捷報和乞降書都已送到，你說這不是件大好事嗎？」

蕭綽聞言，微微一笑道：「此事早已在我預料之中。現在黨項向我乞降，不知陛下打算作何處置？」

耶律賢的喜悅之色立刻全無，恨恨地說道：「李繼捧這個傢伙總是跟我過不去。從前他們依附於我大遼，我一即位他們就在背後跟我搗亂，反叛於我，害得那些覬覦皇位的王叔們恥笑我，讓我好下不來台。這回讓我報了一箭之仇，一定不會放過他們的。」

蕭綽聽了並沒有感到奇怪，招手讓蓮哥把孩子帶走，然後拉耶律賢到床邊坐下，平靜地說：「陛下，這次打仗我們贏了，確實重振了我大遼國威，但這樣就可以洗雪我們定州失敗的恥辱了嗎？」

耶律賢聽到此，不由得站起來厲聲道：「那是我和宋朝的大仇，我怎麼會忘記？這個仇，我一定要報！」

蕭綽應道：「對呀，這個仇是與大宋結的，不過依我看，就是我們不去報仇，大宋將來也會再找我們的麻煩，以奪取自以為是他們的幽雲十六州。我們之間的衝突是不可避免的，但現在我們還沒有這個實力，所以，我們最好采取以靜制動的辦法，一方面維持與宋的和議，一方面再修武備，儲備糧草，以備隨時與宋都可能發生的衝突。而要做好這一切，確保以後對宋作戰的勝利，就不得不處理好如何對待黨項這個問題。」

遼景宗耶律賢奇怪了，難道這兩者之間還有什麼聯繫嗎？突然，他猛地一拍光禿的腦袋：「對了，這就和我們打黨項要和宋保持和好是一樣的道理，燕燕，你說我說得對不對？」

蕭綽用手指點了一下耶律賢的額頭，笑道：「你這頭大笨牛，現在終於聰明一些了。」耶律賢摸著自己的腦袋，像個孩子似的羞澀地笑了。

蕭綽接著說道：「是呀，我們如果屠城，那就會把黨項人推向宋國，他們的族人必定會對我們產生仇恨，待西征大軍後撤，他們還會起而復叛。一旦我們與宋發生衝突，只有傾盡全力才能取勝，而沒有一個安全的西南側翼，我們就不可能把全部兵力都投入到對宋作戰之中，勝利也就難有保障。這樣，不僅定州之敗不能雪恥，我大遼還會重蹈覆轍的。」

耶律賢深情地望著蕭綽，良久，他自嘲地笑了：「燕燕，我明白了，看來我處理朝政的能力確實不如你啊！燕燕，你以後就跟我一起上朝聽政，幫我出出主意，你看好不好？」

蕭綽微微一笑道：「陛下如此信任我，那我就試試看吧。」

突然，蕭綽又問道：「陛下，這次西征黨項取得大捷，你想過我們該如何慶祝嗎？」

耶律賢聽蕭綽提到這個問題，剛才的興趣馬上不見了。他悶悶不樂地說：「又不屠城，又同意他們乞降，那我們還慶祝什麼呀？」

蕭綽知道耶律賢內心的想法，但卻不說破，只道：「不，陛下，我認為既然咱們取得了大捷，就應該慶祝，而且，還要辦一個盛大的慶典。」

「盛大的慶典？」

「對。只有大大地慶祝一番，才能讓我們大遼國的子民知道他們皇帝的英勇軍功，也可以一掃這幾年陛下身上的晦氣。這樣，陛下才能揚眉吐氣，挺胸做一個萬民景仰的好皇帝，讓那些總想看我們笑話的親王們徹底失望。」

「你說得有道理，燕燕，我怎麼沒想到呢？對，你說，怎麼才算是盛大的慶祝？」

蕭綽不慌不忙地說道：「這不正趕上過年嘛，百姓正喜氣洋洋，京城裡人們熙來攘往，我們可以先舉行西征軍入城獻俘儀式。到正月十五的時候，再下令全城百姓舉行元宵燈會，屆時陛下帶文武百官到午門上的五鳳樓觀燈，以體現與民同樂，普天同慶，也好讓平民百姓一睹他們萬歲爺的風采。陛下，你看這樣如何？」

耶律賢聽得津津有味，兩眼放光，忍不住拍著大腿道：「好，眞是個好主意！」

在蕭綽的親自策劃下，正月初九，西征大軍班師回朝時舉行了盛大的入城獻俘儀式。

這一天，上京城中的男女老幼、文武官員迎著凜冽的寒風，來到午門前，觀看在這裡舉行的獻俘儀式。大家看著琳琅滿目的金銀財寶、牛馬駝羊和其他戰利品，以及破衣爛衫、狼狽不堪的黨項戰俘，無不拍手稱快、欣喜異常。整個上京城洋溢在勝利的喜悅之中，低迷很久的軍心、民心無不爲之一振。

正月十五日晚上，上京城內張燈結綵，熱鬧非凡。

夜幕剛一降臨，人們就紛紛走出家門，呼朋喚友，扶老攜幼，城外的牧民們也騎馬趕到城裡，來觀賞這難得的觀燈盛會。

人們穿行在大街小巷。各家各戶早已把一盞盞製作精美、造型奇異的花燈掛在門口點亮。上京城中不時洋溢著歡快的笑聲。

在觀賞完民間的花燈之後，人們不約而同地向皇城的午門前聚集而來。

正是月上中天之時，一輪皎潔的明月靜靜地懸在半空，溫柔地望著上京城。

位於午門上的五鳳樓，原已多年失修，殘破不堪。爲了迎接這一盛大的觀燈會，工匠們日日夜夜地修繕，現已是金碧輝煌、花團錦簇，裝飾一新。

午門前的空地上，無數的彩燈高掛，有元寶燈、荷花燈、走馬燈、金魚燈、鳳凰燈、金龍燈等等，各式各樣，把夜空點綴得分外絢麗多彩。

等候在五鳳樓下的百姓們一個個歡聲笑語、喜氣洋洋，看著那精美無比的花燈不停地發出「嘖嘖」的讚嘆聲。人們急切地向五鳳樓上張望著，等候著一睹皇上、皇后的聖顏。

「戌時已到！」司禮官高聲喊道。

只見耶律賢身披水獺皮襖，攙著身穿紫貂皮衣的蕭綽一同走上了五鳳樓的觀禮台，南北院大王、樞密使和其他文武官員緊隨其後，依次在五鳳樓上就座。

這時，五鳳樓下，開始燃放焰火。一簇簇煙花沖天而起，如繁星滿天，似金菊怒放，把整個上京城的夜空裝點得五彩繽紛，異常亮麗。圍觀的人群齊聲歡呼起來。

耶律賢站在樓口，挽著蕭綽的手，向樓下歡呼的百姓們招手致意，內心隱隱地升起一絲絲得意。到現在，他不得不佩服蕭綽卓越的政治才能。他覺得自己遠遠比不上皇后的睿智。

那天的入城獻俘儀式萬人空巷。耶律賢從人們的讚揚聲中得到了前所未有的勝利的喜悅和滿足。而今天在五鳳樓這與民同樂的觀燈會，又使自己體會到了君臨天下的威嚴和神聖。耶律賢不由得深深地陶醉了。他轉過頭瞥了一眼身邊的蕭綽，發現她的臉被月光照得一片潔白，美麗的大眼睛裡湧出了激動的淚珠。

耶律賢覺得奇怪，忙用肘臂輕觸蕭綽，問道：「皇后，今天是喜慶的日子，你看萬民同樂，朕也非常高興，你怎麼哭了？」

蕭綽像被突然驚醒了一般，急忙用手背擦去淚水，抬頭笑道：「陛下，我這是高興得哭了。我覺得皇上得到萬民如此的擁戴，有這麼偉大的軍功，我眞的非常高興。」

耶律賢溫柔地看著蕭綽說：「燕燕，你別說了，這些其實都是你帶給我的。沒有你出謀劃策，沒有你的指點，我今天還不知道會怎樣的焦頭爛額呢。燕燕，將來的朝中大事我看還是由你來操心吧，我也樂得輕鬆，做一個悠閒的皇帝，你看好不好？」

蕭綽知道自己盼望已久的從政願望終於要實現了，心中雖然竊喜，但仍然說：「陛下，這怎麼行？您是一國之主，我只是後宮女子，怎能主理朝中大事呢？大臣們也會議論紛紛的。」

耶律賢態度非常堅決地說：「既然我是皇帝，那就由我說了算，我決定了，就這麼辦。」說完，又轉向樓下歡呼的人群，揮著手，一臉的自豪與得意。蕭綽望著耶律賢的這副作派，忍不住想，你呀，也就這個時候像個獨斷專行的皇帝，而不是一個優柔寡斷的庸人。不過，自己終於在契丹的政壇上站穩了腳跟，內心感到無比的欣慰。想到此，她也向歡呼的人群揮起了手。

望著昔日荒涼冷寂的上京城（內蒙古巴林左旗林東鎮），今晚變得如此璀璨絢麗，蕭綽暗暗想：也許大遼國眞的該轉運了。

遼宋議和

19

蕭綽回到闊別已久的南京（北京市），並非只想故地重遊。在她的心目中，還有比遊玩更重要的事，那就是遼宋議和。遠在黃河邊上的大宋朝首府——開封，也在思考著同樣的問題。

在取得對黨項作戰勝利的同時，蕭綽積極謀劃與宋和談的事宜也在悄然有序地進行著。

西元九七四年（保寧六年）二月。

一方面爲了加緊完成與宋和談的計劃，同時也是因爲想念闊別數年的故鄉，大遼國皇后蕭綽和皇帝耶律賢一起來到了南京城。

蕭綽從小就生活在南京城裡，可以說，她的童年是與南京城緊緊聯繫在一起的，而更重要的是，那裡有著眾多的漢人。

所以，在遼上京還沒有過完正月，蕭綽就纏著耶律賢一起巡幸南京。儘管耶律賢拖著病弱的身體，並不想從冰天雪地的草原長途跋涉去南京，但是他卻經不起蕭綽的軟磨硬泡。此外，他本人也已數次巡幸南京，確實已喜歡上了這個喧鬧繁華的城市。他覺得這裡要比枯燥荒涼的其他四京（東京——遼寧遼陽市；西京——山西大同市；上京——內蒙古巴林左旗林東鎮；中京——內蒙古寧城縣大明鄉）好多了，尤其是有那麼多奇巧精美的宋國商品，更讓他喜歡不已。所以，他最終答應了蕭綽的要求，帶她前往南京城。

由於這次來南京還有一個秘密使命，那就是與宋溝通，儘快達成和議，所以事前並沒有過多地張揚，以避免契丹內部那些反對派的指責。一到南京，遼景宗耶律賢就住進皇城，不再隨意走動。

而皇后蕭綽則不同。來到南京後，她顯得異常繁忙，因爲這一回，她把剛剛兩歲多的皇子耶律隆緒也一同帶來。幾天來，她乘車帶著這個心愛的小皇子逛遍了南京城的大小景點，讓這個將來注定要繼承皇位的皇子親身領略一下他將來要統治的國土。雖然耶律隆緒還很小，對蕭綽的解釋還根本無法聽懂，只是睜大眼睛驚奇地看著眼前的一切。這裡與大草原相比是截然不同的另一個世界。蕭綽看著兒子手舞足蹈的樣子，猜想兒子將來也會喜歡上這個城市，並將永遠地佔有和統治這塊肥腴的土地。

由於和談是蕭綽主張策劃的，在出去遊歷的同時，她也沒有放鬆同大宋進行和談的準備工作。每天都有一匹快馬奔馳在南京與涿州（今屬河北）之間，傳遞與宋進行和談的進展情況，以便研究下一步的工作。

這天傍晚，蕭綽帶著耶律隆緒剛遊完西山回來。她感到非常疲憊，因而吃完晚飯，在拆看完今天快馬傳遞的上京留守大臣請示的奏摺後，就準備休息了。

這時，實魯里前來稟告：

「涿州刺史耶律昌術有要事想見皇后。」

蕭綽一聽耶律昌術來了，不覺大感奇怪：這些天都是使者來傳遞與宋和談的消息，這個耶律昌術不在涿州好好主持和談工作，自己跑回南京來幹什麼？難道和談不成，宋想對我大遼用兵？不，這不可能。如果是這樣，耶律昌術也不敢私離防地。對，一定是有好消息。想到這裡，她猛地興奮起來，高興地說道：「快去，馬上有請耶律大人。」

這些天，蕭綽爲與宋和談之事茶飯不思，日漸憔悴，也眞讓實魯里看在眼裡，急在心裡。從內心講，他是非常感激皇后那次對他的救命之恩的。

那還是一年以前的事了。那一天，實魯里在宮外的酒館裡與同僚們一起飲酒作樂，結果酒喝過了頭。當天晚上，他負責宮內宿衛。酒飯過後，他醉醺醺地回宮內值班，誰曾想，醉眼迷離的他竟然撞倒了宮中的神纛。這面神纛是契丹人崇拜的山林神的象徵，平日裡是嚴禁任何人觸碰的，違者處死。當實魯里發現自己犯下了不可彌補的大錯時，頓時嚇得魂飛魄散，酒意全消。

遼景宗耶律賢得知此事非常震怒，立即就要處死實魯里。最後還是皇后蕭綽爲他講情，改爲杖責八十，把他從鬼門關救了回來。如果沒有蕭綽，實魯里早就已經是兩世爲人了，因而他對蕭綽感恩不盡，哪怕是赴湯蹈火亦在所不辭。

今天實魯里見皇后如此興奮，意識到一定有和談的好消息。想到此，他不由得高興地直奔皇宮大門。

到了皇宮門口，實魯里四處一看，除了守護的禁衛軍和白茫茫的大雪，並沒有發現耶律昌術的身影。

突然間，他發現面前站著一個渾身雪白的人，仔細一打量，正是耶律昌術。他親昵地打了耶律昌術一拳道：「我的耶律大人，怎麼剛在雪地裡打了個滾兒嗎？」

由於實魯里經常赴涿州傳遞皇后對和談的指示，所以耶律昌術與他並不見外。他笑道：「我的侍衛大人，今天大雪紛飛，我冒雪騎馬跑了一個下午，身上的積雪早就凍成了冰。」實魯里伸手一摸，可不是嗎？落在身上的雪被浸透衣服的汗水融化，又變成了一層薄冰。實魯里趕緊表示歉意：「耶律大人，本來應該先請你去烤火更衣，可皇后吩咐要馬上見你，只好委屈一下大人，先隨我去見皇后吧。」

耶律昌術擺手道：「不著急，我也想快見到皇后，請侍衛大人前面帶路。」

兩人走到蕭綽御書房門口，不等稟告，聽到腳步聲的蕭綽就忙問道：

「是耶律大人嗎？快請進來。」

耶律昌術走進御書房。

蕭綽見到耶律昌術滿身冰雪，忙柔聲道：「快請坐，耶律大人辛苦了。」

本來，耶律昌術一個下午冒著風雪趕了一百五十里的路，早已是又凍又餓，但聽皇后這暖人的話語，頃刻覺得渾身一片溫暖，凍餓之感早已蕩然無存。

耶律昌術撲通跪倒，報告道：「幸好下官沒有辱沒皇上、皇后的信任和使命，與宋和談的事情終於有了眉目。」

蕭綽聽了，也掩飾不住內心的激動。但她看到耶律昌術這副模樣，忙吩咐身邊的宮女，趕緊再點兩個炭盆，上一盤點心，又命太監去取一套乾爽的衣服讓耶律昌術換上，並親手倒了一碗熱奶子給耶律昌術。

這一切忙完後，蕭綽才坐下來，溫聲說道：

「耶律大人，情況怎麼樣？慢慢說。」

耶律昌術咕咚咕咚喝下了一碗熱奶子，又拈起盤子裡的點心吃了兩塊，抹了抹嘴說道：「皇后，我知道，這些天您非常關心和談的進展情況，我心裡也是著急。可是，幾天來我幾次去信給宋國雄州（屬河北）知州孫全興，都沒有信兒。今天早上，我還像往常一樣上城巡視防務。突然，軍兵說，從宋國雄州方向馳來一小隊人馬，到了城門前，我才發現原來是宋雄州知州帶著幾名護衛來到了涿州城下。」

「孫全興這麼大的膽子，竟敢只帶幾名護衛就深入我大遼境內？」蕭綽驚奇問道。

「可不是嗎？我也感到非常驚訝。」耶律昌術繼續說道，「原來，孫全興把我們有意求和的消息報告給他們的皇帝後，他們的皇帝也急於求和，於是命孫全興馬上促成此事。在這種情況下，孫全興才帶著幾名親兵涉險來到涿州城下。」

「嗯，果然不出我所料。」蕭綽如釋重負地點了點頭，「那你怎麼辦？」

耶律昌術笑道：「我一看這是他們主動來談和議之事，當然不能表現出急於求成的樣子。不過，我也帶了幾名親兵出城，在城門前的空地上搭了一個帳篷，我和孫全興進行了一番面對面的交談。」

「那孫全興都說什麼了？」

「孫全興這個老奸巨猾的狐狸，還裝作不急不忙的樣子。其實，如果他不著急，那他也不必冒著大雪犯險來到涿州城下，所以我也跟他打著哈哈，不談議和之事。後來他實在是忍不住了。」

「好，耶律大人，你這叫以靜制動，幹得好！」蕭綽笑道。

「孫全興說，他們皇帝同意議和，並詢問我國皇上的意見。我就把您親手交給我的那封書信交給了他，他如獲至寶似的揣了起來，說是要馬上送給他們皇上。同時，他要求近期內兩國不要發生衝突，我答應了。其他的什麼也沒有談。」

「好。孫全興這次主動到涿州，說明他們的皇上急於要和我們講和。看來，他們是要馬上對唐用兵了。只要他們來談，咱們就處在有利的地位。若是和談成功，耶律大人，你就是一個大大的有功之臣，我定會奏請皇上好好獎賞你的。另外，爲了使你在與宋和談時便於行事，皇上已經同意給你加侍中頭銜，就由你負責和談事宜。」

耶律昌術聞聽此言，急忙伏身跪倒磕頭道：「謝皇上、皇后恩典，小人爲皇上、皇后效力，萬死不辭。」

與此同時，在宋國雄州城內，也有一個人牽著馬，走出了知州孫全興府邸的大門。出門後，他踏鐙搬鞍，策馬向南馳去，很快就來到雄州城南門下。在火把燈籠的照映下，守城的士卒發現，騎馬者原來是孫全興的心腹家將，但還是依照慣例驗看了腰牌，一切手續無誤。緊閉的雄州南門悄悄開啓，騎馬之人策馬從城門中衝了出去，朝著通往東京開封的大道飛馳而去，馬蹄揚起了一片雪霧。守門的士卒關上城門後，不禁在心裡嘀咕，這麼大的風雪，有什麼緊急的軍情嗎？

正月的大宋朝東京開封，比起遠在漠北的遼國上京和幽燕重鎮南京，春天的腳步不知要早多少天。此時的上京和南京，還是北風呼嘯，冰封雪凍，一片肅殺銀白，可緊靠黃河的開封城，已有新綠初綻，一片陽光燦爛，使人感覺到溫暖宜人了。像往常一樣，趙匡胤和文武大臣們只放了幾天年假後，就又開始上朝議事了。

這天，在長春殿，趙匡胤召集趙普、趙光義及曹翰、曹彬、田欽祚、潘美等人一起圍坐合議，討論下一步的軍事部署。

「各位大臣、將軍，南漢戰事已經結束了，對南漢的統治業已鞏固。我大軍下一步將向何指？請大家談一談看法。」趙匡胤依次看著大家，緩聲道。

趙普看了看，見別人沒有發表意見的意思，就首先站起來道：「陛下，我認爲，大軍還是直指南唐爲好。這幾年，我軍接連在南方征戰，連克南平、楚、後蜀、南漢，在南方已經產生了極強烈的影響。現在南方只剩殘存的南唐、吳越和漳泉二州的陳洪進，他們可以說是俎上魚肉，只等我大軍前去宰割。況且，這些年來，我大軍一直在南方用兵，軍械裝備均適合於南征之用，軍士們也已習慣於征戰南方，所以根本不用再準備什麼。我還聽說，當今的南唐主李煜每日裡只知吟詩作詞，醉生夢死，不理朝政，對長江的防務守備也疏於管理，這豈不是我軍進攻南唐的有利時機嗎？而最重要的是，陛下曾幾次宣詔李煜入朝，可他數度抗命不至，如果其他人也如此效仿，那我聖朝之威何存？另外，他最近又誅殺了江都留守林仁肇，江南更無良將，我們此時不征南唐，更待何時？」

判四方館事田欽祚斜瞥了一眼趙普，哼了一下道：「趙大人話是說得不錯，可你也別忘了，征伐南唐同征伐其他小國還不一樣。俗話說，瘦死的駱駝比馬大。征伐南唐，我們若是不傾盡國力，是難以一鼓而下的。」

曹彬站起道：「那就不妨傾全國之兵南下嘛。」

潁州團練使曹翰冷笑一聲：「傾全國之兵？別忘了我們身後還有一虎一狼呢，當心他們從背後咬我們一口。」

趙光義看了看唇槍舌箭的爭鬥雙方，反問道：「那如何才能既征伐南唐，又避免北漢和契丹人在後面騷擾我們呢？」

他這一問，讓大家都陷入了苦苦的沉思之中。

突然，久久沒有開口說話的潘美站起來道：「我們能不能先設法穩住契丹人？北漢跟契丹是穿一條褲子的，穩住了契丹，北漢也就不會輕舉妄動了。」

曹彬接著說道：「潘大人說得對，先給他們一點甜頭嘗嘗，只要他們不搗亂就行。」

田欽祚搖搖頭道：「恐怕不行。去年契丹西征黨項大獲全勝後，國勢日盛。而且，他們念念不忘開寶二年（九六九）定州之役的敗軍之辱，如果有復仇的機會，他們怎麼會輕易放棄呢？」

這時，趙普站起來，不慌不忙地說：

「田大人此言差矣。契丹久有報仇之心不假，最近一年一掃過去萎靡之氣也是事實，但是，他們現在還不具備與我們對抗的實力。我看，暫時與契丹修好不失爲一條好計。」

「嗯，」只聽而不說的趙匡胤點頭開口道，「趙愛卿之言甚合朕意。朕早已密令雄州知州孫全興，要找機會和契丹人重開和談之門，爭取確保北部邊境暫時的安全，這樣，咱們才可以放開手腳，大膽征伐南唐。不過，這麼長時間了，孫全興還沒有奏摺送來，朕也是等得好是心焦啊。」

正在此時，殿外值宿太監王繼恩急匆匆地闖進殿來，跪地尖聲稟告：「陛下，雄州知州孫全興有緊急奏摺送到，是否呈上？」

長春殿內的君臣們一籌莫展之際，聽到這一稟告，簡直不啻聽到了天籟一般。

趙匡胤激動之下，把龍書案上的青玉鎮紙也碰到地上摔碎了。

趴在地上的王繼恩看到青玉鎮紙在地上摔成幾截兒，還以爲是自己的突然闖入惹惱了皇帝，頓時臉色蒼白，渾身顫抖，等待殺身大禍的來臨。

趙匡胤彷佛沒有見到一樣，語無倫次地說：「快！快！宣他進、進來，見朕。」

王繼恩這才明白，皇帝原來是聽此消息，高興得如此失態，不禁長出一口氣，趕緊從地上爬起，一溜煙地跑了出去。

一會兒，孫全興的奏章就擺在了趙匡胤面前的龍書案上。趙匡胤看著這奏章和耶律賢的書信，自言自語道：「眞是踏破鐵鞋無覓處，得來全不費功夫。遼也要與我議和，哈哈哈……」趙匡胤暢快的笑聲傳遍了整個大殿。殿內的眾人還從未見皇上如此高興過，一時之間不禁面面相覷。

趙匡胤不顧大家驚詫的表情，拿起耶律賢的書信念道：

「……兩國初無纖隙，若交馳一介之使，顯布二君之心，用息疲民，長爲鄰國，不亦休哉……」

「好，好，說得好！我現在需要的正是友好鄰邦，這可眞是遂了我的心願。」趙匡胤心滿意足地笑道。

趙光義忙問道：「皇上，我們該派誰去主持與契丹和談事宜呢？」

是呀，該派誰去呢？長生殿裡的君臣們又陷入了沉思之中。

十月的開封，秋高氣爽，菊花飄香。

開封城中熱鬧異常。講武池與汴河之間的水門慢慢地升起，在講武池中演練的兵艦依次從閘口駛出，沿著剛剛疏浚的汴河向東駛去，然後再沿著運河南下。開封城的南營門前也是人喧馬嘶，趙匡胤正在門旁設酒爲南征大軍送行，西南南路行營馬步軍戰都署曹彬、都監潘美、先鋒曹翰等人畢恭畢敬地立在一旁。

趙匡胤神情莊重地對曹彬囑咐道：「江南的事情，全權委託給你辦理，切記不要濫殺無辜百姓，而要廣布恩澤，使他們能自動歸順。」

曹彬點頭稱是。

趙匡胤又從侍從呈上的金盤中拿過一柄寶劍，遞給曹彬道：「你把這把劍拿去，副將以下，如果有不服從命令者，可直接用這柄寶劍處死，無需稟告。」

曹彬跪倒，用雙手接過短劍，叩頭道：「謝皇上聖恩。」

潘美及曹翰等副將、偏將等人跪在地上，聽到此番言語，背上沁出了一層冷汗，也齊呼：「謝皇上隆恩。」

趙匡胤最後舉起酒杯說：「朕最後敬眾將士一杯，祝全軍將士旗開得勝，馬到成功！待為朕收復江南、凱旋之日，朕將再為諸位將軍敬上慶功酒。」

眾將齊舉酒杯，一飲而盡。只聽劈啪一陣亂響，酒杯摔了滿地，眾位將官紛紛上馬，絕塵而去。

九七五年（開寶八年）十二月，曹彬率宋軍攻破南唐京都金陵城（江蘇南京），南唐主李煜率全城軍民出城請降，南唐十九州、三軍、一百八十縣全部納入趙匡胤的版圖。

20

為了儘快達成遼宋議和，蕭綽又一次讓耶律賢服從了自己。克沙骨慎思的出訪，標誌著遼宋和睦交往的時期開始了。

在大宋征伐南唐的過程中，遼與宋議和的活動也在緊鑼密鼓地進行著。

九七四年（開寶七年）的十二月，北宋好戲連台，趙匡胤派遣知州孫全興致書耶律賢和蕭綽，提出要求和談之事。

接到趙匡胤的求和信後，蕭綽決定趁熱打鐵，立即派使臣赴宋，進行正式和談。

為了穩妥起見，確保和談這一計劃不至遭受到朝臣們的反對，蕭綽明白，必須先做通耶律賢的思想工作。

耶律賢現在對於繁瑣的政務已經不感興趣，許多朝中大事都由蕭綽處理，大臣們也已習慣這一形式了。而且，蕭綽辦事幹練，處事剛柔並濟，令大臣們心服口服。他們也都接受了蕭綽。這樣，耶律賢就樂得清閒，不再過問什麼朝政。

聽到蕭綽徵詢意見，耶律賢奇怪地看了她一眼道：「現在朝政都由你處理，我從不插手，也不會有什麼意見。你有什麼想法就放手去做，不必徵求我的意見。」

蕭綽清楚地知道，這一段時間，自己把朝政全部攬過來，耶律賢雖然沒說什麼，但心裡一定還是有失落感的。所以，與宋和談的問題，自己一定要徵求他的意見。況且，朝內有不少權臣遺老極力地反對與宋和談，這一回讓耶律賢作主，打著皇上的旗號，多少總可以減少來自反對派的阻力。

於是，她親昵地靠在耶律賢的身上，撒著嬌說：「皇上，你的身體這麼虛弱，一直讓臣妾心憂不已，所以臣妾才把一些小事攬過來，爲陛下分憂。但臣妾畢竟是女流之輩，遇到大事，還需要皇上給臣妾作主呀。」

蕭綽的一席話，說得耶律賢如同吃了人參果一般，渾身舒坦。於是，他摟過蕭綽，讓其坐在自己的腿上，輕撫著她說道：「燕燕，你有什麼想法，慢慢說出來。」

蕭綽有條不紊地說道：「本來，這個時候大宋征伐南唐，我們不必如此急著去與宋和談，他們現在也沒有能力同時再向我們進攻。但是，考慮到以後形勢的發展，我覺得，現在正是與宋達成和議的最有利時機。」

耶律賢不解地問：「怎麼會最有利呢？」

蕭綽正色道：「現在宋伐南唐，取勝只是時間早晚的問題。據我估計，最遲明年中期南唐就會被平定。而那時，南方的吳越及漳泉地區的陳洪進在大軍威懾下，投降宋也是早晚的事。這樣，以宋軍那麼大的實力，必然會矛頭北指，一個目標是我們的屬國北漢，另一個目標就是我們大遼國，因爲幽雲十六州，一直是宋人眼中的肥肉，必定是欲奪之而後快。」

耶律賢不禁點頭道：「很有道理。不過，這跟現在是與宋和談的最好時機又有什麼關係呢？」

蕭綽道：「這正是我馬上要談的。您看宋國北部的兩個敵人，即北漢和我大遼。當宋解決了南唐，沒有後顧之憂時，就會揮師北上。而現在不同，他們以傾國之兵南下，正擔心我們和北漢襲擊它，所以他們也一定急於求和。如果我們抓住這個機會，就能促成和談，避免兩國在不久後兵戎相見。」

耶律賢道：「不錯，確實有道理。不過……」

「不過什麼？」蕭綽問。

「不過爲什麼非要我們派使臣？現在他們打南唐，他們最需要講和，應該他們先派使臣來講。」耶律賢憤憤道。

蕭綽暗暗搖頭，心想，這個耶律賢，大本事沒有，卻總是在小問題上進行糾纏。不過她並未表現出不悅，仍是溫和地說：「陛下，宋不是已經派使者來向我們朝賀了嗎？我們再派使者去和談也不見得就委屈了我們，而且顯得我們知書達理，懂得禮尚往來。如果不去，待宋平定南唐，我們就沒有比這更好的機會了。陛下，還是以大局爲重吧。」

耶律賢無奈道：「說來說去，還不是都聽你的嗎？好吧，就這樣辦吧。」

從遙遠的內蒙古草原上京臨潢府（內蒙古巴林左旗林東鎮）來到南朝的繁華中原之地，讓郎君克沙骨慎思感受到了兩個世界明顯的不同。當他從上京出發時，那裡還處在冰封雪凍的隆冬，北風呼嘯，人煙稀少。而越往南走，則天氣越暖，人煙越稠密，物產越豐富，城鎮也越繁華。

到了大遼國南京府（北京市），他受到了新任南京留守韓德讓的熱情招待。

對於韓德讓，他是非常熟悉的。大遼建國時，他們家就是少數幾家漢族的功臣之一。本朝以來，他們全家越加受到重用，現在他的父親韓匡嗣任上京留守，他本人則被皇后親調南京留守兼任統軍司統軍使，正是當今的紅人。雖然克沙骨慎思也從風言風語中聽說韓德讓是皇后過去的戀人，但這並沒有影響他對韓德讓的評價。他認為，韓德讓是遼國少數漢人官員中非常傑出的一位，不僅有風流倜儻的外表，而且有著精明的頭腦，他對目前宋、遼、漢及唐之間的政治關係分析得頭頭是道，非常透徹，並對他此次出使的前景作了一定程度的預測，讓他覺得將來韓德讓的前途是不可限量的。

離開南京後，渡過拒馬河就進入了宋國的地界。宋朝皇帝派來迎接他的人就在雄州等候，此人叫郝崇信，是一個閤副使，與克沙骨慎思的職位相等。

在郝崇信陪同的沿途上，克沙骨慎思千方百計想從他口中套問宋朝皇帝對本次談判的態度，可這個郝崇信卻狡猾得很，不是一問三不知，就是虛與委蛇，推三阻四。不過，這個人倒可以稱得上是一個好的嚮導。一路上，南朝的風土人情由他來介紹，令人耳目一新。到了住地，每日裡大魚大肉及其他一些精美的食物，都是他在上京沒有吃過的。南朝的繁華程度確實令他深有感觸。在大飽口福和眼福的同時，克沙骨慎思並沒有忘記自己的使命。臨來時，蕭皇后命他負責調查宋軍的部署及糧草儲備情況。郝崇信有意無意間曾領他經過軍營和糧庫，他看到的是，宋軍盔明甲亮，人數眾多，糧囤座座充足。但他也明顯地察覺出，這是宋國特別準備給他看的，他豈有不知之理，只是不便道破罷了。

進了大宋都城東京開封城，裡面的熱鬧程度更是令他矯舌不下。黃土鋪道，清水淨街，買賣平和，人們熙來攘往，一片繁忙。每隔十丈就搭有一座牌樓，上面張燈結綵，連木柱都圍以紅綢。這一方面讓他感覺到格外受重視，但明顯的奢華擺闊又讓他不禁哂然。

來到開封後，克沙骨慎思被安排到金亭驛館兩天了，除了郝崇信天天陪著，竟然沒有一個人來看望他，這又讓他憤怒不已。這不是明擺著：先來個下馬威，然後再提和談條件嗎？他又想起了臨走時皇后對他的吩咐：「這次選你當使臣，是我千挑萬選出來的。和談的條件都告訴你了，你尤其要注意的是，千萬不要讓宋人小看我們，只要是給我們大遼國爭臉的事，怎麼辦都可以。」

想到此，克沙骨慎思對宋人的這一小伎倆，也就淡然處之，不爲所動。每日裡，他只是與隨行而來的軍士們大碗喝酒，大塊吃肉，要麼去上街遊逛，要麼蒙頭睡覺，根本就不提求見宋朝皇帝的事。他心想：「你想讓我著急，我偏不著急。這就是皇后教我的，叫什麼來著？對了，叫以靜制動，以退爲進。」

克沙骨慎思就這樣悠哉悠哉地過了三天。這其間，郝崇信經常來看望他們。克沙骨慎思總是表現出若無其事的樣子，對和談之事隻字不提，令郝崇信好生失望。

到了第四天，克沙骨慎思剛剛起床，還沒有洗漱，正合計著今天該怎麼打發這難捱的日子時，只見門簾一掀，郝崇信身穿嶄新的官服走了進來。克沙骨慎思見此情景，立刻敏感地意識到，宋國皇帝這是按捺不住了，終於要召見他這個北來的「蠻夷」使者了。

果不其然。郝崇信進門就拱手道：「恭喜！恭喜！」

克沙骨愼思裝作莫名其妙的樣子站起來問：「副使大人，喜從何來，勞大人前來恭賀？」

郝崇通道：「今天皇上下旨，要召見使臣大人，快快準備吧。」

克沙骨愼思故作驚訝道：「啊，皇上終於有時間要見一見我了？」

郝崇信聽完，忙擺手道：「貴使千萬別這麼說。皇上這幾天一直是政務纏身，今日剛好有一點時間，就安排接見你。請不要多疑。」

克沙骨愼思把心中的不滿發洩出去後，也知道自己該就坡下驢，急忙洗漱更衣，命令隨從把皇上皇后令他帶給宋國皇帝的禮品全都擔上。

克沙骨愼思一行人隨著郝崇信來到講武殿外。

這時，太監王繼恩手執拂塵從殿內走出來。只聽他尖聲說道：「陛下有旨，宣遼國使臣上殿見駕。」

克沙骨愼思趕緊亦步亦趨地跟在後面。一進入大殿，他才感覺到什麼是眞正的豪華。正當他要凝神觀看的時候，突然想起臨走時皇后的吩咐，那就是千萬要保持自己的尊嚴，不能讓宋人小看。於是急忙收攝心神，表情凝重，不再東張西望。

克沙骨愼思抬頭一看，見大殿的龍座上端坐著一個身體肥胖的中年人，頭戴沖天金冠，身穿黃龍袍，腰繫白玉帶，足登無憂履，略帶浮腫的眼睛正盯著自己。

克沙骨愼思知道這就是宋國皇帝趙匡胤，便俯身跪倒磕頭，用契丹話說道：「今有大遼國天贊皇帝使臣拜見大宋國皇帝。」說完遞上了禮單。

王繼恩上前接過禮單，遞給宋太祖趙匡胤。趙匡胤掃了一眼，見無非是些駿馬、毛皮之類，就隨手放在了書案上，滿臉堆笑地說：「謝謝你們的天贊皇帝。使者長途跋涉，一路辛苦了。賜座。」

馬上有太監搬了一個圓凳放在丹陛跟前，克沙骨慎思用漢語說道：「謝陛下聖恩。」然後，起身坐了下來。

趙匡胤見他能講漢語，禁不住問道：「你剛才拜見之時，爲什麼不說漢語？」

克沙骨慎思答道：「因爲我是大遼國的使臣，所以我才用契丹語來行使我使臣的權利。」

趙匡胤聞聽此言，知道這個使臣牙尖嘴利，能言善辯，是不好對付的，便擺手道：「算了，你們北人沐受華風日短，尚未開化，難怪你們無禮，朕不與你們計較。」

克沙骨慎思只是微微一笑，不想再與趙匡胤糾纏這些小事。

好半天，趙匡胤臉上的不悅之色才變得和緩起來。他又問道：「克…克沙思……」

旁邊的郝崇信忙答道：「陛下，遼使臣的名字叫克沙骨慎思。」

趙匡胤見郝崇信不但對遼使臣的上殿見駕禮儀交代不清，現在還當著這麼多人的面讓他下不來台，非常不滿，狠狠地瞪了他一眼。

然後又轉過頭，堆上滿面笑容，說道：「克沙骨慎思使者，朕見你們遠道漠北而來，非常辛苦，所以讓你們在金亭驛館休息了兩天，今天召你上殿，是爲了商談兩國和議之事。你們仰慕聖德教化，前來與我大宋講和，朕十分高興。爲了保證兩國永修和好，我希望貴國君主能把原屬中原的幽雲十六州歸還本朝。當然，我大宋廣據中原，富甲四海，幽雲十六州本來就是我們漢人的，但我們願意用絹帛贖回來。」

克沙骨慎思聽後，微微一笑，心想，果然如皇后及韓德讓所說，剛提出和議，就想要走幽雲十六州，眞是夢想。想到此，他稍稍鎮靜了一下，朗聲說道：「我們遼國君主派我前來，就是爲了使遼宋兩國永世修好，不生戰端，避免生靈塗炭。爲了使兩國百姓安居樂業，互通有無，我們恭請陛下能開放邊境貿易，設置榷場，造福兩國百姓。至於幽雲十六州，那是我太宗皇帝得來的疆土，身爲大遼國契丹人的子民，怎麼能賣掉祖宗的基業呢？」

趙匡胤聽了克沙骨慎思不卑不亢的答覆，不禁苦笑了一下，咽了一口唾沫，放緩了語氣道：「開放邊境貿易之事好說，只要貴國君主同意朕贖回幽雲十六州的要求，朕就一定會下令設置榷場，開通貿易，讓兩國百姓永世修好。」

克沙骨慎思清醒地知道，此行並不是要商議和議條款，而只是互通資訊而已，再在此問題上糾纏也是無用。他說道：「我願意把宋國皇帝的話轉達給我國君主。兩國和好，百姓休養生息，互通有無，這才是功德無量的好事啊！」

趙匡胤見這次會見使者只是一次毫無意義的舌戰，無可奈何地笑了一下，命近侍捧過十錠黃金和一百匹絹帛，賜給克沙骨慎思，就這樣匆匆地結束了這次枯燥無味的會見。

此後，克沙骨慎思又被宋國君主安排了一次別開生面的與宋將進行的射箭比賽，然後打道回府了。

後來，皇后蕭綽又派左衛大將耶律霸德再次出使宋國，給趙匡胤進獻了契丹國服、玉帶及名馬等。九七六年（保寧八年）春，宋派遣權書郎宋准、殿直邢文慶作爲賀正旦（春節）的使臣來到上京，向耶律賢、蕭綽轉達趙匡胤對他們的問候。從此，宋遼之間的使節往來不斷，一切衝突彷彿都結束了，兩國開始了前所未有的和睦交往時期。

21

很久不上朝視事的遼景宗耶律賢的突然出現，令眾大臣頗感驚異，他的一番話更讓他們震驚不已。這時一場叛亂發生了。

九七六年（保寧八年）三月初八，大遼國上京（內蒙古巴林左旗林東鎮）。今天本來不是早朝的日子。還沒有從過年那疲憊的繁忙中緩過氣來的文武百官突然得知，今天要上朝議政，便一個個慌慌張張地騎馬坐轎趕進宮中，來到議政殿前。

卯時一刻，值事太監到朝房門口高喊：「升殿嘍，請各位大人進殿見駕。」

這幾年來，大臣們早已經習慣了由皇后一人坐在龍座上處理朝政，所以進得殿來，一個個低著頭，也沒有往高高在上的龍座上看。

不一會兒，西暖閣的門悄悄打開，一個太監走出門來，「啪啪啪」甩了三下靜鞭，殿外廊下站著的供奉們一齊奏起鼓樂，在黃鐘大呂、琵琶笙簧聲中，只聽到腳步聲走上龍座，然後太監喊道：「樂止！行跪禮！」

於是滿殿大臣紛紛撲倒叩拜，山呼萬歲。

行完跪拜禮後，大臣們站起才抬起頭來。突然，大家驚奇地看到已有好長時間不再上朝的皇帝耶律賢正坐在雕龍黃襯面的寶座上，而皇后蕭綽也與皇帝一同坐在那裡，以往皇后處理朝政時也從來沒有坐在龍座上過。

眾大臣見此情景，頗感驚奇，忍不住交頭接耳。一時間，大殿內竊竊私語聲不斷。

耶律賢和蕭綽微笑著，望著群臣們的表現，並沒有制止，待眾人的嘈雜聲小了以後，耶律賢才斂起笑容，攢足了底氣，用鏗鏘有力的聲調說：「今天我坐到這裡，召集朝會，是有非常重要的決定詔告眾愛卿。」

眾大臣一聽這話，不由得面面相覷。這些天來，並沒有聽說宮中出了什麼大事，也沒有聽說南方和西方有什麼緊急的軍情，那到底是什麼事呢？

大臣們不由得又抬頭仰望引而不發的皇上耶律賢，發現耶律賢的臉上充滿了神秘的笑意，才放下了心中的石頭。唉，看來還不是什麼壞事。於是，一個個靜下心來，等待耶律賢的宣布。

耶律賢看著大臣們莫名其妙的表情，轉頭望了蕭綽一眼，蕭綽會意地無聲一笑。

耶律賢鄭重地說道：「我宣布，今後皇后視事如朕親臨一般，大家對待皇后應像對朕一樣尊重。」

眾大臣聞聽此言，禁不住搖頭——這幾年，皇后代皇上行使職權，處理朝政，我們一向也沒有什麼意見，不就是當皇上一樣對待嗎？這也用來宣布？

遼景宗耶律賢並不管大家的議論，接著說道：「今後，皇后也可以如朕一樣開口稱『朕』及『予』，史館學士記載皇后的言行舉止，亦照朕例辦理，大家聽明白了沒有？」

說完，耶律賢靜靜地看著群臣們的反應。

耶律賢這一番話，如同在沸騰的油鍋裡撒了一把鹽一般，朝堂上下立刻熱鬧起來，嘈雜的議論聲像要把大殿的屋頂掀開似的。

只聽乙室大王耶律撒合道：「皇上，這樣萬萬不行啊！自古以來，君臣有別。蕭氏雖貴爲皇后，但她畢竟還是皇帝的臣子啊！平時由她處理朝政，我們都認可，但是她可不能與皇帝您相提並論呀！陛下，您這是壞了祖宗之法呀。」說完，撲倒在大殿上，失聲痛哭。

南院樞密使高勛也急忙搶班出列，伏身跪倒，說道：「陛下，自古以來都是男人掌管天下，哪有牝雞司晨的道理。中原漢人一旦有女人掌權，無不禍國殃民。殷鑒歷歷，望陛下深思。」說完，也伏地不起。

蕭綽看到這一場面，心中升起一團怒火，心肺簡直要氣炸了。心中怒罵，耶律撒合這個糟老頭子，頭腦僵化也還罷了。這個高勛，作爲漢人，他不可能不知道唐朝還有個武則天吧！他如此說來，明顯是跟我過不去。哼，我爹爹死得蹊蹺，我就懷疑他廁身其中有陰謀，現在又來攪擾我的事，眞是可惡。將來如果讓我查出他與我爹爹被殺有什麼關聯，那就新賬老賬一起算。

這時，位列南班臣僚中的南院大王耶律斜軫出班啓奏。

蕭綽看到耶律斜軫要啓奏，知道他是自己的侄兒女婿，又是父親親自提拔上來的，講話一定會對自己有利，就靜下心來，耐心地聽著。

果不其然，耶律斜軫奏道：「兩位大人剛才的言論差矣。皇上的話就是金口玉言，規章也是由歷代先王而定，相沿成襲至今而成定法。今天皇上定例，日後也必成定法，何謂壞了祖宗之法？另外，高大人說皇上這一定例不合漢人禮法，我們本就是契丹人，與漢人有何關係？漢人本來就視我們爲蠻夷之族，我們又何必死抱著漢人的禮法不放呢？更何況，先前唐朝也有武則天爲帝之例，而我們只是把皇后同皇上視作一人，並無讓皇后取代皇上之意，這又有何不可呢？」

北院樞密使耶律賢適也出班奏道：「南院大王之言有理。只要陛下主張，我們做臣子的沒有什麼意見，何況皇后日夜處理朝政，對外發布命令也常借陛下之名便宜行事，今日如此辦理，只不過更利於皇后處理朝政，又有何不可？」

……

其他朝臣們有的認爲自己人微言輕，說也無用，乾脆緘口不語；有的知道這涉及到宮中兩派勢力之爭，樂得不再插足，只是看著別人爭論。

聽著聽著，耶律賢的臉早已漲成了豬肝色，禁不住厲聲喊道：「別吵了，趕緊給我閉嘴！」

大臣們看到皇上發火了，就都停下來不再說了。

耶律賢看著眾位大臣，強壓著怒火道：「每天皇后一處理朝政，你們都誇耀皇后賢良英明，阿諛奉承之聲不絕於耳，爲什麼朕要給有功勞的皇后加個封號，大家又都跳出來指責這指責那的，眞是一群小人！哼，朕給皇后加封稱呼，只是朕自己的家務事，說出來讓大家議一議，只是拿你們當回事兒，沒想到你們眞的拿著棒槌當針使，議來議去，這也不行那也不行，你們以爲自己是誰，想來干擾朕的決定，眞是不識抬舉！現在朕正式宣布，剛才那件事就定下來，你們還有什麼意見嗎？」

眾大臣見此情形，全都噤口不再吱聲了。

耶律斜軫出班道：「皇上此舉英明，皇后應該以此自稱。」眾大臣也都跪地恭賀起來。蕭綽見此事已成定局，連忙從龍座上起身，也跪倒在丹陛之下，叩謝皇上恩典。耶律賢高興地仰天大笑起來。他認為，這是自己當皇帝以來第一次乾脆俐落地處理朝政。從此，在記載遼國歷史的史書中，凡涉及蕭綽的言論時，都以「朕」及「予」稱呼。

正當蕭綽在大遼國內春風得意之時，又一叛亂發生了。

耶律只沒是遼景宗耶律賢同父異母的弟弟。他從小接受了良好的教育，他的母親並為他請來契丹族和漢人教師，使他成為契丹皇族中少數精通契丹文和漢文的子弟之一。另外，他還通曉琴棋書畫，可算得上契丹人中少有的才子。

耶律只沒風流倜儻，瀟灑俊逸。他並不求在政治上有所發展，而美女才是他心目中最大的渴求。所以，他剛剛成年時，就把搜尋美女的目光投到了這片遼闊的大草原上。

當時，遼國境內比較出名的美女只有兩個，一個就是蕭綽；另一個叫安只，她名揚草原，艷麗多姿，不但貌美驚人，而且像草原上其他契丹女子一樣擅長騎馬射箭，一身的好武藝。

耶律只沒聽說後，對這個美貌的女子渴慕至極，夢想著能一睹她閉月羞花的面容。

在上京的一次集市貿易上，耶律只沒恰巧碰到了安只。他為她的美貌驚呆了，他覺得，如能娶這個美貌女子，簡直是一生的享受。

耶律只沒備好了聘禮，前去安只家中求婚。安只見到耶律只沒英俊瀟灑，而且又精通漢族詩文，心中自是非常喜歡，情願以身相許。

耶律只沒如願地娶了安只。婚後，兩人恩恩愛愛，如膠似漆，如同蜜裡調油一般。

但是，一個突如其來的變故，改變了耶律只沒和安只的命運，結束了他們二人甜蜜的夫妻生活。

一天，穆宗耶律璟的母親靖安皇太后過五十大壽，耶律只沒也進宮前去祝壽。

靖安皇太后非常喜愛南朝的風土人情。她知道耶律只沒不僅懂漢語，而且琴棋書畫樣樣精通，可謂才貌雙全。祝壽完後，靖安皇太后要求穆宗把耶律只沒留在宮中，陪她解悶，講授南朝的風情典故。遼穆宗爽快地答應了。正享受新婚幸福生活的耶律只沒，內心裡是不願離開美麗可人的妻子的，但他不敢觸怒這個喜怒無常的「睡王」。無奈之下，只好同意留在皇宮中三個月。

剛剛體味到新婚的幸福與快樂，就與妻子分開，可想耶律只沒心中的孤寂與落寞。於是，他的眼光就落在了宮中那些寂寞難耐的宮女們的身上。

很快，他的目光鎖定在雲哥身上。

雲哥是一個年輕漂亮的契丹女子，體態豐腴，亭亭玉立，俊美嬌俏的臉龐白裡透紅，秋波盈盈的眼睛含著無限的幽怨，令耶律只沒的五臟六腑震顫不已。他知道，這是一個春心萌動而又不堪寂寞的女子，是一個極易上鉤的獵物。

一旦選準了目標，耶律只沒就開始行動起來。他憑著自己英俊瀟灑的外表和優雅的言談舉止，很快就贏得了雲哥的芳心。耶律只沒新婚剛過，又是情場老手，他和雲哥，可謂一個烈火，一個乾柴，兩人遂不顧宮中的禁忌，倒在了一處。

從此，耶律只沒和雲哥兩人誰也離不開誰。但宮中有許多不便，處處都有人。不過，兩人情熱起來，根本就不顧忌什麼，經常在太后午睡時躲在廂房之中幽會。

時間長了，有許多宮女和太監發現了此事，但因不願招惹麻煩，見到他倆在一起就躲在一邊，裝作沒看見，這樣，就使這兩人的膽子越發大了起來。

這天中午，兩人又躲在無人處抱在一起。

遼穆宗耶律璟平時很少到母親的寢宮裡來問安，但今天，也不知他的神經出了什麼差錯，竟想到給母親來請安。

走到母親的寢宮前，他看到門口靜無一人，剛想發怒，突然，他聽到旁邊的廂房裡傳來了一陣奇怪的聲音。穆宗好生奇怪，他沒有聲張，躡手躡腳地走近窗戶，用手指蘸了一口唾沫，潤濕了窗紙，捅出一個洞，湊近窗口往裡一看，簡直差點沒把他氣死。

原來，在房中，耶律只沒和雲哥正在欲仙欲死之中。

耶律璟氣得火冒三丈，暴跳如雷。

耶律只沒和雲哥正如痴如醉，突然聽到「哐噹」一聲，緊插的房門被一腳踹開，穆宗闖了進來。兩人嚇得急忙滾下床來，跪倒在地，渾身瑟瑟發抖。

遼穆宗耶律璟對隨行侍從吼道：「趕快把這對狗男女給我拖出去，用五車轘刑處死！」

這時，耶律只沒才從惶恐中清醒過來。他知道，現在只有自己才能救自己。

想到此，他對穆宗叩頭道：「陛下，此事不怪雲哥，是我強迫雲哥順從我的，請陛下處死我吧。」

耶律璟雖然暴躁殘忍，但另一方面卻非常喜歡敢作敢當的人。他見耶律只沒面無懼色，語氣倒溫和起來：「好小子，有種，是耶律家的子孫！好，女人是禍水，把這個女人拉出去斬了。你嘛，看你敢作敢當，留你一條命，杖責一百。」

「陛下，還是饒了雲哥的性命吧。」

這些天，耶律只沒與雲哥私通，倒也眞處出了感情，因而見穆宗饒了自己的性命，就馬上要求皇上耶律　再次手下留情。

遼穆宗耶律璟見耶律只沒如此不知好歹，反而得寸進尺，眼中冒著凶殘的目光。不怒反笑道：「好，你小子有種！你不是喜歡這個女人嗎？我就饒了她一條性命。來人呀，把雲哥給我拖回來。」

雲哥被拖回來了。耶律只沒見狀大喜，忙跪下叩頭，感謝皇上手下開恩。

穆宗耶律璟見狀，一擺手道：「不用了，我就把這個女人賞給你，但你也要再付出點犠牲。來人呀，把他拖出去，給我剜掉一隻眼睛，再施以宮刑，看他以後還想不想女人，還給不給我惹麻煩。」

就這樣，耶律只沒只剩下了一隻眼睛。俊俏的面龐顯得非常恐怖。更要命的是，他被施以了最殘忍的宮刑，完全成了一個不男不女的廢人。

耶律只沒並沒有帶著雲哥回到家中，他根本就沒有臉面再見情熱如火的妻子安只的面，整日裡只是坐在書房中，讀書、吟詩作畫，寡言少語。

但這對一個初識婚姻滋味的女人安只來說，卻是巨大的煎熬和痛苦的折磨。她現在已成了事實上的寡婦，享受不到女人的幸福。

穆宗死後，耶律賢即位，是爲景宗，隨即把自己的同父異母弟弟封爲寧王。但身爲廢人的耶律只沒不僅對女人沒了心情，就是對政治也沒有了絲毫的興趣。每日裡，他只是吟詩作畫，根本不理窗外事。

而安只則不同。得不到男人的溫存，感情得不到宣洩。由於丈夫耶律只沒畸形的心態，她連偷情的機會都沒有。安只其實是一個權力欲非常強烈的女人，於是，她把旺盛的精力全都投入到了政治鬥爭的漩渦中。

按照大遼律法，封爲親王的寧王，可以擁有一定數量的親兵。

安只聽說有這一規定，興奮異常。她也不管丈夫耶律只沒是否同意，就獨斷專行，從自己名下的「頭下軍州」奴隸中選拔了一批精悍的奴隸，又到處招兵買馬，建立了一支有兩萬人左右的騎兵部隊。

每日裡，安只把自己的全部精力都投入到這支部隊中，把自己全部的愛戀都投入到騎兵訓練之中。安只本人就長於騎射，現在她親自領軍操練，教官兵習武，並且學習兵書戰略，帶著這支親軍東奔西殺，四處搶劫，很快培養出一支英勇善戰的部隊。

此時，遼景宗的皇后蕭綽正日益成爲遼國朝政的眞正執掌者。作爲一個權力欲非常強的女子，安只不僅爲身邊的名義丈夫耶律只沒鳴不平，更爲自己大叫懷才不遇。她認爲如果機會均等，她會比她的嫂子、現爲皇后的蕭綽強得多。

隨著實力的日益壯大，安只的權力欲也越來越強烈。這一天，當她聽說耶律賢親自頒布詔書，准許皇后蕭綽可以以「朕」或「予」自稱，便妒火中燒。「蕭綽能當女主，我爲什麼就不能當呢？」這種想法整日裡縈繞著她，令她無法擺脫。

妒火中燒且心理變態的女人是什麼事都能幹出來的。安只很快就暗暗打定了主意。

那日傍晚，操練了一天的親軍們剛剛進帳，準備吃飯、休息。

突然，傳來一聲聲緊急的號角聲。八年的訓練已使他們知道，號角就是軍令。面色疲憊的軍兵們立即衝出帳門，紛紛上馬，又來到了遼闊的練兵場上。

只見他們好幾天沒有露面的親軍統師安只正躍馬橫刀立於陣前。

「發生了什麼事，不讓我們吃飯就又緊急集合？」軍兵紛紛交頭接耳議論著。

安只環視了一下草原上黑鴉鴉的親兵，高聲喊道：「弟兄們，大家辛苦了！今晚是我們最後一次相聚了，從明天開始，我們的大軍就要解散，大家各回家鄉。所以今天，我特意命人給大家送來五百隻羊、二百頭牛，作爲最後的晚餐。」

安只的話音剛落，軍兵們就紛紛叫嚷起來。因爲這幾年來，安只的小恩小惠已經使大家早就離不開她了。他們在軍中甚至要比在家中舒適、快活許多。所以，大家齊聲喊問：「爲什麼？爲什麼要解散我們？」

安只見大家群情激昂，知道已把大家的怒火勾起來了，便忙說道：「事情是這樣，皇帝皇后看到我們的勢力日漸強大，擔心對他們的統治產生威脅，因而要我們馬上解散，各回家鄉。」聞聽此言，軍兵們怒不可遏，紛紛舉起手中的刀槍，齊聲喊道：「我們不回家！我們不解散！安將軍，你領我們打到上京去，殺死皇帝和皇后，我們擁戴你做皇帝。」軍士們的反應正中安只的下懷。

就這樣，叛亂發生了。

安只的軍隊在大遼的南京道掀起了勢如狂飆般的旋風，席捲了許多城鎮，許多奴隸、平民也都起來，紛紛加入到安只的軍隊。

皇后蕭綽接到急報後，絲毫不敢怠慢，馬上命烏古敵烈統軍司調集八萬大軍，又親率正準備赴東部邊境的五萬皮室軍去追剿安只叛軍。她還下令，把安只親軍的家鄉包圍起來，拘押了跟著安只造反的叛軍的家屬作為人質，並把這一消息很快透露給參加叛亂的士兵們。消息一傳來，安只的叛軍開始人心渙散，沒有了往日的戰鬥力。兩天之內，大軍就逃散得只剩下八百人左右。

在這種情況下，安只知道叛亂成功無望，只好親自騎馬，自縛雙臂，到嫂嫂蕭綽大營投降自首。

在蕭綽的果斷領導下，安只的叛亂乾淨俐落地平息了。

由於寧王耶律只沒對叛亂毫不知情，因而，蕭綽只命令剝奪寧王王爵，閉門思過，而安只則被誅殺。

這場叛亂，還爲蕭綽提供了另一個可遇而不可求的機會，那就是藉口對安只叛亂鎮壓不力，宣布免去長期視她爲眼中釘的高勛的南院樞密使的職務，並派能力並不出眾的郭襲接替該職。在她的計劃中，郭襲擔任南院樞密使，只不過是一個過渡，將來這個職務，還是要交給她的初戀情人韓德讓的。

左右支絀

22

當蕭綽埋頭於國內事務時，太原來的使者卻讓她陷入了沉思。女眞的侵擾，使她不能西顧，而宋軍卻已經到了太原城下。

八月，太原（屬山西）。

北漢的晉陽宮裡，國王劉繼元正坐在王座上一籌莫展，文武大臣們一個個也都是呆若木雞，手足無措。大殿裡一片沉默。

許久，劉繼元把書案上的一封文書用袖袍甩到了地上，啞聲道：

「都愣著幹什麼？平常沒事時，一個比一個能說，現在怎麼都成了鋸嘴的葫蘆？」

原來，宋朝在平定南唐以後，就開始著手征伐北漢的工作。九月，趙匡胤派侍衛馬軍都指揮使黨進、宣徽北院使潘美率領征唐的得勝之師揮師北進，進入河東地界，此時已大軍壓境。消息傳來，太原小朝廷一片驚慌。劉繼元急忙召集群臣商討對策。

有人小聲說道：「南唐都已經讓宋給滅了，我們這彈丸小國又怎能支撐下來？還是降宋吧。」

「不如傾盡全力，與宋決一死戰！」有人拍著胸脯，大聲嚷道。

劉繼元開口道：「決一死戰，就我們這三個半兵，那不是螳臂擋車嗎？不可，不可。」

宗室王劉繼業見國王劉繼元首鼠兩端，禁不住怒氣衝天道：「打也不行，降也不行，那究竟該怎麼辦？」

劉繼元只是嘆氣，一句話也不說。

劉繼業見此，又說：「算了，我們還是向遼求援吧。雖然兩年來遼國接連令我不得與宋發生衝突，但這一回是宋先向我進攻，太原一失，遼國就失去保護它側翼的屏障，唇亡齒寒，這個道理，他們不會不懂。主公放心，遼是不會把我們丟掉的。」

劉繼業的分析，令北漢王劉繼元的臉色頓時如雨後天晴一般開朗了許多，他連聲道：「對，對，愛卿分析得對，遼是不會放棄我們的。好了，這下我漢國可有救了，朕馬上就派使臣去向遼求援。繼業，你安排人馬，負責防務事宜，國內的事就全倚仗你了。」

劉繼業看到漢王劉繼元這副像撈到救命稻草的樣子，氣得「嗯」了一聲，轉身出殿布置去了。大殿裡的其他文武官員也彷彿如釋重負一般，又活躍起來。

八月十五日。

遼景宗皇后蕭綽正在大殿裡處理繁忙的政務，聽大臣們上奏國事，忙得焦頭爛額。

忽然，殿外值事侍衛匆匆忙忙地跑進殿來。

「報告皇后，現有漢使臣有急事奏報。」

蕭綽正忙得心煩意亂，怒道：「這些傢伙，總是來給我添亂，沒見我正忙著。告訴他們在門口等著。」

可憐的漢使臣們一路顛簸，連夜兼程，進得上京來，連臉也沒顧得上洗，飯也沒顧得上吃，就急忙來到皇城，請求急速給以援助。誰曾想兜頭一盆涼水把他們的這點渴望給澆沒了。但是，他們知道自己肩上的責任重大，又不敢離開，只好在門口等候，又累又餓，也得挺著。

蕭綽處理完手頭的政務後，已是未時三刻了，疲勞了一天的她剛要回後宮休息。這時，侍衛不知如何安置漢使，不得不硬著頭皮又來請示：「皇后陛下，門外的漢使如何安置？」

蕭綽聞聽此言，才想起漢使讓她還給晾在門外等候。她心裡清楚，漢使每次前來急報，不是借糧，就是請兵，眞是令她頭疼。北漢在她眼中已如雞肋一般，食之無味，棄之可惜。她又坐下來靜思良久，無奈道：「命漢使進殿見朕。」

幾個漢使早已餓得前胸貼後背，疲憊不堪，聞聽皇后蕭綽召見就如同蒙大赦一般，一個個紛紛整理衣帽袍帶，隨著內侍走進大殿。

蕭綽坐在龍座上，看到走進大殿的幾個漢使衣帽不整，滿面塵土，面露疲憊之色，心中略有不忍。後轉念一想，這些漢使，不能對他們太客氣，他們一看我態度好，就總是伸手要這要那，像是我們欠他們似的。

幾個漢使上得殿來，因爲有求於人，表現得誠惶誠恐，侷促不安。他們首先觀察蕭綽臉上的變化，看到蕭綽的臉色陰晴變幻不定，難以捉摸，心中沒底兒。

突然，蕭綽開口問道：「幾位漢使前來，有何要事稟報？」

聽到蕭綽發問，幾位漢使撲通一聲跪倒在地，聲嘶力竭地喊道：「尊貴的皇后，我國有難，宋國現已派五路大軍向我國進攻，我主派我們前來大遼國緊急求援，希望皇后能速派援軍，解我國百姓於倒懸之苦。請皇后速發援兵，我主及黎民百姓盼大遼援軍望眼欲穿……」

蕭綽看到漢使那心急如焚的樣子，知道事情緊急，惻隱之心上了心頭，忙放緩語氣，溫和地說道：「幾位漢使，不要著急，慢慢說來。」並轉頭對身旁的宮女道：「快給幾位漢使倒熱茶來。」

幾位漢使喝著熱茶，頓時熱淚盈眶，滿身的疲憊、滿腔的忐忑不安全都煙消雲散。他們喝著熱茶，不迭聲地讚頌蕭綽的英明賢良。

蕭綽並沒有因爲這些阿諛奉承之詞而忘了正事兒。她打斷漢使們的話：「趕快談談你們國內的緊急情況吧。」

幾位漢使詳細地說了前線軍情，又對某些細節進行了添油加醋的描述，使之更顯出急迫性。精明的蕭綽閉眼也能分辨出漢使的話中有多少水分，也明白了漢宋之間的眞實情況。

她對著漢使們擺擺手，讓他們靜下來，自己陷入了深深的沉思之中。

說實話，蕭綽從心裡是非常不願意出錢出人來援助這個扶不起來的漢國小朝廷的。國王劉繼元懦弱無能，偏聽偏信。聽說只有那個叫劉繼業的宗室王，還是一個人才，頭腦清醒，足智多謀，而且勇猛善戰，要是得到他，倒眞是我們大遼的福分。不過，據說我們去的使節跟他接觸幾次，都無法籠絡住他，看來他骨子裡漢人那種華、夷之分的觀念還是很強的，眞拿他沒有辦法。如果漢國小朝廷扶他做國主，倒還眞不錯，不過那時他是否跟我大遼一條心，又難說了。

蕭綽雖然從內心裡不願扶助這個小朝廷，但她不得不承認，在遼與宋之間，有這一個小朝廷存在作爲緩衝地帶，要比失去它好得多。有它在，遼宋之間直接接觸發生糾紛的可能性要小得多。這幾年，我大遼與宋和談，算是爭得了暫時的和平。宋這回打南唐，看來是又發了不少橫財，胃口越吃越大，現在轉過頭來又想攻太原漢國，趙匡胤怎麼會不知道，這個小朝廷是我的屬國呢？他也欺人太甚。我一直管束著漢王劉繼元，要他們不去惹宋國，雙方相安無事也就罷了。現在宋反而先動手，這不明擺著不把我大遼放在眼裡嗎？不行，現在是宋先毀和議，況且劉繼元這個小朝廷留著對我大遼還有用處。一旦他們沒了，那趙匡胤的眼睛又該盯上幽雲十六州了。聽說趙匡胤的家鄉就是涿州，難怪他念念不忘，看來遼宋之間的衝突是不可避免的了。本來想多休養生息幾年，養精蓄銳，再與宋決戰高低。現在看來，形勢緊迫了。

幾個漢使望著蕭綽變幻不定的臉，連大氣也不敢出。

蕭綽想到這裡，把眼睛睜開，朝著幾個如熱鍋上螞蟻般的漢使微微一笑。他們看到蕭綽這難得的微笑，彷彿得到了什麼保證似的，瞪大了眼睛等待著蕭綽的下文。

蕭綽站起身來，在地上踱了兩圈，對幾個漢使說道：「我同意派兵援漢，回去告訴你們國主，讓他放心好了。」

三個漢使聞聽此言，急忙跪倒在地，叩頭道：「多謝皇后娘娘恩典，多謝皇后娘娘恩典！皇后娘娘之恩，我國黎民百姓和全朝文武百官將永世銘記，不敢或忘。」

蕭綽大度地一揮手，打斷他們的謏辭道：「好了，三位使臣一路行來也辛苦了，先去驛館休息一下。晚上，我讓侍從把我寫的回信給你們送去。明天你們就不必來向我辭行，直接趕回太原去吧。我想，你們的國主等這封信也一定很著急了。好了，下去吧。」

漢使們再次叩頭謝恩，就離去了。

漢使走後，蕭綽重重地坐到椅子上，長長地嘆了一口氣，「唉……」自從耶律賢在年初宣布讓她以皇帝的同等身分處理政務後，皇帝就再也不理朝政了，每日裡不是騎獵出遊，就是與後宮那幾個撩人的妃子們鬼混，弄得面黃肌瘦，身體愈加虛弱了。所有的事情都壓到她一人身上，她真的感到有些疲憊了。八月剛剛平息了安只的叛亂，現在又要操心這個劉漢小朝廷，而且女真人也不安分了，又在東方侵入遼境，殺我大遼官吏，國內的官府鬥爭、官民糾紛等事情也時時糾纏著自己。萬萬沒想到，自己開始還覺得當一個有權的皇后很威風，現在卻越陷越深，拔不出來了。難怪夫君耶律賢只要皇帝的名號，不盡皇帝的職責。給了我一個「朕」的自稱，他這個皇帝可就徹底逍遙了。唉！誰讓我嫁給了這個無能的丈夫。沒辦法，開弓沒有回頭箭，只好認了。唉，眞是太累了！

外面的天漸漸黑下來了，蕭綽突然感覺到腹中飢餓起來。原來，她今天早晨處理朝政前，只喝了兩碗奶茶和兩碗肉糜粥，中午由於太匆忙，蓮哥幾次把飯端上來，都讓她給打發走了。對了，蓮哥呢，是不是讓我嚇壞了？想到此，她高聲向門外叫道：「蓮哥！」

門外立即傳來了輕快的腳步聲。門簾掀起，蓮哥端著食盤怯怯地叫道：「皇后。」好像滿腹的委屈。

蕭綽笑了笑說：「蓮哥，你要餓死我呀，這麼晚了，還不給我送膳來，你在生我的氣，也不能有意讓我挨餓呀。」

蓮哥聽皇后這麼說，急得眼淚都流出來了，趕緊爲自己解釋道：「皇后，我……我……」蕭綽一把攬過蓮哥的肩頭，「你是不是一直在門外等我，沒有吃飯？來，咱們倆兒一起吃。」

打開食盒，蕭綽驚道：「啊，清燉熊掌，紅燉狸子雞，糖醋鯽魚，手抓羊肉，還有乳餅，怎麼這麼豐盛？」

蓮哥囁嚅道：「我看皇后娘娘這些天太累了，我想讓您補一補身體。」

蕭綽聽了，鼻子一酸，唉，當皇帝的丈夫一點不懂體貼，還不如個侍女好哇。

蕭綽吃著吃著，禁不住又在想剛才處理的政事，幾個漢使倒是打發回去了，可是這援漢大軍究竟怎麼派呢？

正當蕭綽準備派軍援漢時，十月三日，東京統軍使察鄰、詳穩耶律涸送來緊急奏報，報告說女眞襲擊邊區五寨，大肆劫掠一番後就逃竄了。這突如其來的事件，打亂了蕭綽心目中已計劃好的戰略部署。她不得不重新調派軍隊，首先穩固東部邊境。她清楚地知道，這幾年來，女眞族人一直向宋暗送秋波，宋也是明顯拉攏女眞，好牽我們的後腿。現在果然明目張膽地來侵擾我們了，看來不教訓他們一下是不行了。

這樣，蕭綽就將援漢的事放在一旁，集中精力去對付女眞了。

北漢方面十月二日，宋將黨進在太原城北大敗漢兵，引起北漢國內極度恐慌，漢主劉繼元又匆匆派出使者連夜趕往上京，請求遼出兵救援。蕭綽認識到形勢緊迫，十月十四日，下令南府丞相耶律沙、冀王耶律敵烈親率大軍星夜趕往太原城，馳援北漢國主劉繼元。

蕭綽沒有想到，宋的動作這麼迅速，竟頃刻間連破數城，大敗漢軍，直逼太原城下。

23

當宋太祖趙匡胤以爲太原指日可破時，卻不知大限已悄悄將至。最終，他還是遵照母后的遺詔，把皇位傳給了弟弟趙光義。同時，也給後世留下了「燭影斧聲」之謎。

十一月十四日，大宋朝東京開封，勤政殿內。

趙匡胤正獨自一人坐在大殿內，處理著太原前線傳來的緊急戰報。

黨進這個人眞是一個將才，前不久他剛剛在太原城北大敗北漢的精銳部隊，現在又把太原城圍了個水洩不通。爲了增加他們的有生力量，前幾天，朕又派兵馬監押馬繼恩帶兵進入河東地界，送來戰報說焚燒了北漢軍四十多個軍寨，鎭州巡檢郭進以及晉、隰巡檢穆彥璋也先後取得了勝利。今天黨進又派快馬送來戰報，說在太原城北又一次打敗漢軍。現在河東地界各個州縣的老百姓已經被遷到河西、河南，太原已成孤城一座，指日可破了。雖然聽說大遼國皇后蕭綽又派了五萬大軍前來馳援，但據前線報告說，他們每日只行進二十里地，看來他們對與我大宋交戰還是有疑慮的，暫時還不想跟我大宋撕破臉皮。嗯，正合吾意，現在若眞讓我們直接發生衝突，朕也沒有這個實力。還好，他們也有自知之明，朕就不會投鼠忌器了。太原馬上就是我囊中之物了，爲了這個小小的太原，朕三下河東，看來這次是要大功告成了。

想到這裡，宋太祖趙匡胤禁不住手舞足蹈起來。突然，他感到頭一陣眩暈，急忙扶住了旁邊的欄杆，喘息了一下。近侍王繼恩在旁見狀，急忙趨步近前，扶住趙匡胤。趙匡胤抓住王繼恩的肩膀道：「快！快送朕回宮！」

很快，王繼恩和幾個太監將趙匡胤送回萬歲殿內。

最近一段時間，趙匡胤一直感到頭部不適，有時勞累過度竟然會昏厥過去，吃藥、針灸一直都不見效，現在又感到不舒服了。眼看天下行將統一，自己卻看不到了嗎？趙匡胤心有不甘。

趙匡胤正胡思亂想之際，突然，大臣趙普的提醒讓他驚出了一頭冷汗，「晉王不可不防。」對呀，現在我身後大事還沒有託付，我怎麼能瞑目呢？

想到這裡，他急忙從床上撐起身子，把王繼恩叫過來說：「速傳旨，召晉王入宮侍駕。」

晉王府內，趙匡胤的同胞二弟趙光義正被自己頭腦中對皇位的渴求攪擾得寢食不安。這幾天，從宮中自己的心腹那裡，傳出關於皇兄的身體狀況越來越差的消息，但是關於皇位問題，皇兄確實沒有交代。當年母后去世前，曾親自當著我們兄弟三人的面，讓皇兄百年之後將皇位傳給我，聽說母后還讓皇兄寫了一封傳我皇位的詔書，也不知這詔書到底在哪裡。這種煩亂的心情幾天來一直纏繞著趙光義，使得他躁動不安，甚至一點小事就能讓他暴跳如雷。眞是度日如年，連該侍寢的姬妾都讓他攆得遠遠的。

趙光義正如同一隻困獸一般，在屋內轉來轉去，急得他直想罵人，想摔東西。

這時，忽聽到「篤篤」的敲門聲，正在火頭上的趙光義厲聲喝斥道：「什麼人？進來！」

房門悄悄地被拉開一條縫，探進來管家那勉強擠出乾笑的半張臉，顫聲道：「王爺，宮裡王公公來了，有急事。」

「什麼，王公公來了？」趙光義驚喜得聲音都變了，「快！快快有請！」王繼恩雖是皇兄的心腹太監，但現在已成為趙光義在宮中的耳目。他知道，王繼恩此來，一定會給他帶來好消息。

「王爺，皇上快不行了，讓你進宮見駕。」剛一進門，王繼恩就迫不及待地說道。

趙光義急忙扶王繼恩進屋坐在椅子上：「公公，怎麼回事，快說。」雖然此時已是深秋的時節，但王繼恩仍然走得汗濕後背。他靜了靜神，說明了事情原委，然後說：「晉王，皇上這一次看來是眞的快不行了，你一定要速速作好準備。」

趙光義在潛意識裡，本來是急切地盼望著呢，但此時聽王繼恩說出這個消息，卻不知為什麼一點都興奮不起來，彷彿如遭雷擊一般，一屁股坐在凳子上，就像痴呆了一樣。

王繼恩見狀，急忙叫道：「王爺，王爺，你怎麼了？」

趙光義苦笑道：「我盼了這麼多年，才盼到今天。可我突然發現，盼到了又有什麼用處呢？人死如燈滅，該怎樣就怎樣吧，我又能準備什麼呢？」

「算了，我們走吧。」隨後趙光義穿好朝服，與王繼恩一同來到皇城。

萬歲殿中，躺在床上正在假寐的趙匡胤聽說趙光義趕到，急忙讓太監把他扶起，靠坐在床頭。他拉著趙光義的手，讓他坐到床邊。接著，伸手示意恭候在這裡的皇后、太醫、太監及宮女到外面等候。

趙匡胤喘息得更加厲害了。他抓住趙光義的手不放，說道：

「二弟，你知道我為什麼要把你召進宮？」

「臣不知。」趙光義惶恐答道。

趙匡胤動情地撫著趙光義的手，淒然道：「我這幾天身體一直不適，估計是離大行不遠了，所以我把你請來，是要儘快安排後事。」

趙光義見趙匡胤如此動情，想起兄弟情義，也不禁潸然淚下：「陛下身體康健，請不要如此說。」

趙匡胤笑了兩聲，又引起一陣咳嗽。稍頃，說道：「你我都是刀頭舔血、馬上衝鋒陷陣的人，早就沒有那麼多的忌諱了。」

趙匡胤喘息了一會，又說道：「對了，兄弟，萬一我大行而去，你說這皇位該由誰來繼承呢？」說著用灼人的眼光盯著趙光義。

趙光義聽得此言，不由得驚出了一身冷汗。「難道皇上對我早有防範之心，故意試探於我？」急忙跪倒在地道：「皇位繼承之事，乃是國家大事，不是我所能妄言的，請陛下恕罪。」

趙匡胤忙說道：「兄弟快快請起，這是家事，當然要問問你的意見。」

趙光義被逼無奈，只好答道：「皇子德昭年輕聰慧，可以繼承皇位。」

趙匡胤意味深長地看了他一眼，反問道：「你眞的這麼認爲嗎？」

趙光義聞聽此言，大驚，難道皇上覺察出了什麼？急忙跪下叩頭道：「臣此言無虛，可以天爲證。」

「那你還記得母后的臨終遺言嗎？」

趙匡胤突然提出了這一話題，讓趙光義摸不著頭腦了。為什麼剛提出讓皇子德昭繼承皇位，現在又提起母后讓我繼位的遺命呢？他眞猜不透這個皇兄葫蘆裡賣的什麼藥！可是這又不允許他裝糊塗，因爲母后是當著他們哥仨的面宣布的遺命。他只好吱吱唔唔道：「這，這個……」

趙匡胤又咳了兩聲，拍著趙光義的肩膀道：「皇弟，從這一點可以看出，你還是一個忠厚之人。好，這樣我就放心了。」

趙光義奇怪地想，難道皇上問我這個就是爲了試驗我的忠誠嗎？幸虧我沒敢說忘了，要不然……想到這裡，他不禁嚇出了一身冷汗。

趙匡胤見趙光義怔怔的樣子，忙拍了他一下道：「皇弟，你不用胡思亂想了，我這次讓你來，就是準備把皇位傳給你的。」

「什麼？什麼？」趙光義聞聽此言，簡直不敢相信自己的耳朵，又反問了一遍。

趙匡胤看到趙光義這般大喜若狂的表現，禁不住得意地笑了：「我的皇弟，你不用驚異，我說過了，我要遵照母后的遺命，把皇位傳給你。」

「傳給我？那皇侄德昭、德芳呢？」

趙匡胤欣慰地看了趙光義一眼道：「皇弟，我剛才試探了你一下，發現你忠厚老實的本質沒有改變，所以我決定把皇位傳給你，你也不會虧待他們的。反正皇位傳給你也是我們趙家的天下，我又有什麼不放心的呢？只是希望你能善待皇后及德昭、德芳他們。」

趙光義被趙匡胤的一席話感動得涕淚交流，伏地道：「皇上，臣弟謹遵聖命，不敢有違。」

趙匡胤在交代完後，顯得精神了許多，他伸手取過放在床邊的一柄金銅斧，拄著斧柄敲地道：「御弟，天下就交給你了，你就放心好好幹吧。」

趙匡胤說完這番話後，覺得非常疲憊，就揮手說道：「皇弟，你先走吧，我太累了，要休息一會兒，告訴他們不要進來打擾我。」

趙光義見此點了點頭，悄聲走出殿門，告訴大家暫時不要進去打擾皇上。

守候在殿外的皇后、皇子德昭、德芳及太監宮女們，並沒有看到剛才那一幕，只是聽到室內兩人在低聲交談，在燭影的晃動下，還有金斧敲地的聲音，以及趙匡胤的最後一句話——「好好幹吧！」及至後來，趙光義即位這件事，就成了「燭影斧聲」的千古之謎。

守候在殿外的人們等到天交三更，聽到裡面仍然沒有動靜，都著急起來，卻不知如何是好。

宦官王繼恩毛遂自薦道：「那我就先進去看看吧。」

王繼恩悄悄推開房門，走了進去。大家在門口等候著。突然，聽見王繼恩大叫：「陛下駕崩了，陛下駕崩了。」大家聞訊，紛紛闖入房中。頓時，大殿裡傳出了眾人撕破心肺的痛哭聲。

趙光義想著剛才與哥哥趙匡胤的一席話，也禁不住心裡痛楚，鼻子一酸抽泣起來。但他畢竟自制力強。很快，他就止住悲痛，對皇后道：「今晚皇兄召我密談，已決定遵母后遺命，將皇位傳繼給我，並讓我好好善待你們母子。我也向皇兄保證與你們共用富貴，你們不用擔心。現在詔告天下，先帝駕崩，再命太學院的博士們給先帝議一個謚號。」

宋皇后母子在大喪面前，已是六神無主，只好喏喏連聲，聽從趙光義的安排吩咐。

第二天，趙光義即位。趙匡胤加謚號為「英勇聖文至德皇帝」，廟號太祖。封趙光美為開封府尹兼中書令；封齊王趙德昭為永興軍節度使兼侍中；封武功郡王趙德芳為山南西道節度使、同平章事。九七六年一月十四日，改元為太平興國元年（九七六）。

趙光義一即位，就意識到此時還不是與遼最後攤牌的時機。平定劉漢小朝廷也為時過早。於是，他下令大將黨進、潘美等統軍撤回，在回撤時將北漢國內各郡百姓全部隨軍遷往宋國境內，只給北漢王劉繼元留下了一座孤零零的太原城，並派使節赴遼通報他即位的消息。

一場迫在眉睫的遼宋之戰，就這樣消弭於決戰前夜。兩國之間的交往又恢復了平靜。

一次本來爲了消遣的行獵安排，使遼景宗耶律賢受驚臥床。於是，皇后蕭綽又想起了韓德讓，並在他的幫助下，終於破解了父親當年的被殺之謎，爲自己除去了多年的心頭大患。

24

九七八年（保寧十年）三月。

這兩年，國內及國外一直沒有什麼大事，可以說是蕭綽最舒適和愜意的日子。

蕭綽早已厭煩了每日裡在宮中處理奏章、批覆文件等瑣事。剛剛在上京（內蒙古巴林左旗林東鎮）過完新年，她便想出去巡遊一番，換一換僵滯的腦筋。耶律賢更是一個對政務不上心、對遊玩卻極感興趣的人，聽了蕭綽的這一提議，正中下懷，馬上提出去離上京臨潢府西北一百里的黑山狩獵。

黑山屬於大興安嶺山脈的一片山峰，山勢雄偉壯闊，峰巒疊嶂，周圍群山環抱，綿延起伏，山中叢林茂密，不時有虎、豹、狼、熊、鹿的出沒，是一個非常好的狩獵場所，在那裡有皇帝專門的圍獵場。

初春時節，皇帝耶律賢和皇后蕭綽率領親軍、侍衛離開上京向西，直奔黑山而來。年僅八歲的小皇子耶律隆緒也騎一匹小馬，緊緊地跟隨在蕭綽的身旁。

第二天下午，他們一行到達了黑山狩獵地。這時雖正是陽春三月，但由於原始森林裡遮天蔽日，很少能照射到陽光，因而積雪還殘留著，顯露出陣陣寒意。

一到宿營地，耶律賢和蕭綽便命令在山坡陽面的開闊地帶上，紮下了闊大的氈帳。這是一個地勢稍微平緩的山間谷地，靠近山邊的一側有一眼泉水湧出，形成一條小溪，順著山勢蜿蜒流出。

圍場都管指著這一塊地說：「皇上，皇后，我看這塊地方是野獸們休息、飲水的地方，我想在這裡下埋伏，圍獵野鹿，好嗎？」

耶律賢沒有回答。蕭綽在旁邊看著圍場都管那不知所措的表情，笑道：「皇上的意思是只要打獵就好，不管打什麼皇上都會滿意的。好了，你放心準備去吧。」圍場都管匆忙叩頭謝恩離去。

耶律隆緒聽到要打鹿，興奮地拽著蕭綽的胳膊道：「阿媽，獵鹿太好了，在這裡怎麼打獵啊？」他從小生長在大草原上，習慣了在草原上打獵那縱馬馳騁的景象，對於在山間打獵感覺很新鮮，禁不住問這問那。

蕭綽親熱地拉著兒子隆緒道：「在山間獵鹿可和在草原上打獵不一樣。」說著伸手指了指這個山窩道：「你看這個山窩，四面的風都吹不進來，是一個休息的好地方，而且這裡還有飲水，你看地上。」

耶律隆緒低頭一看：「喔，腳印。」

「對，這就是鹿的腳印，看起來這塊就是鹿經常飲水休息的地方。所以呀，就在這山的周圍，先讓軍兵和獵手埋伏好，在水邊、林中的空地上灑放些碎鹽等鹿喜歡吃的東西，然後再讓獵手們頭戴鹿角，身披鹿皮，在這山谷的樹林中模仿鹿的鳴叫聲。鹿喜歡群居，聽到鹿叫，就會聚集在一起，吃鹽喝水，這樣就可以獵殺許多鹿了。」

耶律隆緒邊聽邊揮舞著手中的小弓箭喜道：「太好了，太好了，阿媽，我也要射鹿。」

蕭綽看著兒子那稚嫩的小臉上堅毅的神色，禁不住讚許地點了點頭。

大家正在這兒指指點點地看著，忽聽一名侍衛指著東側的山坡上失聲驚呼：「熊、熊！」

大家聞聲抬頭望去，不禁大驚失色。

只見從東側的山坡上，搖搖晃晃地走來一頭笨拙的黑熊。這頭熊高有二米，重約千斤，兩隻張開的熊掌蒲扇般大，胸口的白毛竟有碗口般大小，正齜牙咧嘴地向山間的人群奔來。

原來，這是一隻剛剛度過冬眠的黑熊，自己窩中儲藏的食物已消耗乾淨，今天餓得實在忍耐不住，就爬出洞來尋覓食物。它聽到山間有嘈雜之聲，向山下一望，看到正有一群人在那裡指手劃腳。飢餓難耐的黑熊大吼一聲，向山下撲去。

耶律隆緒看到一頭黑熊撲來，幼小的他意識不到危險已來臨，拿著自己的小弓箭搭弓向黑熊射去，口中還興奮地嚷道：「射死你，射死你。」

黑熊見有人向他發動進攻，驀地一聲大吼，揮起前掌，向耶律隆緒猛撲過去。耶律隆緒被嚇呆了，傻愣愣地站在原地一動不動。蕭綽見狀大驚，迅速從侍衛手中奪過一把長戟，向黑熊猛力投了過去，然後順勢抱著耶律隆緒滾到了一旁。蕭綽情急之下投出去的長戟力大驚人，戟尖正好扎中了黑熊的腹部，汩汩的鮮血隨著腸子流出來。這下黑熊眞的被激怒了，凶惡地邁著大步向蕭綽和耶律隆緒撲來，眼看一場慘劇就要發生了，膽小的人甚至捂住了眼睛。就在這千鈞一髮之際，只見實魯里飛身一躍，手持長刀，一刀刺進了黑熊胸口，整個刀身穿胸而過，這只黑熊晃了一下，長嗥一聲，終於倒在地上。

大家見危險解除了，才不由得長出了一口冷氣。

突然，聽見侍衛喊：「不好了，不好了，皇上暈倒了。」大家回頭望去，只見耶律賢倒在地上，幾名侍衛正在忙不迭地上來救護。原來，剛才在瞬間殺熊的那一幕，驚嚇了耶律賢，因爲高度緊張，才支撐著他脆弱的神經。危機過後，耶律賢一放鬆，也就癱軟在地。

蕭綽也剛剛從驚險中緩過神來。她看到耶律賢如此不中用，不由得厭惡地撇一撇嘴，命侍衛把耶律賢抬進了營帳。轉過頭才想起耶律隆緒。這時他已經爬起來了。蕭綽急忙摟過他，愛撫著說道：「文殊奴，來，讓我看一看，看看傷到你沒有。」

耶律隆緒眨了眨眼睛，毫不在乎地說：「阿媽，我不怕，剛才我還射了一箭呢。」

蕭綽看著滿臉稚氣的兒子，不禁愛憐地搖搖頭，嘆了一口氣。

這時，實魯里趨進前來，說道：「皇后，沒有驚嚇著你吧？」

蕭綽笑道：「我也不是第一次獵熊，有什麼害怕的。好，這次你救駕有功，加封你爲侍衛太保，賜黃金五十兩，絹帛五百匹，休息去吧。」

這一次意外的遇險，給本來想散心的蕭綽平添了許多心事，加之耶律賢由於受驚也病倒了，使得蕭綽對這次行獵再沒一點興趣。回到宿營地，蕭綽就命令侍衛趕著氈車，載著耶律賢一起返回上京。

此次行獵，給蕭綽帶來的煩惱多於喜悅。一想起被驚嚇病倒的耶律賢，她就不由得緊皺眉頭。是啊，這麼懦弱膽怯的丈夫，怎能不讓她生氣呢？看來，這個病秧子皇帝是徹底依靠不上了。想到此處，蕭綽又警覺地關心起風雨飄搖中的政權。雖說這幾年政權是穩固了許多，可耶律賢這一病，難免又會有人趁機來打主意。唉，眞難呀，現在國家大政只靠我一個人作主了。身邊的契丹族官員中，耶律斜軫和耶律休哥已經對自己言聽計從，現在唯一缺少的是漢族官員中對自己忠心的人。突然間，她的腦中如電光火石般一閃，她想起了她的初戀情人韓德讓。對了，韓德讓文武雙全，又對我深有情意，他是最合適的人選，只有他才能幫我渡過這個難關。

蕭綽想著想著，想出了一個絕妙的主意，趁著耶律賢現在病重，不能理事之機，讓韓德讓幫我查出殺我父親的背後主使人。我這幾年一直跟皇上要求查出兇手，可是皇上卻只是把蕭海里和蕭海只殺了敷衍了事，不想讓我深究，看來背後一定有什麼不可告人的秘密。我就讓韓德讓來幫我查一查這個案子，我非得把這個背後的黑手揪出來不可。

想到這裡，她覺得現在是她和韓德讓重新聯絡、再續前緣的時刻了，於是命人馬上把實魯里叫來。

實魯里聞訊匆匆趕到皇后寢宮。蕭綽早已把密信寫好，用蠟封成蠟丸，命令他即刻往南京（北京市）速召南京留守韓德讓到上京。

實魯里遵令而去。

這兩天，對蕭綽來說是漫長的等待，簡直就是度日如年。心總是砰砰地跳，臉上發熱，真像初戀的少女在等待與情郎約會時的心情。

直等到第二天的傍晚，蕭綽正在御書房裡百無聊賴地翻看著奏摺，卻沒有一點心情去批閱。突然，守候在門口的蓮哥報道：「皇后，南京留守韓德讓大人奉召前來。」

蕭綽喜出望外，忙顫聲道：「快，快，就說我有請。」

蓮哥還沒有見過蕭綽如此慌張的模樣，禁不住「噗嗤」一聲笑了。蕭綽一聽，臉上發燒，湧上了一片紅暈，她責罵道：「笑什麼笑，快請韓大人進來。」

蓮哥應聲離去。

很快，門口響起了那曾經非常熟悉而又陌生的腳步聲。

蕭綽捂住發紅的臉龐，把頭低埋在奏摺堆裡。

「臣韓德讓參見皇后娘娘千歲。」

蕭綽裝作鎮靜的樣子回頭：「哦，韓大人來了。」說著，上下打量著韓德讓，只見他身上濺滿了泥漿，面帶疲憊之色，但這長途跋涉的勞累卻掩藏不了他的勃勃英氣。看著看著，蕭綽竟有些呆了，彷彿又回到了初戀的時光。

韓德讓跪在地上好久也不見蕭綽反應，忍不住斜眼看了她一眼，發現蕭綽正含情脈脈地盯視著自己，竟有些不知所措了，不得不小聲又道：「臣韓德讓晉見皇后娘娘千歲。」

韓德讓這句話，讓蕭綽從無限的遐想中驚醒過來，她連忙用手捂了捂發燙的臉頰說道：「韓大人免禮，請坐。」

韓德讓坐下後，才仔細地打量了一下這個他曾經愛得死去活來的女友、這個曾經讓他魂牽夢繞的初戀情人，還是那麼天姿國色，還是那麼明艷照人，所不同的，只是比當年多了幾分少婦的成熟，多了幾分嬌俏和嫵媚。看著看著，他的眼睛不由得濕潤了。

蕭綽也一言不發，動情地盯著韓德讓看啊、看啊。這時，守候在門口的蓮哥，已經把開著的房門悄悄地掩上了。

蕭綽聽到蓮哥掩門的動靜，她放心了，知道善解人意的蓮哥一定會在門外爲她守候。於是，她再也忍受不住心中那澎湃洶湧的情潮和思念，一下子倒在韓德讓的懷裡，嗚咽起來。

韓德讓見蕭綽此舉，驀地驚出了一身冷汗。但是他從內心裡又何嘗不思念蕭綽！他抱著蕭綽的身體，體內熱血奔突，欲火升騰起來，他再也不顧忌什麼，緊緊地抱著蕭綽那柔軟而火熱的玉體，親吻起來……

很快兩人就滾到了書房的地毯上。

蕭綽自從耶律賢生病以後，再加上處理朝政的繁瑣和勞累，都使她無暇也無心與耶律賢同房。她那久久壓抑著的欲望今天全部發洩出來，泛濫成潮，一次又一次，給蕭綽帶來了久違的歡欣，也讓韓德讓倍感興奮。

良久，兩人才戀戀不捨地分開。

韓德讓撫著蕭綽光潔無瑕的玉臂，柔聲問道：「燕燕，你這麼急把我召來，有什麼重要的事情？」

韓德讓這一發問，才讓蕭綽突然意識到他們現在仍然只是君臣關係，馬上說道：「快，快，快穿上衣服。」韓德讓也忙從剛才幸福的喜悅中回過神來。

兩人穿完衣服後，正襟危坐的韓德讓打量了一下蕭綽，又打量了一下自己，禁不住「噗嗤」一笑。

蕭綽見了佯怒道：「不許無禮。」說完自己也忍不住笑了。

隨即蕭綽正色道：「韓大人，此次召你前來，有要事與你相商。」

韓德讓也嚴肅應道：「皇后有何事，請儘管吩咐在下。」蕭綽長嘆一口氣，「我父親被刺之事，想必你一定還記得？」

「怎不記得，那是保寧二年（九七〇），在醫巫閭山陪皇上打獵的時候。」

「對。雖然那次把兩名凶手蕭海只和蕭海里抓住誅殺了，但我總是懷疑，他們的背後還有主使之人。」

「還會有主使之人？」

「對，肯定有。所以這幾年，我一直要求皇帝深究到底，但皇帝總是推三阻四，不讓我調查下去，看來這背後主使之人一定很有背景。」

韓德讓「哦」了一聲。

蕭綽接著說道：「這一回，皇上病得不輕，看來他不會再阻止我了，但我爲了對這次調查保密，所以把你從南京秘密請回來，由你選派得力的手下來主持這次調查工作，幫我查出殺害我父親的幕後主使人，爲我報殺父之仇。德讓，你能幫我這個忙嗎？」

說完，蕭綽用熱切渴求的眼光望著韓德讓。

韓德讓看到自己心愛的人這麼信任地望著自己，激動得臉都紅了。他站起來大聲答道：「既然皇后如此信任，臣一定竭盡全力把這件事情辦好。」

蕭綽仍然深情地望著韓德讓：「記住，一定要秘密地調查。」

韓德讓心領神會地點點頭。

經過周密的調查，韓德讓很快就發現，在蕭海只和蕭海里刺殺蕭思溫之前，與他們接觸最頻繁的就是當時的南院樞密使高勛和政事令女里，於是立即把調查的主要目標集中到這兩個人身上，並把當時二人的侍衛親兵以調派升職的機會秘密地拘押。同時，韓德讓還秘密收買了二人的家奴，通過檢查他們二人的書信，終於發現了蕭海只和蕭海里行刺後逃遁在外與他們二人往來的書信，得到了二人與蕭海只和蕭海里勾結在一起刺殺蕭思溫的證據。韓德讓的調查報告和搜集到的書信證據，很快就送到了蕭綽御書房的案頭上。

六月二十四日。

這天，又是朝廷議政的日子，朝臣們還像往常一樣早早地來到大殿上。但出人意料的是，皇后蕭綽並沒有像往常一樣早早地就在大殿上等待著群臣，丹陛上的龍座空空如也。

「皇后從來沒有誤過早朝，今天是怎麼了？」群臣們感到莫名其妙，紛紛竊竊私語起來。

就在這時，侍衛高聲喊道：「皇后上朝。」

群臣們停止了交頭接耳，都抬頭向龍座望去，卻沒有看到蕭綽的身影。正大感詫異之時，突然聽到腳步聲從門口傳來，大家回頭望去，正是蕭綽。只見她滿臉怒容，身後跟著夷離畢院的夷離畢及禁衛軍。

大臣們見狀，不由得面面相覷。

蕭綽鐵青著臉走進大殿，掃了一眼殿上誠惶誠恐的大臣，突然一聲厲喝：「把高勛、女里給我綁起來。」

禁衛軍立即把高勛、女里捆住，套上鐵鏈，拉到一旁。

高勛、女里早已嚇得魂飛魄散。女里撕扯著叫道：「爲什麼抓我？我犯了什麼罪？」差點把捆綁他的軍士推倒。高勛也不停地質問。

蕭綽用冷冷的眼光緩緩地從他們臉上掃過，盯得他們心裡直發毛。但憑心而論，他倆眞不知道自己犯了什麼罪。

蕭綽依然未發話，而把手中的幾件證據丟在了地上，弄得高勛、女里更是莫名其妙，不知是什麼東西。

蕭綽看他們大惑不解的樣子，便回頭命夷離畢道：「念！」

夷離畢展開手中的詔書念道：

奉天承運，皇后詔曰：今有高勛、女里參與策劃謀刺北院樞密使蕭思溫一案，命夷離畢院將二人拘押審理。欽此。

高勛、女里聽夷離畢把詔書念完，才知道蕭綽扔到地上的東西原來是與蕭海只和蕭海里的信函，臉色大變，暗罵自己大意，不得不低下了剛才還高高挺起的頭顱。

眾大臣看到高勛和女里那頹喪的表情，知道他們一點也沒有被冤枉。

高勛、女裡的罪行被審訊清楚後，蕭綽才把此事告訴了夫君耶律賢。高勛、女里和蕭思溫一樣，都是當年擁戴耶律賢爲帝的有功之臣，深受皇帝寵幸。在當年蕭思溫被殺以後，耶律賢也曾命令夷離畢院和御史台著力調查，但調查結果表明，高勛和女里與這件刺殺案有著密不可分的關係。耶律賢當時剛即位一年，皇位還不穩定，而高勛和女里都是他的股肱之臣，他已失去了蕭思溫，不想再失去高勛和女里。因而，他就把這件事壓了下來。沒想到，事隔八年，趁著他臥病在床的時候，又被蕭綽給揪了出來。他知道，這個時候，他已沒有能力保護他們倆了。想到這裡，他不由得搖搖頭，對蕭綽道：「既然證據確鑿，該殺就殺吧。」

二十七日，女里被處以絞刑，高勛以漢臣殺契丹皇族重臣罪加一等，被處以斬首之刑。

就這樣，過了八年之後，蕭綽終於親手報了殺父之仇，同時清除了隱伏在朝臣中的威脅與對手。

國內對蕭綽不利的因素基本上被她清除了，然而，更大的危機卻在黃河以南的宋朝京都東京開封（屬河南）醞釀著。

窺視北宋

25

初登皇位的宋太宗趙光義在會見契丹使臣時，羞辱了他們。但是，後來卻送給了他們曾經夢寐以求的「禮物」。趙光義打的是什麼主意呢？

西元九七七年（北宋太平興國二年）初春。

剛剛就位的宋太宗趙光義顯得躊躕滿志。他準備幹出一番大事業，要讓滿朝文武大臣及天下黎民百姓看一看，自己並不比胞兄差，甚至還要比哥哥幹得更好、更出色。

趙光義清楚，現在的州縣官員都是哥哥一手提拔的，多半是哥哥的門生。俗話講，一朝天子一朝臣。現在自己做了皇帝，也需要有自己的門生。於是，在大喪還沒有結束時，他就迫不及待地命令吏部遴選各地傑出的生員、秀才，進京參加恩科考試。經過數輪篩選，終於選拔出了一批進士。趙光義看到有如此之多的貢生，大爲高興。二月，趙光義在長春殿上親自主持了對考中進士們的殿試。望著殿內眾多的進士們，趙光義暗想，有這麼多的人才，我何愁幹不成大事業呢？

二月二十三日，是趙光義感到最幸福也最快樂的一天。

這一天，趙光義早早就起來了。過去，他只是看到其他國家的使臣在叩見他哥哥時的隆重場面。今天，他要作爲新的主角來感受這一場面的神秘和娛悅了。

過去一直給宋太祖趙匡胤伴駕的宦官王繼恩現在又成了趙光義身邊的當値太監。趙光義起來後，喚太監和宮女爲他洗漱更衣。王繼恩急忙走進寢宮，指導宮女們爲皇帝趙光義穿上大裘冕服，戴上通天冠。這身衣服，趙光義經常看到哥哥穿到朝會之中，那其中所顯示的威嚴和不怒之威，是讓他羨慕不已的。他早就盼望著能穿戴這身衣冠威風威風。那日，在他即位大典上，接受群臣朝賀時他曾穿過一次。今天，他又可以穿上這身衣服了。趙光義撫摸著這身禮服上那細密的紋理，內心裡自是得意非常了。

用過早膳，趙光義坐在御書房裡，焦急地來回踱著步子。一會兒拿過一份奏摺翻閱著，一會兒又扔到桌子上，不知究竟幹什麼才好。他在等待著接見外國使臣。

在急不可耐中，趙光義總算盼來了辰時的到來。在司禮太監的引導下，趙光義來到了講武殿，端坐在大殿正中那威嚴的龍座上，身側侍立著手持金瓜和斧鉞的武士們。這一幕對趙光義來說，眞是既熟悉而又陌生。熟悉的是朝堂的場景和布置；陌生的則是自己的心情和感受。爲了感受這一切的眞實性，趙光義在龍座上狠狠地墩了兩下，心底湧出了一陣滿足和得意。

這時，只聽司禮太監高聲報道：「辰時已到，覲見開始。」趙光義趕緊收束心神，正襟危坐，等待著外國使臣的朝見。

在禮部司官的引領下，第一個進宮的是「五代十國」中的吳越國王錢俶派來的使臣王鈺，他一走進大殿，立刻爲大殿的莊嚴肅穆所鎭懾。然後依次進來的是福建漳泉陳洪進的特使、高麗國使臣、渤海國使臣，最後進來的是遼國使臣蕭只古和馬哲。

趙光義等著眾人行禮完畢、遞上禮單後，把手一揮，讓各位使臣依次落座。大家發現，有兩個席位早已坐了人，正詫異之時，趙光義笑著介紹道：「你們還不認識吧，這位是南漢國王劉鋹，另一位是南唐國主李煜，與你們各國君王都是一樣的身分。」

聞聽此言，使者們臉色俱變，不約而同地低著頭，不敢抬起來。唯有遼國使臣中的正使蕭只古因爲是契丹人，不懂漢語，聽了茫然，而副使馬哲是漢人，聽了趙光義的話，不禁勃然大怒，站起來對著趙光義拱手道：「陛下此言差矣。我大遼國原本就遠居漠外，一向不爲中華之屬國，陛下怎能將我大遼皇帝與那些小國之君相提並論呢？」趙光義本想借這次朝賀，來煞一煞契丹人的威風，不曾想契丹使臣中也有這等人物。他聽了馬哲的責問，只好避而不答，乾笑兩聲道：「眾位使臣來到我大宋，賀我即位，讓我感激。今天我備下酒席，宴請大家，等你們回國後，還請將我的感激之情帶給你們的國主。」

其實馬哲坐下來後，也感覺自己太過冒失和唐突，感覺有些後悔。聽趙光義轉移了話題，他才稍稍心安。

酒宴在樂曲的伴奏下進行著。趙光義每提議飲一次酒，音樂就奏響一次。剛才的不快漸漸被酒稀釋了。

趙光義看到契丹使臣只是飲酒吃菜，不像其他國家的使臣那麼在意他的舉止言談，不由得惱羞成怒，想再給遼使臣一點顏色看看。

想到這裡，趙光義就指著劉鋹、李煜道：「你們二位說一說，是在開封舒服，還是在南京、廣州舒服？」眾使臣聞聽此問，不由得停下了喝酒進食，驚詫地回頭看著這二位亡國之君。

劉鋹聲色不動，站起離席，向著高高在上的趙光義拱手一揖道：「陛下，昔日廣州歷來是瘴癘之地，蠻夷頑劣，當然不如吾皇東京開封繁華舒適，多謝先皇接我來此。」說完，退下回到桌邊，又照樣飲酒吃菜，面不改色。

剛才趙光義問話時，李煜正好站起來夾菜，聞聽後筷子險些掉到地上。他等劉鋹說完後，也離席拱手答道：「陛下發問，當以實相告。在我未來東京之前，我覺得在金陵生活很舒服，但我離開金陵後，我又發覺東京很舒服。」說完也退回到席上。李煜坐下後，用袍袖揩了一下眼角，並未引起人們的注意。

趙光義聞聽此二人的回答後，哈哈大笑道：「正合吾意，正合吾意。」然後，他轉頭對吳越國王錢俶的使臣和割據漳、泉二州的陳洪進的使臣道：「兩位王爺的話你們都聽到了吧，回去請轉告你們的國主，讓他們有空也來東京住住，看看是東京舒服還是你們那兒舒服。」這兩個使臣聽後，也不敢反駁，只能唯唯稱是。

其他國使臣見趙光義如此霸道，都有些憤憤然，但又不敢反駁，只好悶頭喝酒，裝作什麼也沒聽見。大遼國使臣馬哲見此與己無關，便也不再理會。

趙光義見沒有達到自己所設想的效果，心中有些不甘，於是又生一計，說道：「先賢曾經說過，『普天之下，莫非王土，率土之濱，莫非王臣。』前朝我中華四分五裂，各自稱王，經我朝先帝東征西伐，已先後剿平蜀、漢、唐之違命之君，今吳越、漳泉也即將歸順。天下將成一統，唯有北漢太原仍違命逆令，不聽我天朝號令，我太祖曾三次調兵，三次折返，先帝死不瞑目。不遠的將來，朕定將北漢主劉繼元也請到這裡與諸君做伴兒。」

馬哲本來想，只要不關遼國之事，他就不再進行反駁，萬沒想到，趙光義如此欺人太甚，想從大遼手中奪走北漢這個屬國，竟然還當著他遼國使臣的面挑釁，讓他不能忍受。他越想越氣，便站起來說道：「陛下此言差矣。太原本是我大遼屬國，與貴國沒有絲毫關係。貴國曾三番五次進攻太原，我大遼也都忍氣吞聲。今我大遼與貴國已達成和約，我國對貴國屬國不加干涉，望陛下也不要染指我國屬國。」

趙光義從馬哲流利的漢語中猜出：「這個該死的漢奸！」可此時，他又不得不換上笑臉說道：「貴使之言差矣。太原自古就是我中華之地，至今仍是我漢人之國。只是劉繼元違天逆命，不遵我大宋號令，朕才要興兵討伐，與貴國沒有絲毫關係。」

遼國正使蕭只古見副使馬哲與大宋皇帝趙光義爭論不休，不知所以，急忙扯馬哲衣袖，問個究竟，馬哲低聲用契丹語告訴了他。蕭只古聞聽大怒，猛地伸手掀翻了眼前的案几，桌上的盤盤碗碗跌了滿地，酒水順著地毯流得到處都是，一片狼藉。蕭只古一不做二不休，站起來指著趙光義用契丹話叫道：「你這個宋朝皇帝，待在東京好好地享你的清福好了，爲什麼還要對我們屬國指手畫腳呢？如果你對北漢有覬覦之心，我大遼皇帝皇后定不會善罷甘休的。」

頓時，酒宴呈現出緊張的局勢。

趙光義見此情狀，也知自己言語過分，忙乾笑兩聲掩飾道：「剛才我說笑了兩句，惹得遼國使臣如此發火，得罪了。來人呀，給遼國使臣重新換過桌子酒菜，把酒斟滿，繼續喝酒，奏樂！」

樂工們又奏起了歡快的樂曲，酒宴上緊張的氣氛馬上緩解了下來，馬哲也順勢把蕭只古拽回到座位上。酒宴又一如既往地進行下去，只是賓主的心裡都各有所思。

這次接見外國使臣朝賀後，趙光義感覺到自己在酒宴上的所作所爲太過孟浪和唐突，心中不免有些後悔。自己過早地把攻打太原的企圖暴露出來，會引起北漢和大遼國的警惕。一旦他們聯起手來，自己的統一大業必然會受阻。對，一定要設迷魂陣，放鬆遼和北漢的警惕之心，這樣我才能找到機會，一舉成功。

打定了主意，趙光義就千方百計地準備彌補裂痕。

四月十九日，趙光義臨幸開寶寺。在處理完設置威勝軍等事宜後，他下令，延請遼使赴開寶寺接受召見。

在金亭館驛正在忙亂收拾行李準備第二天回國覆命的特使蕭只古和馬哲，接到邀請後詫異不已。按照慣例，皇帝接見一次使臣即可，很少有第二次專門召見使臣的先例，尤其在他們第二天就要返回國的忙亂時刻。一定是有什麼事情。兩人迅速交換了一下眼神，告訴來傳旨的太監，他們馬上就到。

太監走後，蕭只古憤憤罵道：「他奶奶個娘，這個宋朝皇帝，前次酒宴上欺人太甚，竟想從我們手裡奪走太原這塊肥肉，這回他又想耍什麼花招？」

馬哲沉思了一下，擺手道：「蕭大人，我看事情不簡單。那天趙光義的表現有他一定的深意，今天又突然召見我們，看來是又有什麼想法了。算了，不入虎穴，焉得虎子，咱們還是準備準備，馬上進宮見見這個喜怒無常的宋朝皇帝。」

很快，兩人就穿著禮服又來到了開寶寺。

宋太宗趙光義今天又換了一副和善的面孔。

蕭只古和馬哲見完禮後，趙光義馬上告訴太監給兩位使臣看座。

等他倆坐好後，趙光義不緊不慢地對他倆說：「兩位貴使奉貴國皇帝詔令，長途跋涉，遠道而來，恭賀朕的登基之喜，朕十分感激。前次召見你們，已經賜予你們茶葉、香料等，爲了表達遼宋兩國永世和好之意，朕今天要特意賜予你們兩位遼使白銀五百兩、絹帛一百匹。」蕭只古和馬哲互相看了一眼，沒有說話。趙光義以爲兩個遼使心動了，不由得微微一笑，話鋒一轉道：「兩位貴使前來，貴國皇帝除了賀朕登基外，沒有其他的要求嗎？」

「其他的要求？」兩位遼使聞聽此言，不禁面面相覷，不知趙光義的葫蘆裡到底賣的什麼藥？

趙光義見兩位遼使丈二和尚摸不著頭腦，得意地一笑道：「以前，歷次遼使前來，總是要求我國開放邊界貿易，因而我有此一問。」

馬哲躬身站起來答道：「陛下，以前歷位使臣來貴國，都曾呈請貴國批准兩國開放邊界貿易，卻沒有得到批准，因而我們這次來，我國皇上皇后沒有讓我們帶這個要求，只是讓我們專程恭祝陛下登基之喜。不知陛下此問有何用意？」

趙光義微笑道：「先帝在時，聽任沿邊百姓與貴國百姓隨意進行邊界貿易，但一直沒有設置專門機構，不利於統一管理。這回貴使前來賀朕登基之喜，朕甚感高興。爲了感激貴國君主對朕的這份心意，朕打算在鎮州、易州、雄州、霸州、滄州等各沿邊州府設置邊貿機構，負責管理兩國邊貿地區的交易市場——榷場，由我朝中的常參官和內侍共同出面辦理。除了允許在榷場交易一般的民生物品外，朕還允許在那裡交易香料、犀角、象牙及茶葉等貴重物品，和你們進行直接貿易。請二位回去轉告貴國皇帝和皇后，也請你們設置專門的管理榷場的機構，以利於兩國通商往來。另外還煩請轉告貴國皇帝皇后，先帝與貴國定下的兩國永世和好的協定，朕也遵守不渝，永修兩國和好之事。兩位貴使以爲如何？」

蕭只古在聽馬哲給他翻譯完後，喜形於色，向上拱手道：「謝宋國皇帝陛下恩准之恩，我國皇帝皇后及百姓定將感激陛下好生之德，大遼和大宋定將永世和好，互不侵犯。」

馬哲聽了趙光義的這番話，並沒有如蕭只古那樣欣喜若狂。趙光義爲何前後如此判若兩人，令他不解，但他也禮貌地隨蕭只古向趙光義謝了恩。

遼使走後，趙光義坐在寶座上，問宦官王繼恩：「你知朕爲何如此善待契丹人？」

王繼恩躬身答道：「奴才不知。」

趙光義恨恨道：「現在我們還沒有實力與契丹人翻臉，因而我暫時先給他們一點甜頭嘗嘗，好讓他們放鬆警惕之心。等到時機成熟，朕定親率大軍，揮師北指，踏平太原，收復幽雲十六州，以實現先帝未竟之遺願。」說完朗聲大笑起來，聲震屋宇。

王繼恩忙叩頭恭頌道：「陛下決斷英明，奴才莫不心服。」

26

宋太宗趙光義爲了自己的如意算盤，派辛仲甫出使上京（內蒙古巴林左旗林東鎮）。面對冷遇，辛仲甫卻讓蕭綽見識了宋朝之錚錚鐵骨的忠臣。

為了進一步使遼人放鬆戒備，打消契丹人的疑慮，太宗趙光義決定趁熱打鐵，派使臣赴遼探視。正好，五月份遼國又派使臣前來參加先帝的殯葬儀式，這回使臣就以陪送來使及回謝遼國的名義，赴遼探看一下虛實。

經過左挑右選，趙光義決定派文武雙全的辛仲甫作爲這次出使遼國的正使。

在辛仲甫臨行前，趙光義秘密在御書房接見了他，面授機宜：「辛愛卿，你素爲先帝愛臣，先帝多次在朕面前提起你的功績。這次出使遼國事大，朕曾徵求趙普意見，他亦向朕薦舉你，說我大宋唯你能完成這一使命，所以朕特意召你前來，將重任委派給你。這次出使，與以往的賀使不大相同。太原我是早晚要拿到手裡的，幽雲十六州也是我的一塊心病，我們和大遼早晚必有一戰，因而你這次出使的任務，就是要對沿途的道路、山川形勢、風土人情、民心向背情況進行詳細考察，踏勘地形爲首要，回來之後定是首功一件。至於到遼國以後，跟他們的皇帝說什麼，我想我不說你也會知道的。」

辛仲甫見皇帝如此信任自己，激動得心跳不已，連連點頭稱是。

辛仲甫率領著使團，在暑熱襲人的七月離開了大宋的都城東京開封（屬河南），越向北走，越感到涼爽舒適。

一路上他率使團風塵僕僕，來到了拒馬河邊。他知道，一過了拒馬河，北邊就是遼國的地界了。於是，他特意命使團在拒馬河這邊休息，好讓他們感受故國的溫暖。

這次出使遼國，在他內心裡總是有深深的憂慮。他擔心，此行還能順順利利、平平安安地回到東京開封嗎？他望著不遠處泛著粼粼波光的易水，突然感受到了「風蕭蕭兮易水寒，壯士一去兮不復還」的悲壯。

第二天，辛仲甫帶著使團過了拒馬河後，把在宋境內頗快的行程速度減慢下來，每日有時只走四十里，有時又走七十里，每晚休息時，將沿途所見所聞都一一記錄下來，並把地形地勢繪成地圖保存下來。他們先來到新城（屬河北），然後經涿州，到達大遼國南京（北京市）。在南京，受到了南院樞密使郭襲、南京留守韓德讓的宴請。

在酒宴上，郭襲並未給辛仲甫留下什麼深刻的印象，但韓德讓卻讓他吃驚不已。他覺得這個中年人非常不簡單，將來一定會是遼國的股肱之臣，將來的宋遼之戰，他準是一個舉足輕重的人物。

離開南京後，辛仲甫一行人繼續向北行走，經順州（北京順義）密雲，向北直出古北口，開始在崇山峻嶺中穿行。這一路上，人煙稀少，只有供商人們和驛卒們往來的館驛，一片荒涼景色。最後經松山州（內蒙古赤峰）向北，於八月終於到達上京臨潢府（內蒙古巴林左旗林東鎮）。

此時的遼國，耶律賢由於得病，身體虛弱，早已經不能視事了。因而軍國大事，都由皇后蕭綽一手處理。

契丹皇族每年夏天都有避暑的習慣。皇族夏天的避暑地方設在黑山，黑山位於上京臨潢府的西北方向。這裡地勢陡峭，據文字記載：「黑山地寒涼，雖盛夏，必重裘，宿營之下，掘深尺餘，有層冰，瑩潔如玉。」而且這裡距上京臨潢府很近，便於處理軍政大事，所以，契丹皇族就選中這個地方作爲消夏避暑的勝地。當然，蕭綽也不例外。今年夏天，天氣出奇的熱，於是，她早早在七月份就搬到了這裡來避暑。

蕭綽在黑山的所在地被稱作捺鉢。所謂捺鉢，就是指遼朝皇帝外出漁獵時，所設立的與北南大臣商議國事的行帳。

辛仲甫趕到上京，遼朝官員告訴他皇上耶律賢身體有恙，不宜見客，讓他趕到黑山去拜見皇后。這一怠慢的舉動讓辛仲甫憤怒不已，但又啞巴吃黃蓮，有苦說不出。

其實，辛仲甫的這次覲見受到的冷遇，是蕭綽早已安排好的。

原來，早在蕭只古和馬哲從東京開封回到上京後，蕭只古就興高采烈地把宋帝趙光義賞賜的衣物及允許開放邊界貿易地區榷場的文書遞了上來，又自我吹噓了一番出使宋國自己如何威風，如何據理力爭才得到宋朝皇帝開放榷場貿易的許諾。

馬哲是副使，而蕭只古是這次出使的正使，因而，馬哲看到蕭只古只顧手舞足蹈地吹噓自己的功勞，有心阻攔，又考慮到自己漢人的身分，欲言又止。但他這微小的舉動，卻讓善於察言觀色、明察秋毫的蕭綽看了個眞眞切切。

原來蕭綽在挑選使臣出使東京開封（屬河南）前，只想挑一名有能力的漢人即可，可又怕朝中那些老貴族們反對，所以就特意挑了一名契丹人，一名漢人。她知道蕭只古這人成事不足，敗事有餘，心思粗疏，不善於觀察，所以特意挑選了慮事縝密而又對大遼忠心耿耿的馬哲。她相信，馬哲一定會是一名稱職的使臣。

果不其然，她看到馬哲欲言又止的樣子，就知道其中必有隱情。於是在聽完了蕭只古的表白後，蕭綽重重賞賜了他們二人，然後又特意把馬哲留了下來，詢問他其中的眞實情況。

馬哲就把他們出使大宋的前前後後的經歷作了一個詳細的彙報，並把自己心中的懷疑說給蕭綽聽。

蕭綽沉思了半晌。

她抬頭又詢問馬哲的看法。

馬哲稍微沉思了一下，說道：「這回我們去東京，看到沿途城鎮的煉鐵爐經常是爐火通紅，鍛造打製鐵器的東西不絕，而那時又非農忙時節，因而打製農具的可能性不大。而且，即使打製農具，也不可能座座煉鐵爐都點火啊。」

蕭綽點點頭道：「有道理。」

馬哲接著說道：「這是其一。其二，我們在赴東京的沿途上，常常看到有牛馬車拉著滿滿的東西向北走去，看著像是麥秸雜物，如果眞是麥秸玉米等，那必然車體輕飄，然而我們卻見到車轍壓得很深，顯然載有重物。況且，如果是拉麥秸，必是附近農戶，但顯見車輛是長途跋涉，且聽到趕車人交談時的話語都是些南方人。在這個季節，車隊往北走，我想除了運輸軍糧作儲備，沒有其他目的。」

「對，你分析得很對。」蕭綽高興地讚賞道。

馬哲向上一拱手道：「陛下，可宋國皇帝趙光義兩次召見我們所表現出的截然不同的態度，更是讓我大惑不解，不知他葫蘆裡賣的是什麼藥。頭一次召見，明顯地宣布準備要向太原發動進攻；第二次卻又重提兩國和好，並同意我們與他們進行邊界貿易。這突然的轉折，定有不可告人的秘密。」

蕭綽沉思著，說道：「這確實是一個問題。照你前面的分析，應該可以肯定，現在宋對我屬國北漢劉繼元這個小朝廷是有覬覦之心，就是對我們的幽雲十六州，宋國皇帝也是日思夜想，打不打也只是時間早晚的事。他們這次沒準搞的就是迷魂陣，先給我們一點開放邊界貿易的甜頭嘗嘗，好讓我們放鬆警惕，到時候乘我們不備，一舉拿下太原。對，一定是這樣，馬大人，你認爲我分析得如何？」

馬哲聽了以後，如大夢初醒，忙跪下磕頭道：「皇后陛下眞神人也，一席話解了我心中的疑問，果然有道理。」

「那麼，我們該怎麼辦呢？」馬哲又問道。

「我們也應該早作防範，省得將來措手不及。」

正因爲有了以上想法，所以蕭綽想給辛仲甫來一個下馬威。

辛仲甫從上京風塵僕僕來到黑山蕭綽設置捺鉢的地方，但又被告知，蕭綽帶著侍衛去平地松林打獵去了。這一連串的碰壁讓辛仲甫惱怒不已，憋了一肚子氣，每天還得待在大帳內，苦苦等待著。

直到第三天，捺鉢宿營地忽然傳來消息，衛士們紛紛奔相走告，說皇后回來了，一個個滿臉激動的神色。

辛仲甫看到此情此景，吃了一驚。遼國皇后的威望要比皇帝還要大嗎？以至於讓衛士們如此欣喜雀躍。於是，他也遠遠地站在人群後面。只見從北面的路上，一匹白馬跑過來，白馬上有一位英姿颯爽的女將軍，身後侍衛的刀槍在陽光下反射著炫眼奪目的光芒。騎在馬上的女將軍離寨門越來越近，辛仲甫看清了，原來這只是一位二十七八歲的少婦，健美苗條的身姿、像湖水一樣深沉明澈的眼睛以及明艷俏麗的面龐，無不透著成熟少婦的丰韻。而更爲重要的是，在她身上有一種掩蓋不住的氣質，這種氣質透著一種能壓倒一切敵人而不畏任何壓力的力量。這時，只見守候在捺鉢的遼軍士兵們紛紛舉起手中的刀槍高喊道：「皇后萬歲！皇后萬歲！」

看到這激動人心的一幕，辛仲甫雖然不動聲色，但深知大遼國有如此出色的皇后，看來不是大宋之福。同時，他更感到了自己作爲宋朝使臣出使遼國肩負責任的重大。他知道，這將是一次艱難的談判。

回來的第二天，蕭綽在自己的捺鉢裡親自接見了辛仲甫。幾天來，辛仲甫只能遠遠地看著這個神秘的捺缽。直到今天他才有機會接近它，仔細地打量了一番。

這是一座規模巨大的氈帳，大帳的周邊用高達丈餘的鐵槍為柵，用槍繩緊緊聯繫著。每根鐵槍上都有一個黑氈傘，用來為守帳衛士們擋風避雨。柱外還分布了一座小型氈帳，有五名士兵手持刀槍守衛著。氣勢宏偉，戒備森嚴。

在遼國敵烈麻都司總禮儀事的引領下，辛仲甫走進大帳，頓時覺得豁然開朗，彷彿又進入了別有洞天的府第。只見帳內以木柱為梁，竹竿為椽，在木柱和竹竿上繪有精致華麗的彩繪，四壁都飾有光彩奪目的蜀錦，從帳頂垂下了繡有飛龍的黃布作為帳幔，窗楣都是氈簾，用塗有桐油的絹布裹著。整個大帳裡富麗堂皇，絲毫不遜於宋都開封的長壽殿和講武殿，辛仲甫也不禁詫異。

大帳內，蕭綽高高地坐在龍座上，這一現象又讓辛仲甫吃驚不已。他只聽說遼國皇上不上朝理事，軍政大事全由皇后處理，可他也沒有想到，遼國皇后竟然還高高坐在只有皇帝才能坐的龍座之上，這在宋國早就被視為大逆不道了，而遼國竟有如此之事！辛仲甫不禁矯舌不下。其實，辛仲甫還不知道，蕭綽在大遼國已經取得了與皇帝同等的待遇和地位。

看到銳氣已減大半的辛仲甫走進大帳，跪倒在地向她行禮，蕭綽坐在高高的龍座上微微一笑，指著早已安排好的軟榻道：「貴使請坐。」看到其他人都盤著腿，辛仲甫也學著艱難地把腿盤了起來。周圍的契丹人看了，都哄堂大笑起來。

辛仲甫略顯尷尬地看了一眼蕭綽。蕭綽一揮手，眾人的哄笑聲戛然而止，辛仲甫見狀，又一次驚異於蕭綽在眾人心目中的威望。

蕭綽平靜地問道：「貴使前來，有何貴幹？」

辛仲甫忙呈上國書，然後說道：「皇后陛下，此次前來，是爲我國皇帝傳達欲與貴國繼續修好、共保百姓安居樂業的心願，希望皇后陛下能體諒我國皇帝的心情。再者，前次貴國使臣出使我國，我國皇帝親口允諾共同開放邊界貿易，我這次前來，也是爲了共同商定此事，請皇后陛下玉成此事。」

蕭綽微笑道：「這個，我已經知道了。我已命令南面部官南院樞密使責成戶房主事主持此項事宜，一俟有成，當即通知貴國。」

然後蕭綽話鋒一轉道：「聽說貴國有一名叫黨進的大將，英勇無比，貴使看我帳下的大將，和黨進相比如何？」說著，指了指坐下兩旁的耶律斜軫、耶律休哥、蕭撻凜和耶律學古等人。

辛仲甫隨意地看了一眼，「喔」了一聲，又說：「跟我朝黨進將軍相比，這些人都差不多。」

蕭綽頗感興趣地說：「聽說黨進在上次進攻太原時驍勇異常，是員難得的猛將。你說我帳下的大將與他差不多，那貴國類似黨進這樣的猛將能有多少呢？」

辛仲甫故作哂然道：「像黨進這種不用頭腦、只知猛衝猛打的莽夫，只不過是我朝皇帝的雕鷹獵犬罷了，這樣的人在我國多得數不過來，並不能算是名將。」

辛仲甫的一席話，氣得蕭綽啞口無言。

蕭綽不由得對辛仲甫又畏又敬。她覺得辛仲甫是一個難得的人才，就有心籠絡，想把他留在身邊。

於是，蕭綽說道：「早聽說辛使臣是文武全才，今日一看，果然名不虛傳，我希望辛大人能夠留在我這裡，我想聘請先生作爲皇子的教師，不知辛大人肯否應允？」

辛仲甫猛然想到自己在拒馬河之前那種一去不復返的預感了。他知道，決定自己最後歸宿的時候到來了。想到這裡，他站起慨然說道：「皇后陛下，辛仲甫不才。剛才皇后多有讚譽之詞，不敢領受。我辛仲甫受我大宋皇帝之命出使貴國，只是爲了兩國永保和好，不動刀兵。我作爲大宋子民，必當盡死效忠，完成我國皇帝交給我的使命。如果皇后陛下硬要留下我的話，那我就只好以死相報了。」說完「嗆啷啷」，辛仲甫抽出了腰間的佩劍，橫在脖子上。

刹那間，大帳中的遼國將軍也都紛紛抽出了腰間的佩刀。氣氛頓時緊張起來。

蕭綽沒有想到辛仲甫竟有如此強烈的反應。她竟然愣怔在龍座上。但很快就回過神兒來，忙對衆將道：「幹什麼，收起來。」

衆將見蕭綽發怒了，才紛紛收刀入鞘。

蕭綽轉而對辛仲甫道：「辛大人，我剛才只跟大人開了一個玩笑，不必當眞。」然後又轉身對內侍道：「時候不早了，快去準備宴席，朕要招待宋國使者。辛使者眞是豪傑之士，一定要多喝幾杯呀。」

辛仲甫見狀，也把佩劍收回劍鞘，向上拱手道：「陛下，請恕在下唐突了。」

蕭綽毫不在意地擺手道：「沒什麼，沒什麼，今天眞是見識了文武全才的辛壯士，値得，値得。」

一場緊張的劍拔弩張的局面，就這樣消解了。

辛仲甫終得以全身返回宋國。蕭綽讓辛仲甫帶給趙光義的口信就是：北漢是遼之屬國，遼當約束其不向宋挑釁，宋也不得無故興師伐漢。

辛仲甫終於走了，蕭綽心中卻留下了一絲遺憾：這樣的漢臣，自己手裡若能多有幾個該多好啊。但蕭綽更關心的則是，辛仲甫帶給宋朝皇帝的口信，宋朝皇帝能夠遵照執行嗎？

27

在東京開封，趙光義的戰爭機器越轉越快。陳洪進割據漳州和泉州、吳越國錢俶的納土，宣告了趙光義戰爭準備工作的完成。而遠在漠北的蕭綽，對這一切卻渾然不覺。

大宋皇帝趙光義按慣例表彰嘉獎了此次出使遼國的有功之臣辛仲甫。

而此時，戰爭的機器轉得越來越快了。趙光義正在東京開封不動聲色地準備著，關於蕭綽的要求，他早已拋諸腦後。

十月十七日，在東京開封工部主事主管的弓箭院，早早地就被禁衛軍們封鎖了。只見三步一崗、五步一哨，戒備森嚴，連周圍的街道也都封鎖起來，搞得附近居民都進出不得。人們都在紛紛交頭接耳——發生了什麼事情呢？

這時，只見遠處走來一列隊伍，前面是十六名手持利刃的帶刀校尉，然後依次是八名手提金爐的黃衣童子和八名手持拂塵的宮女，再是一乘三十二人抬的大轎。在眾人的周圍，則圍滿了手持長槍的御林軍。

大家這才恍然大悟，原來是皇上親自臨幸弓箭院。

大轎到了弓箭院大門前，宋太宗趙光義在近侍宦官王繼恩的攙扶下走下來，戶部侍郎李昉率弓箭院眾匠人跪倒在地，恭迎聖駕。

趙光義告訴眾人免禮平身，然後在李昉的陪同下，觀看了匠人們打造弓箭的情況。

走到冶煉爐前，趙光義看到一堆已經打造好的成捆的箭枝，非常高興。他指著箭捆問李昉：「李愛卿，明年這個時候能否完成打造四百萬枝的任務？」

李昉聞言，略顯遲疑道：「陛下，恐怕難以完成。」

趙光義立刻面色大變，厲聲道：「爲什麼？」

李昉見趙光義聲色俱厲，嚇得雙腿顫抖，顫聲道：「銅鐵不夠。」

趙光義聽完，急步來到冶煉爐前。他看到冶煉爐前的銅鐵廢料確實不多，不禁氣憤地踢了一腳，怒道：「爲什麼這麼少？我前不久剛剛下令，禁止江南各州私鑄銅器，怎麼過半年了，還沒有收購到足夠的銅鐵？」

李昉不由得哭喪著臉道：「陛下早就下令，那是不錯，可是地方官執行不力，江南仍有私鑄銅錢的現象，我們戶部派出的官員，下去常常收不到銅。」

趙光義聽說此事，又踢了一腳道：「這幫不辦正事的狗官，拿朕的俸祿，卻不爲朕辦事兒，都該法辦。好，現在我不怪你，我回去後，定下令懲處那些狗官，命令他們嚴懲私鑄銅錢的犯人。」

李昉高興地答道：「只要陛下能夠下令制止私鑄銅錢，我一定保證在明年這個時候完成任務。」

趙光義讚許地拍了拍李昉的肩膀道：「好，好好幹，完成了任務，朕一定不會虧待你們的。」

幾天以後，趙光義又在講武台舉行了盛大的閱兵儀式。看著雄壯的士兵，趙光義對於北伐太原的前景，充滿了必勝的信心。

十二月二十三日，趙光義再次下令，禁止南方諸州縣私鑄錢幣。這樣，爲鑄造武器提供了大量金屬。從此，不僅東京的弓箭院，就是與北漢交界的晉、潞、邢、鎭、冀等州縣的冶鐵爐也在日夜開工，打造兵器。

這時，在大宋東京開封，可以說攻取太原的軍事準備工作已經初見成效。然而，趙光義又把目光投向了江南，他決心首先徹底解決江南的遺留問題，再心無旁騖地揮兵北指，一舉拿下太原。

九七八年（太平興國三年）四月，在趙光義的極力要求下，吳越王錢俶被逼無奈地來到宋國都城開封。在這裡，他受到了異乎尋常的熱情招待，讓他眞是受寵若驚。他錯誤地以爲趙光義對他恩寵有加，而萬萬沒有想到，他是掉進了趙光義爲他設好的陷阱。

六月七日，在趙光義的精心策劃下，實際上早已經奉宋爲主而被宋封爲平海軍節度使的檢校太師陳洪進親自上表，主動向宋廷呈獻降表，獻出了所管轄的漳州、泉州二州的土地和十四萬餘戶的人口、十八萬人的軍隊。趙光義很快就任命陳洪進爲武寧節度使。

陳洪進的納土之舉，使身在東京開封的吳越國王錢俶感到了莫大的壓力。錢俶處於左右爲難之中：獻土，心有不甘；不獻，命運如何，尚未可知。陳洪進的這一舉動簡直是把錢俶放到了火上煎烤一般，讓錢俶只能獻上吳越國丁甲冊，要求罷去宋廷所封的吳越國王稱號，解除兵馬大元帥職務，請求趙光義允許他解甲歸田。趙光義沒有得到所想要的東西，當然不允。於是，錢俶被逼無奈，只好獻出所管轄的十三個州、五十餘萬戶和十一萬多人的軍隊。

這樣，趙光義軟硬兼施，終於完成了對南方的統一。後顧之憂已去，他即開始一心向北，準備揮軍直指太原了。

太原城下

28

大遼皇后蕭綽聽到使者撻馬長壽的回報，知道遼宋議和的破裂已成定局。而白馬嶺之役的失敗，又使蕭綽無法挽回北漢覆亡的命運。唯一能做的就是加強南京城的守備。

去年（九七八）六月，蕭綽在處死高勛、女里後，就從來沒有感覺到如此暢快：積壓多年的殺父之仇報了，經常挑動叛亂的太祖之孫耶律喜隱也明確表示俯首聽令，不敢再奢求皇位，只乞一生平安。蕭綽又給他一個西南招討使幹一幹。她心裡合計著：這個官也不小了，只是不知他滿不滿意，即使他不滿意，再想鬧事也沒那麼容易了。現在朝內朝外都是我的人，憑他這條小魚也翻不起多大的風浪。自己和皇上的位子穩如泰山。

可是這幾天，蕭綽內心裡總是隱隱地有許多不安，浮躁的心總是靜不下來，似有什麼事要發生。

正在這時，忽有侍從來報，說是派去出使宋國的使者正在殿前等候。

蕭綽聽到侍衛的稟告，忽然之間才明白自己煩躁不安的原因，原來她一直擔心的就是北漢的命運。

於是，她趕緊命侍衛把出使宋國的使臣撻馬長壽快速帶到御書房。

撻馬長壽一進御書房，立即單腿跪倒向蕭綽見禮。蕭綽忙讓他起身免禮，賜座，然後問道：

「撻馬大人，怎麼這麼快就回來了？」

撻馬大人抹著禿頭上那細密的汗珠，摘下頭上的氈帽用力扇著，好半天，才喘息著說：「皇后陛下，我還沒有到達開封，走到臨城（屬河北）就遇到了統帥大軍親征北漢的宋國皇帝，我問他對北漢何種態度，這個宋國皇帝竟然對皇后的這個問題置之不理，大大咧咧地說：『河東逆命，理當問罪，若北朝不援，和約如舊，不然則戰。』現在我看他們正在向太原挺進。」

蕭綽一聽，不由得呆怔了半天。好長時間她才緩過神來，咬牙切齒道：「這個趙光義，動作眞的好快，我萬萬沒有想到他這麼快就把手伸向了我的地盤。」

撻馬長壽見蕭綽如此震怒，不由得小心翼翼地問道：「皇后陛下，還有什麼吩咐？」

這時，蕭綽才發覺自己有些失態，忙揮揮手道：「沒什麼，你回去吧，這趟你辛苦了，我會另有賞賜的。」

撻馬長壽見蕭綽滿臉不愉快，就悄悄地走了。

蕭綽靜靜地坐在那裡，一臉沮喪。她不理解堂堂大宋皇帝趙光義竟是一個如此不守信義之人。本來她以爲遼宋和好以後，和平還會維持一段時間，即使大宋想攻打太原，也必然會跟自己打聲招呼。誰想到，趙光義根本就沒有把她的大遼放在眼裡。這與宋和好之事本來就是她主張的，可現在趙光義來這麼一下，你說讓她的臉面在群臣面前往哪裡放！算了，不用想這些無用的事了，還是考慮考慮如何對待宋伐北漢這件事吧。

於是，蕭綽強打精神，命令內侍趕緊把文武大臣和各部落首領召集到議事殿來商量對策。

群臣們來到議事殿上，蕭綽把撻馬長壽轉述的趙光義的話傳達給眾位大臣。

蕭綽說完，朝堂上頓時就亂成了一鍋粥。大家眾說紛紜，有贊成援漢打大宋的，有主張棄北漢的，意見很不統一。

蕭綽感到自己對與宋和議抱了太大的希望，因而在其他方面疏忽了對宋的防範。雖然自己對宋的和議誠意有所懷疑，對漢也曾因宋劫掠其庫存儲備糧而援漢二十萬斛糧食，但對宋攻漢的可能性還是估計不足，漢曾屢次來報，說宋要攻太原，且北漢王劉繼元還把兒子送來上京當作人質，可是大宋卻一直沒有動靜，更使自己放鬆了警惕，終於釀成了今天的惡果。想到這裡，蕭綽禁不住埋怨自己——婦人之仁險些害得我血本無歸。不行，北漢是我們的兒臣之國，太原且是我西南屏障。太原有失，則西南出現危機，堅決不能放棄太原。何況，趙光義的胃口有多大，誰也不知道。蕭綽隱隱地感到，趙光義的眼睛正盯著大遼國的下腹部——幽雲十六州。不行，我不能坐等挨打，至少應該有所準備，以免將來措手不及。

想到這裡，蕭綽睜開了眼睛，發現朝臣們仍在爭論著。她不耐煩地揮揮手，朝臣們看到皇后要發話，就紛紛緘口不語了，睜大眼睛看著皇后。

蕭綽見朝臣們的爭論平息下來，便不緊不慢地說：「大家的爭論我都聽見了，可我們現在已經失去了良機，我們不能再等待了，我們必須出兵援漢才能佔據一定的主動權！」

許多大臣一聽蕭綽開口就是援漢，不禁瞪大了眼睛。蕭綽繼續解釋道：「我剛才聽大家說，太原已是一座孤城，沒有多大的油水，建議我們放棄。但是大家想過沒有，這裡有一個我大遼屏障的問題，這個大家都知道，我就不說了；還有一個重要的問題就是信義問題，北漢是我大遼的兒臣之國，我國理應有保護之責，這是我們必須要承擔的，而最重要的不是向北漢作出信義的承諾，是要做給其他屬國看的。」

大家聽蕭綽如此解釋，都有些摸不著頭腦。

蕭綽不理會大家詫異的目光，接著說道：「我大遼不只是有北漢一個屬國，還有黨項和高麗。如果我們這回對太原不管不顧，那我們有再多的兒臣國也會離我們而去的。大家想一想，是不是這個道理？」

聽蕭綽如此說，眾臣也覺得很有道理，紛紛點頭。

蕭綽接著道：「最主要的，現在救北漢就是救我們大遼。」

大家也都習慣了蕭綽經常有非常之語，因而沒有感到詫異，只是等著聽蕭綽的下文。

「這次趙光義出兵太原，不事先與我們打聲招呼，這就很讓人費解。而且趙光義對撻馬長壽的態度非常蠻橫，我懷疑趙光義此次目標並不僅僅是太原，大家不要忘了，幽雲十六州一直是南朝皇帝們夢寐以求的。所以我們一定要提防趙光義順手牽羊。況且，對於遼宋和約現在看來趙光義是不以爲然的，我們也就不必要空守那一紙無用的承諾。」

蕭綽的一席話，聽得眾位文武大臣及各部落首領紛紛點頭稱是。

耶律沙急忙跨出來道：「皇后陛下，臣願率軍隊馳援北漢。」這時，冀王耶律敵烈也大咧咧地走出來道：「皇后，還是讓我來帶兵吧，我保證打得他們抱頭鼠竄。」

耶律沙急忙道：「冀王，你怎麼和我搶功勞？」耶律敵烈斜睨著耶律沙，傲然道：「怎麼只准你能帶兵，而本王不能建功立業嗎？」

蕭綽本來是想派耶律沙前去，可耶律敵烈又出來攪局。她知道這個王爺成事不足，敗事有餘。可現在這種情況，她又不好說什麼，只好調解道：「好了好了，耶律沙也去，你也去，由耶律沙做都統，冀王做監軍，共同率軍馳援北漢。」

耶律敵烈看著耶律沙故意笑道：「怎麼樣，我做監軍，你還要聽我的。」耶律沙氣得跺腳，但無奈之下，也只好接旨。

蕭綽又道：「第二路部隊由南院大王耶律斜軫為統帥，耶律抹只為監軍緊隨其後，進行策應。」

耶律斜軫、耶律抹只也領命而去。

遼國增援北漢的通道歷來有三條：鎮州（河北正定）、定州（河北定縣）和石嶺關（山西陽曲縣東北關城）。但是，這一回出兵前，耶律沙和耶律敵烈考慮到，宋軍一定會在這三條道路上埋下伏兵，阻止遼軍援漢。兩人正在苦思冥想如何避開宋軍的埋伏而長驅直入太原時，忽然，耶律敵烈一拍腦袋道：「都統大人，你記不記得應曆十八年（九六八）的太原之戰？」耶律敵烈這一提醒，耶律沙突然想起來了：「冀王，你是說白馬嶺（山西盂縣北）？」

耶律敵烈一拍大腿道：「對，就是這個白馬嶺，當年南院大王撻烈就是從白馬嶺突出奇兵，一舉成功的，宋太祖趙匡胤被迫從太原連夜倉皇撤退了。這次我們也走這條路，你看怎麼樣？」

耶律沙遲疑道：「上次宋軍吃了那麼大的虧，這次他們還不得有所準備嗎？」

耶律敵烈擺擺手道：「放心吧，已經十年了，宋軍這些南蠻子一定想不到的。」

耶律沙權衡再三，見沒有其他的好辦法，只好同意了敵烈的意見。

於是，在太行山山溝深處的腹地、崇山峻嶺之間，逶迤行進著一支艱難的遼軍。

這條路崎嶇曲折，平時很少有人行走。這個時節正是太行山積雪的時候，路陡雪滑，步步難行。在行軍過程中，不時有遼軍士兵和馬匹由於路滑而墜入深谷之中，慘叫聲不時地傳來。耶律沙和耶律敵烈驅馬走在士兵的中間，看著傷人折馬的慘景不時發生，耶律沙的眉頭緊皺著。

可耶律敵烈見此不禁說道：「都統大人不必擔憂，我軍雖有點兒小傷亡，但仍可以奇兵之勢馳援太原。『得』還會大於『失』的嘛。」

耶律沙苦笑道：「但願如冀王所言。」

經過兩天一夜的長途跋涉，這支增援太原的軍隊終於翻過了高山，進入了兩山之間的一片谷地，一條剛剛開化的溪澗在山間悄悄流淌著。

耶律沙和耶律敵烈驅馬來到澗邊，吩咐遼軍依谷地就地駐營，埋鍋造飯。

突然，過澗探看情況的探馬急速來報：「報告都統，前方似有宋軍埋伏。」

聞聽來報，耶律沙吃了一驚，急忙命令遼軍沿著澗水岸邊列陣，還沒有冒出炊煙的鍋灶也被踏翻在地。遼軍將士們在澗邊展開嚴陣以待之勢。緊接著，耶律沙當即下令，駐兵勒馬，請耶律斜軫速引兵前來。

耶律敵烈見狀，笑道：「都統大人，不必過慮，我想這只不過是宋軍小股巡邏隊恰巧巡邏至此，何必大驚小怪！」

耶律沙沉思道：「事情不是那麼簡單，我看宋軍是有備而來，現在敵情不明，咱們應該以澗水爲界，紮營於此，就地守備，待耶律斜軫率大軍趕到，我們與宋軍開戰才會有勝算。」敵烈滿不在乎道：「都統大人也太膽怯了，我去探探虛實。」

這時，原來殿後的突呂不部節度使都敏聽說前方出現敵情，也驅馬前來。他看了看澗水對面的山上插有宋軍的旗幟，卻不見宋軍士兵，於是轉頭對耶律沙道：「都統大人，我看山上只有宋軍的旗幟，卻看不到宋軍士兵，我懷疑宋軍人數很少，這只是他們在用疑兵計阻止我軍前進。」

耶律敵烈見來了幫腔的，不由得大喜道：「你看，你看，我說那只是宋軍的巡邏隊嘛，你還不趕快給我一支軍隊，現在天色不早了，我們應該馬上渡澗，消滅宋軍，迅速渡過白馬嶺。」

耶律沙遲疑道：「我們還是小心爲妙。」

「小心，小心，再小心宋軍的大部隊就要趕來了。我們還是應該先下手爲強，快刀斬亂麻，消滅這股宋軍，迅速渡澗，越過白馬嶺才是上策。」

說完，耶律敵烈把自己的親軍調到澗前，指揮部隊迅速渡澗。

耶律沙見此情景，只好任耶律敵烈自由行動，同時命令其他部隊沿岸守備，防止宋軍半渡而擊。

耶律敵烈率自己的親軍正渡到澗水的中央，前行的人馬剛剛登岸，還立足未穩，後續的渡澗部隊正向澗水擁去。澗窄人多，渡澗的人馬擠作一團。正當人嚷馬嘶、不可開交之時，忽然從對岸的密林裡傳出一陣不祥的號角聲。耶律沙聞聽號角聲，知道中了宋軍的埋伏，忙大喊撤退，而澗中人馬正糾纏得不可開交之際，有人要渡澗，有人要回撤，更使澗中亂成一團。

只見密林中紛紛衝出宋軍，向已經上了岸的遼兵衝殺過來，山上的弓箭手向正在渡澗的遼兵射出枝枝利箭。耶律敵烈率領已經上岸的幾百名遼兵向山上的宋軍衝去，可是剛衝了幾步，就被箭雨攔住了去路。空曠的谷地沒有可以掩蔽的樹林，所以耶律敵烈所帶領的數百人就成了宋軍練習射箭的靶子。他們還沒有衝到山邊，敵烈身上就已經中了好幾枝箭。耶律敵烈掙扎著催馬向前衝了幾步，就連人帶馬跌倒在地上。很快，他和他的戰馬就成了密不透風的箭靶子，如同刺蝟一般。

其他的遼軍看到敵烈中箭身亡都驚慌失措，再也不敢戀戰，紛紛調轉馬頭又向山澗奔去，擠得澗中的遼軍更是亂作一團，像無頭的蒼蠅一般東衝西撞。宋軍的弓箭手趁機向澗水中的遼軍放箭，遼軍紛紛應聲落水。一時間，澗水被染成鮮紅色。

在澗東守候戒備的遼軍看到澗水中死傷累累的遼軍，也變得驚慌起來。在箭雨的威脅之下，他們抱頭鼠竄，拚命逃跑，高喊：「兵敗了！兵敗了！」在後邊的遼軍士兵本來不知前面發生了什麼事，可一聽前面喊「兵敗了」，也紛紛掉轉馬頭逃命。耶律沙在澗邊狂喊：「不許跑，不許跑，快給我頂住！」但遼軍仍如潮水一般向後湧去，根本就不理會耶律沙的喊叫。這時，宋軍的幾枝箭嗖嗖落在耶律沙的周圍，耶律沙見形勢如此危險，而且潰軍之勢已經不可逆轉，便也不得不加入到逃跑士兵的行列之中。

宋軍見遼軍敗退，火速從山叢中衝殺出來，驅馬追趕潰逃的遼軍，並打出了一面大旗，上面寫著：「雲州觀察使郭」。耶律沙見了，大叫：「敵烈誤我！」這哪裡是什麼巡邏隊，分明是一支勢如猛虎的精兵——郭進帶的軍隊，那還了得！

遼軍一窩蜂似的潰退足有十餘里，仍然止不住。

這時，耶律斜軫正帶著二路軍急匆匆地向前趕來。他對耶律敵烈選擇的這條道路心存疑慮，但是前隊既然走過，作爲後續增援的隊伍，也就不必另行選擇，還是走了這條彎曲難行的道路。剛剛翻過高山，耶律斜軫就見到前面有零零星星的遼兵向這裡奔逃。他以爲是私下離隊的逃兵，就派人抓住，可一轉過山腳，便見到成群結隊的遼軍蜂擁而來，耶律斜軫抓住一個一問，才知道是前軍遭遇宋軍伏擊潰逃至此。

耶律斜軫急命部隊停止前進，拉開陣勢，阻止逃兵敗退，並命士卒拉弓放箭，才好不容易阻止住了敗兵潰逃之勢。

此時，耶律沙也縱馬趕到。耶律斜軫上前道：「都統大人，先請到後面歇息，整頓潰軍，我帶後軍先到前面阻住宋軍。」說完，催馬帶領著後軍向前衝去。

當潰逃的遼兵都已經到了後邊時，耶律斜軫急令軍兵排開應戰的陣勢，弓箭手在前，拉弓搭箭，引弦待發，槍手站在弓箭手的後邊，嚴陣以待。

只見前方隱約出現一條黑線，宋軍的馬蹄聲、喊殺聲越來越近了，已經可以看到前面領頭的宋軍騎兵的模樣了。

耶律斜軫急忙下令：「弓箭手準備。」

宋軍的騎兵繼續靠近。

耶律斜軫又下令：「擊鼓。」

隨著「咚咚咚」急促的鼓聲，遼軍的弓箭手引弦發箭。頓時，萬箭齊發，雷鳴般的吶喊聲在山谷間轟然迴盪。

衝在前面的少數宋軍騎兵紛紛中箭倒地，後面的騎兵見遼兵沒有潰敗的模樣，相反組織嚴密，箭矢如雨，知道遼軍已有所準備，急忙勒轉馬頭，返身退到弓箭射程之外。

這時副將前來請示，問耶律斜軫是否衝鋒。耶律斜軫考慮到遼兵新敗，心情浮躁，不宜再戰，就不準備擴大事態。

過了一會兒，郭進見遼軍不打算衝鋒，下令撤走了軍隊。

此刻，耶律斜軫才抹去頭上的一層冷汗，長出了一口氣，暗叫一聲：「好險。」他知道遼軍現在已是鬥志全失，如果宋軍強衝猛打，遼軍就有可能全線崩潰。幸虧郭進不知虛實，還以爲遼軍有所準備，眞是天不滅我。

耶律斜軫回到軍中，見耶律沙哭喪著臉，忙問道：「都統大人，損失怎麼樣？」

耶律沙見耶律斜軫如此發問，更顯窘迫，依舊哭喪著臉道：「冀王敵烈，突呂不部節度使都敏、黃皮室詳穩唐筈都死於亂箭之下，軍兵們也死傷大半。你看我們該怎麼辦？」

耶律斜軫心知遼軍已無心再戰，便說道：「都統大人，看來宋軍在白馬嶺早有埋伏，我軍將士已筋疲力竭，不宜再戰，我們還是先退回去，請示一下皇后，再作打算吧。」

耶律沙見耶律斜軫如此說法，再看看自己手下垂頭喪氣的殘兵敗將，不由得嘆了一口氣：「好吧，就聽你的吧！」

就這樣，本來想以奇兵之勢增援太原的遼軍，在白馬嶺遭到迎頭痛擊後，又不得不從原路返回。

蕭綽的援漢計劃失敗了。太原的北漢國主劉繼元陷於苦苦支撐的艱難境地。

29

當大遼皇后蕭綽正對北宋與北漢的戰事束手無策時，太原城卻在宋太宗趙光義的進攻下變得支離破碎。北漢王劉繼元不得不舉起了白旗。

四月，宋太宗趙光義親征的御駕走到鎮州（河北正定）的時候，突然接到將軍郭進在白馬嶺大敗援漢遼軍的捷報。趙光義拊掌大笑，遼兵已敗，石嶺關外無足憂慮，劉繼元外援既絕，這一回太原就是我囊中之物了。

於是，趙光義下令，車駕星夜趕往太原。

五月十八日，趙光義御駕親征到達太原前線，在太原城東門外汾水東側建起行宮。

這時，北路都招討制署使潘美指揮著崔彥進、李漢瓊、劉遇、曹翰、米信、田重進等各路宋軍，已經是屢敗北漢軍隊，拔除了太原周圍的各個州縣據點，對太原進行了合圍，把一個小小的太原圍成鐵桶似的，水洩不通。太原城下，陣陣鼓聲，煙火瀰漫，護城河裡也被死傷士兵的鮮血染得通紅一片，屍體在河水中腐爛，在陽光的照射下發出一陣陣難聞的氣味。

第二天，趙光義不顧旅途的勞累和疲憊，興沖沖地要去太原城巡察攻城情況。

北路都討制署使潘美一大早就在趙光義的寢帳前恭候。他獲悉此事，急忙跪倒勸諫道：「陛下乃萬乘之尊，豈能以千金之體甘冒矢石，萬萬不可近前！」

趙光義拉著潘美的手笑道：「潘將軍不必過慮，朕也是馬上皇帝，當年也曾跟各位將軍一同征戰沙場，何懼之有？況且，將士們爭相效命於鋒鏑之下，朕豈能作壁上觀？好了，不用多說了，快快隨朕一同前去。」

潘美被逼無奈，只好引著趙光義前去督戰攻城。

離太原城不遠，只見在朝陽映照下的太原城顯得陸離斑駁，煞是威武雄壯。可走到近前才發現，太原城早已經是千瘡百孔，零亂的箭羽釘在城牆縫中和城門上，顯示出這是一座飽受戰火的城市。

這時，疲憊了一夜正在假寐的北漢守軍剛剛睜開惺忪的眼睛，扶著城垛口往下一看，突然發現有一隊人馬正在向城牆靠近，急忙大喊：「有人攻城了，快射箭！」

城牆內東倒西歪、尋機睡覺的北漢士兵聽到喊聲紛紛跳起，抓起弓箭就向城下射去。潘美見狀，命軍士趕快向北漢軍士對射，然後掩護著趙光義離開城牆，才使得趙光義沒有受傷。

潘美驚惶不定地掩護著皇上趙光義退到了弓箭射程之外。趙光義卻興高采烈地說道：「潘愛卿，你看現在北漢軍兵都已經疲憊不堪，太原城是指日可下啊。」

潘美看著趙光義，不禁暗暗想道：如果剛才皇上有什麼危險，那就不是太原指日可下，而是我的腦袋就要落地了。

趙光義毫無懼色，還要看其他的攻城部隊。這回潘美再也不敢大意，極力勸阻。趙光義這才作罷。

宋太宗趙光義回到大帳後，拿下太原的信心更足了。他立即命令近侍王繼恩草擬一道詔書，派人用箭射入城中，要求北漢王劉繼元立即投降，以免城內百姓慘遭屠戮。

在第二天月淡星稀的夜晚，趙光義在幾名親隨的跟從下，換上宋軍偏將的服裝，悄悄來到了城西攻城部隊的據點。

只見將軍曹翰正帶著士兵在試驗新運到的旋風車炮。這是一種發射石塊的弩機，在離城一箭距離的地上豎立著數十架高達丈餘的木製機械，在塔上有一個長達兩丈的木臂，木臂的東邊懸著一根長長的繩子，軍士們在木臂西頭放置上一塊斗大的石頭，然後數十名士兵用長繩使勁拽下去，懸著石頭的那一頭長臂「吱」的一聲揚起，一塊石頭如同離弦的箭一樣射向城牆，緊接著，就聽到城牆上傳來兩三聲慘叫聲，發石弩的宋軍聽了齊聲歡呼起來。

接下來，其他旋風車炮下的宋軍們也如法炮製，塊塊幾十斤的大石頭從城下飛上城頭，北漢士兵的慘叫聲不斷傳來，宋軍則加緊投擲。

趙光義看到這種猛烈攻城的場景滿心歡喜。他沒有驚動正在指揮發炮的曹翰，和衛士們悄悄地離開了。

這些日子對於北漢王劉繼元來說，猶如生活在地獄之中，每日裡他寢食難安，就像熱鍋上的螞蟻一樣坐臥不寧。自從宋軍發兵河東開始圍城以後，城中的大小官員和百姓們便人人自危，當糧道被宋將田重進派人截斷後，城內存糧日益減少，更增加了城中軍民的恐慌，而更重要的是，他日思夜盼的遼國援軍到現在也沒有出現在太原城下。第二次派人從城頭縋城而下帶著蠟丸書去向遼求援的使者，又被宋將郭進手下的巡邏隊截獲，被斬首示眾。後來又聽說遼軍在白馬嶺遭到慘敗，這下看來，指望遼國援軍是一點希望也沒有了。城內的官員百姓也都喪失了信心。

五月二十九日，宋軍猛攻西南城，羊馬城陷落，北漢宣徽使范超被抓獲，斬殺於城下。這更使得城內軍民誓死抵抗的信心動搖了。又過兩天，馬步軍都指揮使郭萬超竟然出城投降，且不斷有人效仿，再加上宋軍攻城日急，眼見守城的軍兵日漸減少，抗擊宋軍捉襟見肘，不夠用了。儘管劉繼業父子帶了一支精兵殺回太原增援，那也只是杯水車薪，不敷需要。看來太原眞是危在旦夕了。

正在劉繼元愁眉不展之時，內侍來報，劉繼業前來求見。不等侍衛通報完，只見劉繼業就大步流星地走了進來。

「陛下，宋軍攻城越加緊急，城裡箭枝已經快用完了，糧食也要吃光了，城內人心浮動，偷著出城的人越來越多，看來我們是眞的要守不住了。陛下，我們還是獻城吧，好歹我們都是漢人，把城獻給宋軍總比獻給契丹人要強，這樣也可以避免宋軍屠城。這些年，老百姓打仗受了這麼多的苦，都不願再打下去了。另外，我聽說，南唐和南漢那些亡國之主現在在宋都開封（屬河南）生活得很好。陛下，大宋興旺是天命，我們漢國敗亡也是天命。天命不可逆，還是順應天命，投降吧。」

劉繼元捶胸頓足，嚎啕大哭道：「眞是天意呀，我對不起劉家的列祖列宗，劉家的基業毀在了我的手裡呀！」

六月二日夜裡，劉繼元派遣使臣李勛向趙光義上表，請求投降。

第二天，當第一道霞光又照在這個殘垣斷壁的太原古城時，這座城市近兩個月第一次顯示出它的平靜和祥和。只不過那密布的箭簇和斑駁破爛的城牆以及地上的破槍爛刀，似乎證明著這裡剛剛結束了一場極其慘烈的戰爭。

趙光義早早地坐在城北的城臺上飲酒宴樂，等候著劉繼元前來歸降。

辰時一到，太原城的北門徐徐打開，只見城內出現一列隊伍。

劉繼元身穿白袍，頭戴紗帽走在了隊伍的前面。身後的文武百官們也都是素服紗帽來到城台前。

趙光義一擺手，停止了宴樂。

劉繼元撲通跪在城台前，雙手捧上了玉璽、北漢所屬地區的地圖以及所轄人口戶數和軍隊的花名冊。

趙光義雙手接了過來，說道：

「你過去逆天行命，不肯歸順，但終究能順應時勢，獻城歸降，朕赦你無罪！」然後，趙光義命令賜給劉繼元紫衣玉帶，授予他檢校太師、右衛上將軍，封爲彭城郡公。劉繼元見有如此賞賜，大喜過望，忙跪地叩頭。

趙光義看了看跟隨請降的文武百官們道：「劉愛卿，聽說你有一員猛將叫劉繼業，今天來了沒有？」

「來了！來了！」劉繼元忙大聲應道。

這時，從前來請降的官員隊列中走出一員戰將，只見他身高體魁，雙目炯炯，身披鎖子連環甲，英氣勃發。趙光義不禁笑問道：

「你就是劉繼業？」

「正是小人。」

「在十年前先帝圍攻太原時，就十分欣賞你的勇猛和善戰，這一回又讓我領教了一次。」

劉繼業見趙光義如此說，遂解釋道：

「陛下，這是……」

趙光義一揮手：「那些過去的事就不提了，聽說你原來姓楊？」

「小人原姓楊，因主公賜姓改劉。」

「朕賜你還歸本姓楊，單名一個『業』字。」

「謝陛下恩賜。」

「朕加封你爲右領軍衛大將軍。」

「謝陛下封賞。」

這樣，太原城下，北漢版圖盡歸大宋皇帝趙光義。宋國兩代皇帝處心積慮十多年想結束五代十國群雄割據局面的心願，今天終於實現了。

30

太原城下的硝煙還沒有散盡，宋太宗趙光義已經不再沉浸於勝利的喜悅之中，他的目光又向東北方向望去。他的下一個目標是哪裡呢？

平定太原以後，瀰漫於慘烈拚殺的戰場上的硝煙業已散盡。劫後餘生的人們，無論是太原的百姓，還是宋軍的士卒、將官們，都想好好歇息一番，都盼望著得勝之軍能儘快地班師回朝。然而，這些天來，宋軍還駐紮在太原城外，撿拾戰利品，掩埋死去士卒的屍首。總之，在做著一場大惡戰之後所必須做的善後收尾工作。

趙光義爲了把這塊新打下的土地儘快掌握在自己的手中，也在做著一個統治者想要做的相關大事。

爲了避免太原百姓對新朝的怨恨，同時爲了把宋國兩次失敗恥辱的見證毀掉，他決定把太原城全部燒毀，把榆次縣升格爲并州，把太原城中的老百姓遷往這裡，而把太原城中的僧道之士遷往西京洛陽的寺廟道觀中，把原北漢的官吏和有錢的豪族大戶全部遷往河南，降格太原府爲平晉縣。這樣，趙光義才放下心來，心安理得地把太原當作自己眞正的領土了。

同時，爲給自己此次征伐太原的勝利歌功頌德，趙光義還命人把自己原駐紮在汾水東岸的皇帝行營改建爲平晉寺，立碑記載他平定北漢的「豐功偉績」。

但是，最讓宋軍眾將官所不能理解的是，趙光義的表現就彷彿是此次大軍北伐的任務並沒有完成，因爲他並沒有進行整頓大軍的收尾善後工作。

潘美作爲統領大軍的主帥，一方面在忙碌著平定太原後的掃尾工作；另一方面，又在焦急地等待著皇上早日下達班師的命令，好徹底放鬆一下。

一日，潘美正在大帳內處理著繁忙的軍務，忽聽衛士報：「皇上駕到！」

潘美回頭一看，趙光義已經跨進了大帳門，慌得潘美急忙跪倒磕頭：「臣不知皇上前來，未曾遠迎，請皇上恕罪。」

趙光義趨步上前，扶起潘美道：

「潘愛卿，免禮，不知者不怪嘛。」

趙光義坐下後就問：「潘愛卿，善後之事做得怎麼樣了？」

「臣已命軍士掩埋陣亡將士，登記戰利品，另外皇上吩咐的遷民任務也已經基本完成，就是……」

「就是什麼？」

潘美咬咬牙，說道：「就是士兵們總問我，何時才能班師回朝？另外，大家希望皇上儘快發放賞錢，好帶回家中。」

趙光義聽得潘美如此說，不禁皺了一下眉頭，伸手揮了一下道：「這些事都好說。」轉而又問：「難道就沒有想再打一仗？」

潘美苦笑道：「現在麼軍士們經過三個多月的征戰，早已疲憊不堪，況且離家已久，大家都想自己的妻兒老小。好容易從血戰中留下一條性命，都有厭戰的想法，誰還想再打仗呢？對了，皇上，現在軍營裡有人在傳說，陛下要馬上發兵攻打幽州，這一定是別有用心的人在煽惑，我一定派人把散布謠言者抓住正法。」

趙光義心裡惱恨這個潘美的腦瓜不開竅，忙苦笑道：「不用了，這類小事情也翻不了什麼大波浪嘛。」他接著道：「對了，潘將軍，大家打仗這麼辛苦，找幾個將軍咱們一起出去行獵如何？朕也好長時間沒有挽弓行獵了。」

潘美立即回復：「微臣願意奉陪。」

很快，潘美就邀集到李漢瓊、崔翰、劉遇等眾將帥，簇擁著趙光義縱馬向北馳去。

一行人馬來到了石嶺關附近。這裡既有草原，又有大山，野物異常豐富。他們很快就打了許多獵物。

看著這些戰利品，神經一直緊繃著的眾將士都感到了從未有過的輕鬆。看看天色已晚，大家張羅著，要滿載而歸。

趙光義卻興致勃勃道：「我看咱們還是在這裡烤肉吃，既有情調，又可以談談話，你們說怎麼樣？」

眾將過去都是跟趙光義一起上陣衝殺的生死兄弟，自從趙光義當了皇帝後，相互間覺著有了很遠的距離，敬畏多於情感。今天聽得皇上有這個提議，興高采烈的眾將們都哄然叫好。

於是，宰割野獸的掏出了刀子，負責生火的四處尋找乾柴。不一會兒，一堆熊熊的篝火燃燒起來，大塊的獸肉在火上烤得「滋滋」作響。

趙光義環顧了一下被篝火映得通紅的眾將的臉龐，略帶神秘地笑道：「眾位將軍，你們知道朕爲什麼帶大家到這裡來嗎？」

眾將互相看了一眼。李漢瓊是個莽撞的漢子，粗聲大嗓地嚷道：「陛下，您不是讓我們來陪你打獵放鬆的嗎？」

趙光義搖了搖頭，舉起馬鞭，指著前面說道：「這是石嶺關，穿過這個石嶺關，一直向北，可以通向哪裡？」劉遇答道：「當然是到了遼國境內。」

趙光義搖搖頭，「你說得不對，那不是遼國的土地，而是我們大漢族子民的土地，是那個罵名千載的石敬瑭拱手送給契丹人的。」

潘美聽到這裡，心中忽然一亮。他終於明白了皇帝早晨詢問他話時的深深用意了，忙問道：「陛下，是不是這次想趁機收復幽雲十六州啊？」

趙光義反問道：「那你看呢？」

潘美立刻躬身施禮道：「陛下，臣以爲這萬萬不可。我軍苦攻太原，已四月有餘，是仰仗天威才得到最後的勝利，順利收復太原，削平北漢。可現在，我大軍已兵疲餉匱，人心思歸，不堪再戰，望陛下能允准暫時班師，蓄養兵力，儲備足夠的糧草，待兵精糧足，再興兵伐遼也不遲。此乃萬全之策，望陛下三思。」

劉遇也說道：「皇上，出來這麼多天了，現在都有點想老婆了，咱們還是收兵吧，等到把精神養足了，咱再出兵，我一定會把幽雲十六州給您拿回來的。」

田重進接著說：「對呀，皇上，這些當兵的可都思鄉心切，不想再打仗了，這樣的隊伍，即使帶出去也是不堪使用的，請陛下從長計議，不要倉促出兵。」

趙光義聽到眾將們的意見都是反對他出兵，有些惱怒，臉色也漲得通紅。

崔翰看出皇上還是力主出兵北進幽雲的。他敏感地意識到，這是拉近自己和皇帝關係的天賜良機，甚至有可能取代潘美而成爲大軍統帥，因而他慨然說道：「我認爲大家講的都不是不進兵的理由，相反，兵家最難得的就是好的時機與好的形勢，所以得勢就應該把握好，遇到時機就不能喪失。現在我們趁著平定北漢、克復太原的有利時機，發兵薊燕，征伐遼國，正是乘勝因時。如果大軍北指，臣敢擔保一定會取得勝利的，請陛下明察決斷，千萬不要喪時失勢。」

崔翰的這一番話說得趙光義心裡非常舒坦。趙光義親熱地拍著崔翰的肩膀道：「還是崔愛卿講得最有道理。」說著狠狠瞪了大家一眼，「只有崔翰才最明白朕的心思，你們這些人，誰能比得上崔翰呢？」

崔翰看著眾人，洋洋自得。

李漢瓊見此禁不住吐了一口唾沫。潘美無奈，只好長嘆一聲。

趙光義望著眾人道：「現在朕意已定，大軍即日北上，攻伐幽雲，收復我中華失地。」說完，用馬鞭向北部猛地畫了一個大圈，像是要把所有的土地都囊括在自己的口袋裡。

六月十九日，在趙光義的御駕親征下，征漢大軍從太原出發，向東北方向行進。

六月河北，天氣已有些炎熱。軍兵們在攻下太原後，一是想休息，二是想得到賞賜，可是這兩個願望都落空了。相反，還要翻越崎嶇難行的太行山北進攻遼，是死是活又無法把握，因而軍中怨聲不斷，牢騷滿腹，一點生氣都沒有。大家死氣沉沉，無精打采地走著。

二十六日，宋軍到達鎮州（河北正定）。

趙光義命令部隊在這裡進行短暫的休整，並補充必要的糧餉、軍械等等。

七月三日，在鎮州的東校場外。

趙光義捨棄了自己那乘舒適的坐輦和象徵皇上九五威儀的冠服，換上久違的盔甲戰袍，跨上了自己一直心愛的雪青戰馬，眾將環列四周。

強勁的暖風吹得趙光義的大纛旗呼喇喇捲動著。宋軍士兵排列成整齊的大陣，各色旗幟迎風飄動，各種各樣的兵器在陽光下閃著寒光。

趙光義看著這一切，儼然自己又成爲一名統率千軍萬馬的將軍。他大聲宣布：「朕將親任統軍元帥，討伐契丹，收復失地幽雲十六州。」

疲憊不堪的士兵們看著行將親征的皇帝，又振奮起好勝的鬥志，紛紛舉起手中的武器高呼起來。鎮州上空回響著雷鳴般的喊聲。

接著，大軍開始向北出發，一切都在有序地進行著。

七月十五日，宋軍前鋒迅速到達金台頓（河北易縣東南）。在這裡，趙光義命令軍隊進行最後的準備工作。爲了保證進入遼境後能夠對地形有充分的了解，宋軍按照皇上旨意，在此招募了近百名當地的漢人作嚮導。當地的老百姓深受遼兵劫掠之苦，一聽說宋軍要征伐遼國，收復幽雲，一個個都歡呼雀躍，主動應召，根本不要報酬。

趙光義聽說此事後，不禁得意洋洋地對潘美等人道：「朕取幽雲之心，正是百姓日思夜想。你們看，朕這次出兵，上合天意，下符民心，又怎能不無往而不勝呢？」潘美等人聽了，都低下頭來，默不作聲。

又過一天，宋軍前鋒到達岐溝關（河北涿縣西南），迅速渡過拒馬河，進入遼國境內，直逼東易州（河北易縣）。遼國易州刺史劉宇見宋軍勢大，城內守軍人數很少，無法抵抗，不得不開門獻城。趙光義爲了保證軍隊的行軍速度，只留下一千人守備易州。大隊人馬繼續向北進發。

七月十七日，趙光義率軍抵達涿州（屬河北）。面對這突如其來的北宋大軍，涿州判官劉厚德也獻城納降。

烈日之下，宋軍在遼國境內如入無人之境一般，順利向遼國南京幽州（北京市）奔襲而去。七月十八日，宋軍抵達鹽溝頓（北京房山縣南，距北京一二〇里）。第二天，宋軍前鋒直抵幽州城南，趙光義的行宮設在寶光寺。

激戰高粱河

31

當大遼國皇后蕭綽正爲不知從太原撤軍的宋軍去向而感到苦惱時，南京正危在旦夕。一騎飛馬讓蕭綽從僥倖中驚醒過來。

在派出援漢大軍後，蕭綽更擔心的是南京幽州（北京）。那裡是遼國南部的政治中心，也是遼國謀求向南發展的關鍵基地，正由蕭綽的心上人——韓德讓把守。

當宋軍在遼國境內如入無人之地飛奔幽州的時候，蕭綽眞的是一點預感都沒有，一點準備都沒有嗎？

不！對於宋軍平定太原後舉兵北進幽雲的可能性，蕭綽很早就預料到了。

因而，在三月派出耶律沙和耶律斜軫的援漢大軍後，她就開始思考大遼南京的防衛問題。在蕭綽的潛意識裡，她認爲遼宋和好以後，總的趨勢還是好的。對宋來說，進攻北漢也無可厚非，因爲那畢竟是漢人自己內部的事。至於宋攻克太原後是否能大軍北指，蕭綽有些懷疑。因爲太原畢竟也是一塊硬骨頭，即使宋軍能打下來，那也是兵疲將乏，不堪再次進行大戰。因而蕭綽認爲，宋軍可能只派一支精幹的部隊，以奇兵之態勢向幽州奔襲，騷擾一下，絕不可能形成大的戰事。而作爲南朝故地的幽雲十六州，宋不可能不在意。但現在沒有能力，因而只能是試探性的進攻。

一想到宋軍有可能對南京進行試探性進攻，蕭綽的心就不由得揪了起來。那裡不僅是大遼的國土，還有令她日思夜想、夢縈魂牽的戀人韓德讓。一想到韓德讓，蕭綽就心潮澎湃。他那風流倜儻的英姿，他那含情脈脈的神情，眞讓蕭綽難捺心猿意馬，白皙的臉上頓時升騰起一片紅雲。不行，韓德讓作爲南京留守，責任重大，兵力也太少，應該再派一些部隊去戍守南京，防止宋軍突襲。對，就這麼辦，防患於未然嘛。

四月初，蕭綽分別命令北院大王耶律奚底、乙室大王耶律撒合帶著兩萬精兵，飛速馳援幽州。

送走了耶律奚底和耶律撒合的戍燕部隊，蕭綽心中減輕了不少負荷。因爲按她的預想，宋軍絕對不可能以疲憊之師涉險犯難，長途奔襲，所以她派兵戍守幽州，只是未雨綢繆，預作安排罷了。

當耶律沙和耶律敵烈等援漢部隊被宋軍大敗於白馬嶺後，蕭綽知道，北漢與遼的關係徹底斷絕了。太原已成爲秋風中飄零的枯葉，隨它去吧。那時，蕭綽心中曾有過這樣的閃念——宋軍會不會挾白馬嶺大勝遼軍的餘威，趁機征伐幽雲十六州呢？於是，在朝會上，她提出自己的看法，可是眾大臣認爲，宋軍攻伐太原是漢人內部的事，與己無關，而近幾年遼宋和好之後，溫度一直上升，又開放榷場，使臣往來不斷，絕不會翻臉打仗。更何況，趙光義還沒有強大到與大遼決一死戰的時候。雖然有人也提出興師伐宋，但那也是無妄之語。蕭綽最終接受了大多數人的意見，心中存了一分僥倖，希望正如她所判斷的那樣，遼境無戰事，南京無戰事。

七月初，探卒來報，北漢王劉繼元抵擋不住宋軍的凌厲攻勢而被迫開門獻城，太原陷落。這個消息對蕭綽來說並不突然。自從耶律沙援漢失敗後，蕭綽就知道太原陷落是必然的，只是時間早晚的問題，而她更關心的則是，宋軍攻克太原後的去向如何。可一會兒探報來說宋軍一直在太原附近休整，沒有班師的跡象，一會兒又說宋軍撤出太原，已不知去向，或者派出去的探報不見蹤影，眞讓蕭綽心急如焚。看來這些探報也都被宋軍所俘獲了。這時，蕭綽才猛然醒悟過來，宋軍眞是有大的行動啦。可是，宋軍從哪裡尋找突破口呢？

這些天，蕭綽眞是寢食難安，接連又派出去了許多探報，至今也沒有消息傳回。這一回，蕭綽隱隱地感覺到，趙光義陰冷的目光彷彿正在盯著南京城。

蕭綽在痛苦中煎熬著。

爲了調整幾天來緊張的情緒，她決定帶著親軍侍從們到上京郊外去打獵。

戰馬飛馳，強風陣陣撲面而來，蕭綽的心情才稍微輕鬆愉悅些。

蕭綽一行人很快就打到了一大批獵物。突然，軍士們放出的獵犬將一隻麋鹿趕出了密林，蕭綽見麋鹿已向她這邊跑來，便伸手摘下弓，拿出一枝雕翎箭，引弓搭箭，向那只茫然無助的麋鹿射去。在侍衛們的歡叫聲中，利箭帶著呼哨射中了麋鹿的右腿，麋鹿睜著它那雙美麗驚恐且盈滿淚水的大眼睛，慢慢倒了下去，掙扎著。

正在此時，隨著一聲「皇后陛下」的喊聲，一名騎快馬奔馳而來的侍衛已跳下坐騎，伏在地上報道：「敬稟皇后陛下，請速速回宮，南京留守韓德讓大人派人送來緊急軍情。」

蕭綽聞聽，急對眾侍衛們喊道：「全體回城。」說完一撥馬頭，率先向上京城中馳去。

一進宮中，蕭綽看到，各大臣都已經到齊，一直臥病在床久已不上朝視事的遼景宗耶律賢也出人意料地坐在了龍座上。

蕭綽驚異地問：「陛下，你怎麼也……南京到底發生了什麼事情？」

耶律賢衝蕭綽無力地擺擺手，指了指身邊，示意她坐下來，說道：「宋軍已經包圍南京了。」

蕭綽急問：「怎麼宋軍有這麼快的速度？」

耶律賢沒有說話，把手裡的告急文書遞給了蕭綽。蕭綽看了一眼，不禁花容失色。

原來，宋軍在皇帝趙光義的帶領下，長驅直入包圍南京後，迅速就與屯兵於幽州城北的耶律奚底的戍燕部隊展開了激戰。耶律奚底抵擋不住人數眾多、來勢洶湧的宋軍的衝擊，很快就潰不成軍，損失了一千餘人，被迫退守。現在趙光義命令定國節度使宋渥、河陽節度使崔彥進、彰信節度使劉遇、定武節度使孟玄喆分兵四面，把南京城圍了水洩不通。南京城危在旦夕。

蕭綽看完這份報告，身子一下子癱軟下來，彷彿挨了當頭一棒。她閉上眼睛，靠在座椅背上。

突然，耳邊有人在輕聲地問：「皇后，你看這事該怎麼辦？」

蕭綽慢慢睜開了眼睛，看到面色蒼白的耶律賢正在眼前，等待著她的回答。蕭綽又向殿上的群臣們望去，只見大家都緘默無聲，默默地望著自己。

「唉！」

蕭綽長嘆了一口氣，坐直身子，又擺出了母儀天下的皇后威嚴，怏怏道：「咱們還是先議一議，大家說一說自己的意見吧。」

耶律賢適看了看大家，見誰都沒有先說話的意思，就咬了咬牙，出班奏道：「皇上、皇后，臣以爲宋軍此次必是有備而來，況且平定北漢後軍心大振，勢不可當。耶律奚底等人第一仗就大敗，南京城一定危在旦夕，恐怕現在已失守了。我想宋人不過想要回幽雲十六州，那咱們就還給他們算了，咱們還是退回到咱們的草原上，自得其樂，與漢人無關，也就省了這麼多的煩心事。」

耶律休哥趨前道：「樞密使大人此言差矣，我想宋人直發大軍進攻南京，想必已是孤注一擲，你能保證宋軍得了南京後就善罷干休嗎？」

耶律賢適道：「這個……」

耶律沙上前一把推開耶律賢適：「別這個那個，南京這麼輕易地就丢給漢人啦，這不是太丢我們契丹人的臉面了嗎？」說完，他轉而對蕭綽道：「皇上、皇后陛下，上次受命馳援北漢，被宋軍打個大敗，有辱皇上皇后的信任，這回請皇上皇后再給我一支兵馬，我一定戴罪立功，把宋軍擊退。」

蕭綽沉思了一會兒，又轉頭問景宗耶律賢：「皇上，你看怎麼樣？」耶律賢道：「還是你作主吧。」蕭綽看了看耶律沙那期待的目光，毅然點頭道：「好，耶律將軍，我命你提調五萬精兵，迅速趕往南京，接替耶律奚底的統帥職務，負責擊退宋軍，保我幽燕。」

耶律沙看了看皇上皇后，道：「末將一定完成任務，如果完不成，提頭來見。」

蕭綽看到耶律沙如此嚴肅的樣子，微微一笑道：「耶律將軍，我們還是希望你能完成任務，至於你的腦袋嘛，還是留著吧。」

在場的大臣們聽了這句話，哄堂大笑起來，沖淡了大殿上緊張肅穆的氣氛。

蕭綽看了看大家，心想，我要的就是這個效果，否則大家無精打采的，對這一戰事必然沒有信心。

在大家哄笑的同時，耶律賢也忍不住笑了起來。聽著他那夾雜著咳嗽聲的刺耳的笑聲，又令蕭綽不知不覺地想起了韓德讓，可以想像得出，這個令她朝思暮想的男人正在苦苦地支撐著、守衛著那座孤城。想到這裡，蕭綽的心又提到了嗓門兒。

韓德讓韓大哥，你現在究竟怎麼樣？蕭綽在內心裡默默地念叨著。

而此時此刻，遼國的南京幽州城，還有韓德讓，都正在經受著血與火的考驗。

宋太宗趙光義在對大遼國南京城完成包圍以後，就開始分兵打擊守城據點。在宋軍大兵壓境的威脅下，鐵林廂主李札盧存獻土歸順，遼建雄軍節度使、順州知州劉廷素以及薊州劉守恩相繼投降，幽州城周圍的幾個據點很快就被拔除了，幽州城成了一座孤城。

此後，趙光義親臨前線，冒著密集的箭雨和飛石，指揮宋軍士兵奮力攻城。一隊隊士兵推著木幔車，抵擋著南京城牆上射下來的箭枝和拋下來的石塊，向前猛衝，後邊跟著渡護城河的填壕車。只聽遼兵從城牆上扔下來的檑木和石塊打在木幔上發出的噹啷啷的聲響。有的木幔車被砸毀在地上，掩藏在木幔下的士兵一個個血肉模糊，死傷無數。但宋軍不顧這些，仍拚命向前闖。不一會兒，他們就推進到護城河邊，在木幔車後的塡壕車迅速地衝了上來。只聽一陣陣絞車發出的吱呀聲，塡壕車上的橋板給放了下來，在護城河上搭了一座座堅固實用的便橋。後面的宋軍見通過護城河的橋已搭成，冒著如雨的箭矢和擂石，怒吼著把攀援登城的搭天車推到城牆下，一個個高聲大喊，吱呀呀一陣亂響，原來折疊著的搭天車很快就舒展開來，頂部的掛鉤死死地鉤在了城頭上。

隨著登城用的搭天車的準備就緒，宋兵個個奮勇爭先，衝到城下，銜刀夾槍，向城頭爬去。

在城頭上指揮防守的韓德讓，這幾天忙得焦頭爛額。作爲南京留守，他是守城的主要責任官之一，當他得知宋軍已突破拒馬河、攻克涿州的時候，就馬上開始忙碌幽州城的守備工作。他先是派出快報迅速飛赴上京求援，然後會同南京馬步軍都指揮使耶律學古、南京知三司事劉弘，籌措守城的具體事宜。

韓德讓命令耶律學古迅速把周圍衛所的遼軍全部調入城內，充實守備力量。另外，又命劉弘發布安民告示，諭告全城軍民全力守護，青年男子全部調上城頭，嚴防死守。同時，把靠近牆邊的民房全部拆除，取用木料和石頭構築城牆上的防禦工事。他還命令城內的鐵匠爐全部點火，用從民間搜羅來的銅鐵日夜打造箭枝、兵器以及各式各樣的防守器械。

南京城內一片混亂，哭喊連天。但在韓德讓的謀劃下，局勢很快得到控制，一道道防禦工事被構築起來。

今天，宋軍在對南京的合圍完成後，果然開始進行攻城。韓德讓這些天到處奔忙，早已累得疲憊不堪，正倒在城頭上搭的行軍帳內小寐。忽聽外面軍兵來報宋軍開始攻城，韓德讓一躍而起，睡意立刻無影無蹤。他衝到城頭一看，只見黑鴉鴉的宋軍呼喊著正向城牆衝來。他下令布置，趕快把防衛工具準備好。

韓德讓一看宋軍有不少搭天梯已搭上城頭，知道他們開始爬城。他指揮士兵用長竹竿頂在露出牆頭的梯子頂端，向外猛力推去，只見梯子向後倒了下去，隨後是陣陣慘叫聲。宋軍看到這種情況，立即改變了策略，先把搭天車在遠離城牆的地方上豎立起來，爬上幾十名士兵，然後眾人推著搭天車，衝到城牆邊上。站在頂端的宋軍很快就跳上了城牆頭，接著又有一小批宋軍也紛紛登上城牆。韓德讓見情勢危急，命守城的遼軍一方面將搶攻上城牆的宋軍團團圍住，另一方面把在城頭上已經燒得滾燙的開水順城牆潑下去，被開水燙著的宋軍慘叫連連，一個個從搭天梯上栽了下去。這樣，宋軍的後續部隊沒有上來，已經衝上城頭的少數宋軍也被遼軍殲滅。經過幾次交鋒，一個白天過去了。宋軍的進攻沒有絲毫進展。城外屍體和血漿與巨石、檑木混雜在一起，城頭上也是屍體橫陳，血跡斑斑，極爲陰森恐怖。

當夜幕降臨的時候，心情沉痛的宋太宗趙光義看了看前面隱約可見、仍舊巍然屹立的幽州城，長長地嘆了一口氣，命令士兵停止攻城。

今天的鏖戰，宋軍士兵損失慘重。吃完晚飯後，極度疲乏的將士們很快就已沉沉地進入夢鄉。只有巡邏的幾名宋兵像幽魂一般在營寨內外遊蕩著。

對面的幽州城頭則別有一番景象，如林的燈籠和堆堆篝火，顯得如此耀眼，似乎正等待著宋軍新一輪的攻擊。

32

宋太宗趙光義集中全力攻打幽州城，不料高梁河畔等待著他的卻是失敗。一場惡戰，讓他狼狽敗逃，收復幽雲十六州的幻夢徹底破滅。

這幾天，趙光義也愈益變得煩躁不安。本來以爲在大軍逼迫下，幽州城會垂手可得。可沒想到，派軍連續攻打了數日，只見遼軍守城的人數日漸減少，城池下的死屍越積越多，而城池卻久攻不下。在八月炎炎烈日的曝曬下，幽州城方圓二十里的範圍內，瀰漫著一股難聞的腐屍氣味。

想到這裡，趙光義心急如焚，起初因圍城而產生的喜悅隨之蕩盡。士兵和將官們剛開始那勇猛的勁頭也日漸消退，變得萎靡不振起來，他們對數月來的連續作戰已經頗有微詞。而且，初入遼境時那些勢如潮湧的漢人、漢官的投誠風潮也不復再有，軍心正在動搖。

眼見士卒將官們麻木的表情，宋太宗趙光義的心情更加糟糕。前天在崔翰和米信駐守的幽州東南隅掘地取水時，忽然從土中發現了螃蟹。於是，在軍中有種傳言：蟹者，水中物也，從土中發現，失其所也。蟹多足，遼援兵將至之意。甚至還說：蟹者，解也，昭示著宋軍必然班師回朝的意思。這一謠言很快就在軍內流傳開來。本來大家對幽州城攻而不克就議論紛紛，現在聽到這個謠言就更加人情浮動，軍心不穩了。

面對這種狀況，趙光義也有一種不祥的預感。他知道，如果不迅速把幽州城拿下來，那麼全軍就有可能喪失鬥志，所以，這些天務必加緊攻城。可原來毫無鬥志的遼軍突然變得異常頑固起來，多次打退宋軍的猛烈進攻。遼軍士氣的這種變化，使久經疆場的趙光義敏感地認識到，遼軍的援兵可能馬上就到了。於是，趙光義親自到陣前督戰，力圖儘快拿下幽州城。

八月一日清晨，已經督戰一夜的趙光義剛剛入睡。突然被侍衛叫醒：「陛下，大事不好，遼國北院宰相耶律沙親率五萬大軍趕到幽州城北，和早已敗退的耶律奚底及蕭討古的軍隊會合，現正在集結，不知有何舉動。」

趙光義聽到這個消息，第一感覺就是「完了」！在圍住幽州的時候，趙光義最擔心的就是遼的援軍趕到。因而他最初想分兵堵住遼國援軍南下的紫荊關、飛狐口、居庸關、古北口、松亭口和榆關，但是，分兵把守對於想奪佔幽州的行動來說，兵力就不免分散殆盡。所以，趙光義存著僥倖心理，想趁遼國援軍未到之前迅速拿下幽州。但他錯誤地估計了形勢，沒想到幽州竟然是一塊硬骨頭，這麼難啃。而且，遼國的援軍來得這麼快也大出所料。直到此時，趙光義才對自己這次倉促出兵征伐幽雲的決定產生了懷疑。難道這次出戰眞的要以失敗而告終嗎？

一冒出這個念頭，趙光義就努力地搖搖頭，想把這個奇怪的想法甩掉。唉，首要的任務還是要去擊敗遼國的援軍。否則，如果軍兵知道遼援兵已到，必然更無心戀戰，那可就是功敗垂成。而且擊敗大遼援軍，幽州城也會不攻自破了。

想到這裡，趙光義馬上對侍衛道：「這個消息，不許在軍中傳出去，違者必斬！」

侍衛看了看趙光義鐵青的臉，急忙拱了一下脖子答道：「陛下之命，臣當依從。」

趙光義匆忙吃完早飯就來到寶光寺大殿，眾將都已齊集於此。

趙光義看了看大家那疲憊而毫無生氣的臉，不由得有些發怒，但很快就壓了下來，平靜地說道：「遼國耶律沙已帶援軍到達幽州城北，正在高梁河附近集結。」

眾將聞聽，臉色「唰」地一下變白了。

趙光義頓時火氣爆發：「怎麼，難道聽說遼援軍來了，你們就怕了？別忘了，前有『三千打六萬』，近有白馬嶺之役，遼軍都是我們的敗將，有什麼可怕的！」

眾將聽了，低頭不語。

楊業見趙光義發問，忙站起來說：「陛下，臣等不是懼怕遼軍，而是驚訝於遼軍來援之迅速，故而驚呼。」眾將見楊業如此一說，也都紛紛點頭道：「陛下，臣等都是這個想法。」

趙光義看了看大家，嘆了一口氣道：「算了，今天你們繼續攻打幽州，給我猛攻，我就不相信幽州就拿不下來，我帶領一支軍隊去會遼國援軍，跟他決一死戰。只要遼援兵一敗，幽州城就會不攻自破。」

眾將齊聲道：「末將明白了。」

於是，趙光義親自帶兵從幽州城東南向西北方向的高梁河移動，想尋找遼軍的主力，給它來一個迎頭痛擊。

據探卒報告，遼軍的援軍正在幽州西北的高梁河一帶集結。所以趙光義就命部隊向此方向開拔。

層巒疊嶂的西山橫亙在幽州城的西北，一條清亮的河流像一條閃亮的緞帶從西山背後蜿蜒向幽州城的東南流去。這條河發源於昌平州沙澗東南，流經高粱店，因而被稱作高粱河。

趙光義盯著這條蜿蜒流淌的小河，不禁想，那可惡的遼國援軍究竟在哪裡呢？

趙光義命令全軍沿著這條河流向西北而去，搜索遼軍的蹤跡。

在炎炎烈日下，疲憊不堪的宋軍士兵拖著沉重的步伐，逶迤向前，將官用鞭子抽打無精打采的士兵，惹來了更大的怨氣。

這時，在高粱河畔。

耶律沙、耶律奚底和蕭討古正指揮著遼軍，做渡過高粱河的準備工作。

耶律沙是昨日帶五萬精兵趕到耶律奚底和蕭討古屯兵的清河以北的。一看到他倆兒，耶律沙就把蕭綽對他們的責備轉述了一遍。二人聽後，嚇得汗流浹背，痛哭流涕，一致要求戴罪立功。耶律沙見兩人這副樣子，想到都曾同殿稱臣，心一軟，便答應了下來。於是，他命令蕭討古作前鋒，率隊渡過高粱河，去解救幽州之圍，命耶律奚底在軍中與自己一同行動。

遼軍開始渡河。在很短的時間內，近萬人渡過了寬十幾丈、深三四尺的高粱河，上岸後坐下休息，後續部隊也在源源趕渡。正在河邊督戰的耶律沙看到此一場景，不覺想到白馬嶺之役的慘敗，心中駭然，禁不住向遠處望去。

忽然間，聽到遠處傳來陣陣急促的馬蹄聲，抬頭一看，只見遠處馳來一條黑線，越來越近，過不長時間已能辨認出宋軍的旗幟了。耶律沙見狀大驚，怕重蹈昔日白馬嶺覆轍，遂急令遼軍快速渡河，準備迎戰，並命蕭討古率已渡過河的前鋒部隊排開陣勢，時刻準備抵擋宋軍的衝擊，掩護後續部隊過河。

在耶律沙的厲聲命令和耶律奚底的皮鞭抽打下，遼軍士兵一窩蜂似的騎馬紛紛渡河，慌忙之中擠成一團，人喊馬嘶，不可開交。

這時，宋軍騎兵部隊已衝上前來，趙光義看到遼軍渡河，大喜若狂，命部隊快速向岸邊的遼軍衝擊。

在宋軍騎兵部隊的衝擊下，遼軍的前鋒部隊有些抵擋不住，被迫後退。遼將蕭討古見狀急於戴罪立功，把衣服也脫了，光著膀子就向宋軍衝去。遼軍在宋軍打擊下好容易穩過神來，看到蕭討古如此勇猛，也都大喊一聲，向宋軍衝去，與宋軍的先頭部隊展開了激烈的肉搏戰。剎那間，刀劍飛舞，血肉橫飛，喊殺聲震耳欲聾。遼軍在蕭討古的率領下，支撐了有一頓飯的功夫。

遼軍的後續部隊趁著這個難得的間隔，也渡過河來，加入了與宋軍的激戰之中。這場大戰，直殺得天昏地暗。

但是，由於背後有河，地勢不利，在宋軍的猛烈攻擊下，遼軍死傷狼藉，漸漸有些支撐不住了。耶律沙在陣中奮力拚殺，也已血染戰袍，筋疲力盡，可宋軍卻越來越多。他見狀不禁暗想，難道我耶律沙要又一次敗在宋軍之手不成？

正在耶律沙感到上天無路，下地無門之時，突聽到宋軍的兩個側翼傳來了激烈的拚殺聲。

耶律沙頗感奇怪，我的軍隊全在宋軍的包圍之中，怎麼外翼又發生了戰鬥？他向右翼望去，只見陣中飄揚著遼五院的紫褐色黑虎旗。

耶律沙大喜過望，知道是舍利郎君耶律休哥到了。接著又向左翼望去，只見南院大王耶律斜軫的旗幟也在迎風呼喇喇地飄著。耶律沙一看這回有救了，遂大喊一聲：「我們的援軍來了！」正在奮力拚殺而有些力不從心的遼兵也看到援軍來了，精神大振，捨命投入到廝殺當中。

那麼，這支援軍是怎麼來的呢？

原來，遼景宗皇后蕭綽在派走耶律沙帶五萬精兵去增援幽州後，越來越覺得放心不下。她知道宋軍此次是傾巢而來，志在必得，區區五萬援軍鬧不好救不了幽州，還會有去無回。爲了保險起見，她急忙又調耶律休哥和耶律斜軫，再帶領八萬五院軍，星夜趕來助戰。

耶律休哥是遼國有名的戰將。耶律斜軫是南院大王，更熟悉幽州地形。當二人星夜趕到幽州西北時，突然聽到高梁河一帶喊殺聲震天，知道一定是耶律沙帶的援軍在和宋軍戰鬥。耶律斜軫道：「元帥，我想一定是耶律沙將軍渡河時與宋軍發生激戰，我們可分兵兩路，從上游和下游渡河，然後從宋軍側翼迂迴，對宋軍兩翼發動攻擊，定會重挫宋軍。」耶律休哥覺得此計甚妙，便依計而行。於是，兩軍分道而行，從上游和下游兩路渡河，向宋軍的兩個側翼發動了進攻。

宋軍拚搏了很長時間，眼看大功告成，卻突然殺來兩支生力軍。宋軍再也抵擋不住，陣腳大亂，紛紛潰散了。趙光義見此慘狀，知道敗勢已無可挽回，於是，在潘美、高瓊等人的護衛下，向幽州城宋軍大營逃去。

耶律休哥見宋軍敗退，命令遼軍尾追。宋軍拚命逃跑，沿途滿地都是盔甲、旗鼓和兵器，可是依然沒有絆住異常興奮的遼軍的追兵之勢。

趙光義領著宋軍遠遠地看到幽州城下的宋營，就像看到娘家人和救命稻草一樣，高興地大喊大叫。此時，宋營士兵經歷了一天的攻城勞累後，正在吃晚飯，根本就沒有想到宋軍會大敗，只是看到一支打著宋軍旗號的部隊向這邊跑來。及至近前，才看到這是一支被遼軍緊緊追趕的敗退的宋軍。等他們反應過來已經來不及了，敗逃的宋軍裹挾著宋營內的宋軍一窩蜂地向南逃竄，其他宋營士兵不知發生了什麼事，看到軍隊如此混亂，也拔腿跟著向南逃去。

幽州城今天遭受了宋軍極爲猛烈的進攻，險些陷落。只是剛才宋軍吃飯休息的功夫，韓德讓和耶律學古才有了一點喘息的時間，二人在部署城頭上的防務，準備迎接宋軍新一輪的攻城。

突然，韓德讓見宋軍大營亂作一團，集體向南逃竄。緊接著，城下遼軍的旗幟風馳電掣般馳來，韓德讓和耶律學古這才知道，自己的援軍終於趕到了。他們欣喜若狂，命人立即打開城門，帶著城內的兵丁向宋軍殺去。

趙光義趕到幽州城下，看到如此慘烈的潰敗，知道大勢已去，連行宮也沒有回，就帶著士兵們向南逃去。

宋軍在逃跑過程中不知誰喊出了「皇上被殺了」的謠言，且越傳越廣，人心也就更加混亂。白天留在城外攻城的劉遇等人也聽到了這個謠言。匆忙之中，石守信、劉遇把趙德昭擁立爲帝，然後繼續瘋狂南逃。

八月四日，趙光義到達涿州，軍中眾將看皇上安然無恙，立趙德昭爲帝之事自然也就無人再提。但趙德昭、石守信和劉遇等人已經被趙光義所嫉恨。

趙光義正要進城休息，整頓逃兵之時，耶律休哥又引兵殺到。宋軍如驚弓之鳥一般，繼續南逃。慌忙之中，趙光義竟然離開了眾將，孤身一人在天色昏暗的夜幕中胡走亂闖，連人帶馬陷進了沼澤中，動彈不得。恰在此時，後邊衝上來幾個遼兵，見沼澤中的人依稀戴著紗帽，知道必是大官無疑，就前來打撈。這一下可把趙光義嚇得小便失禁，以爲大限已到。忽然，又從南邊馳來一隊人馬，領頭者頭頂金盔，身披鎧甲，手執掩月刀。正是宋朝大將楊業。趙光義看到了救星般急呼救駕。楊業此來正是尋找逃散的皇帝，聽到趙光義高喊救駕，立刻抖擻精神，拍馬上前。眨眼間，揮刀將幾名遼兵斬於馬下，把趙光義從泥潭中救了出來。

趙光義在楊業等人的護送下，帶著潰敗南逃的宋軍步履艱難地到達定州（河北定縣）。緊接著，各路敗軍陸續趕到，仍可謂人多勢眾。

一場北伐幽燕的戰事就這樣慘烈地夭折了。

33

盛大的慶功宴會上，酒至半酣之際，蕭綽突然命令撤去宴席，群臣驚愕。但蕭綽的賞罰兼施讓群臣心服口服。

九月的上京，雖然仍是伏天，卻沒有南京城那樣酷暑難耐，更沒有那裡瀰漫的硝煙。盛夏的涼意，真讓人感覺舒適異常。

蕭綽從飛速趕來的探馬報告中得知南京城安然無恙，心中的一塊石頭總算落了地，不僅僅國土沒失，看來人也未失呀！蕭綽暗想，在南京城激烈的保衛戰中，韓德讓一定會立下戰功的，這樣，就為她提升韓德讓提供了有力的依據。

遼景宗耶律賢得到南京城完好無損的消息後，心情也大為愉悅。這些天來病倒在床上久未臨朝視事的他，竟然感到渾身清爽，身上也有了力氣，能夠和蕭綽一起上朝視事了。他問道：「南京現在都是誰堅守？以遼的兵力，頂住宋軍數十萬大軍輪番的攻城，也真是太不容易了。」

蕭綽聽耶律賢有此一問，忙道：「現在南京留守是韓匡嗣的二兒子韓德讓。幸虧韓德讓足智多謀，協調有度，這一次才使南京城萬無一失。陛下應該重賞才是。」蕭綽說這些話時，臉色赤紅，語調也有些異樣，耶律賢詫異地看了她一眼，卻沒有說什麼。蕭綽突然覺出自己有些失態，忙正色道：「對了，還有新派去的擔任馬步軍都指揮使的耶律學古。另外，聽說還有一個漢官，是知三司事劉弘，也都表現不錯。」

耶律賢聽後說道：「好，朕下令褒獎韓德讓、耶律學古和劉弘三人，以安人心。」蕭綽見耶律賢沒有立刻提升韓德讓，心裡有些不快。

九月十二日，上京城裡熱鬧非凡，皇宮門外擺滿了鮮花，裝扮得花團錦簇。在東門外的大道上，擠滿了看熱鬧的人群。原來，南援幽州的遼國大軍今日班師回朝。

卯時正刻，只聽東方響起了震天動地的三聲炮響，就見遠處的大道上揚起了高高的塵土。不一會兒，馬隊馳近，當頭的是大軍儀仗隊，由四十名彪形大漢擎著四十面龍鳳旗做先導。

在先導隊的後面走著兩隊軍士。他們手擎八面門旗，其中兩面金鼓旗，兩面翠花旗，四面銷金旗。隊伍的後面則是出警入蹕旗各一面，二百二十名軍士舉著金鉞、立瓜、鉞斧、大刀、紅燈、黃燈……

這時，六十四名軍士護著纛車，車中的大纛旗足有兩丈多高，赤紅流蘇、明黃鑲邊、寶藍底色，在秋風中獵獵作響，在仲秋陽光的照耀下，光彩奪目。纛車的上面，站立著一位威風凜凜的大將軍，一手扶劍柄，一手向大家揮手致意，此人正是援救南京的統帥耶律休哥。

走進城門，城裡更是熱鬧非凡，煙花齊放，香霧繚繞。爆竹、沖天炮如同開了鍋似的響個不停。人流如潮，萬頭攢動，百姓們爲了一睹得勝之師的風采，擠過來，擁過去，聲聲呼叫，如醉如狂。

這時，儀仗隊到了午門前。午門的大門已經打開，三十六名太監抬著一乘明黃色的亮轎，遼國皇帝耶律賢和皇后蕭綽就端坐在轎中。

耶律休哥立即從轟車上快步下來，跪倒在地，耶律賢和蕭綽滿面喜悅走下乘輿，伸手扶起了耶律休哥。頓時，丹陛之樂大作。

過了一會兒，獻俘儀式開始了，只見文武百官齊集門前，等著觀看這一最後的儀式。

耶律休哥一聲令下，耶律沙得意洋洋地率著數十名遼兵押著被俘的宋軍兵士，象徵性地在午門前轉了兩圈。

這時，午門內外，群情激昂，老百姓的歡呼聲震耳欲聾。人們齊聲高呼：「吾皇萬歲萬歲萬萬歲！皇后萬歲萬歲萬萬歲！」

聽著這如漲潮般的歡呼聲，耶律賢微微地笑著，點著頭，而蕭綽的目光卻在分列兩側的官員中搜尋著。她是在尋覓心上人韓德讓。她想知道她親愛的人是胖了還是瘦了。看到了，看到了，韓德讓似乎也感受到了蕭綽的目光，和她對視著，微微點著頭。蕭綽看到韓德讓還是那麼英俊瀟灑，眼睛不覺慢慢濕潤了，也點著頭衝他微笑。她知道，她的微笑，只有韓德讓一個人能明白。

隨後，在上京皇城的宮殿裡，舉行了盛大的慶功酒會。

在鼓樂聲中，觥籌交錯。耶律賢和蕭綽端坐在寶座上，與眾將盡情歡飲。眾將也都去了君臣大防，放浪形骸，不著痕跡。

當酒宴快要結束的時候，蕭綽看了看東倒西歪、醉眼迷離的眾將官，突然輕喝一聲：「把酒宴撤下去。」

正在興奮中的遼景宗耶律賢和眾將官奇怪地看著蕭綽。蕭綽根本就不置一詞。很快，御膳房的太監們忙得滿頭大汗，把酒菜撤了下去。

頓時，大殿上鴉雀無聲，大家都盯著皇后蕭綽，等待著下文。耶律賢也感到有些莫名其妙，但這幾年他早已不視朝政，知道蕭綽此舉必有深意，也就斜倚在龍座上看個究竟。

蕭綽威嚴冷靜地巡視了一下大家。耶律沙剛才在酒宴上放蕩無羈，縱情飲樂，忽聽蕭綽下令撤席，心有不滿，可當他突然看到皇后的目光正冷冷地射向自己，不覺後背發涼，酒馬上就醒了一大半。

看完眾將，蕭綽突然冷冷道：「耶律沙！」

耶律沙見皇后頭一個就點他，知道不是什麼好事，急忙跪倒，顫聲道：「微臣在。」

「耶律抹只。」

「臣在。」耶律抹只也跪了下來。

眾大臣見到這種場面，都屏住呼吸，不知發生了什麼事情。

「你二人可知罪？」蕭綽冷冷地問道。

這一問不僅讓二人摸不著頭腦，眾臣和耶律賢也不知蕭綽的葫蘆裡賣的什麼藥。

「小人不知。」

「你們不知道？」蕭綽生氣地問。

耶律沙突然想到，壞了，是不是白馬嶺之役失敗的事，皇后突然秋後來算帳了。想到這裡，他立即又磕頭道：「皇后，微臣上次和抹只將軍在白馬嶺被宋軍打得大敗，小人知罪。」

蕭綽這才微微點頭道：「唉，知道就好。上次你們帶兵失利，損失了我一萬兒郎，冀王敵烈也沙場戰死，你說，你們該當何罪？」

蕭綽這句話一出口，朝堂上群臣大驚。

耶律沙和耶律抹只魂兒都嚇飛了，不知如何對答。好久，耶律抹只才顫聲說道：「皇后，按律當……當斬。」說完伏地不敢抬頭。

此言一出，大殿上靜悄悄地，連掉一根針都能聽得到。

蕭綽見預期的目的已經達到了，忙換上比較柔和的語調說：「兩位耶律將軍，上回白馬嶺失利，按律確實當斬，但……」

蕭綽沉吟了一下，接著說道：「但這一次解幽州之圍時，你們二位能奮勇殺敵，不懼箭矢，終解南京之圍，並殺敵立功，又應該褒獎。這樣吧，功過相抵，我和皇上就不罰兩位將軍了，可也沒有什麼獎賞。下去吧。」

群臣聽得此說，心裡的石頭才放下。

耶律沙和耶律抹只從地上爬了起來。耶律沙摸著腦袋說道：「不給獎賞就不要，只要留著這吃飯的傢伙就行。」

殿上的文武群臣聽了，不禁哄然大笑，氣氛頓時輕鬆起來。

蕭綽接著點道：

「耶律奚底！」

耶律奚底見剛才的陣勢，知道皇后要責罰作戰不力之戰將。不過從剛才的處罰來看，並不算太嚴重。聽得皇后點他的名，他急忙跪倒在地：「皇后，微臣有罪。」

蕭綽聽了，一笑道：「哦，我還沒問你，你就說有罪，那說給大家聽聽，何罪之有呀？」

耶律奚底沒想到皇后會這樣問。其實他也難給自己找出什麼合適的罪名，惶急之下才聲稱有罪。他漲紅了臉，想了半天，小心翼翼地看著蕭綽道：「臣在幽州與宋軍交戰時，沒有奮死拚殺，遇敵而退，因而有罪。」

蕭綽看了看耶律奚底道：「好，知道自己有罪，這就很難得，朕命人用劍背打你二十下，就當責罰，你可認罰？」

「臣遇敵即退，理當受罰。」

隨後，蕭綽高聲命令把耶律奚底帶下去，只聽殿外啪啪的響聲，用劍背擊打二十下，不一會兒，耶律奚底忍著疼痛，又回到大殿。

蕭綽看著耶律奚底，問道：「耶律將軍，朕剛才命人打你，你服氣嗎？」

「臣有罪責，理應受罰。」耶律奚底咬著牙，忍痛答道。然後，蕭綽又點到耶律撤谷。他在戰鬥中雖然敗退，但能夠部隊不敗，井然有序地指揮撤退，所以不予懲罰。

接著，蕭綽命內侍捧上金銀珠寶、錦帛等物品，依功勞大小，分別賞賜給耶律休哥、耶律沙、耶律抹只等有功將士。

耶律沙等受罰的將士萬萬沒有想到，懲罰之後還會有賞賜，眞是喜出望外。耶律沙摸著光禿禿的腦袋笑道：「皇后的心思眞是讓人摸不透。」

韓德讓站在群臣中間，看著蕭綽剛柔相濟、賞罰有別的手段，更是對她欽佩不已。蕭綽處理完這些事情，向韓德讓望了一眼，韓德讓向她微微地點點頭，表示讚許。

耶律賢見到這一幕，不禁哈哈大笑道：「好，好！皇后賞得好，罰得更好！」

群臣也齊聲高呼：「皇后聖明，皇后聖明。」

耶律賢之死

34

耶律賢的貿然南伐，韓匡嗣的剛愎自用，終於釀成了大軍慘敗。為了自己的情人韓德讓，蕭綽從耶律賢的刀下解救了韓匡嗣。

十一月的上京已是秋高氣爽，令人心情愉悅的好季節。

但是，在皇城的議事殿內，大家都面容嚴肅，鴉雀無聲。

王座上高高坐著遼景宗耶律賢和皇后蕭綽。蕭綽表情嚴肅，耶律賢卻滿臉興奮，並大聲說道：

「朕多次派遣使者前往宋都，表明和好之意，沒有想到宋人不顧朕的好意，竟然派大軍攻襲我南京。為了教訓宋國皇帝這種言而無信、狂妄無禮的小人，以報宋人兵伐南京的一箭之仇，朕已決定，以韓匡嗣為都統，耶律沙為將軍，同時，惕隱耶律休哥、南院大王耶律斜軫及奚王耶律抹只各率本部軍隊，一起征伐南朝。」

蕭綽聞聽耶律賢此言，急道：「陛下，還是考慮考慮再決定吧。宋軍大敗，必然嚴守戒備，況且我軍新戰結束，軍士疲憊不堪，不宜再戰。」

耶律賢依然滿臉興奮道：「皇后，你太多慮了。我軍新近大勝，士氣正旺，而宋軍大敗，必然更加懼我遼軍。我現在不乘勝進攻就沒有機會了。皇后，你就等著好消息吧。」說完，他得意地一笑，那神情好像在證明，這是他辦得最正確的一件事。無奈，蕭綽不再多話。

十一月十六日，韓匡嗣率各路軍馬進抵滿城（屬河北）。

大宋朝鎮州都鈐轄劉廷翰和李漢瓊見遼軍來勢凶猛，急忙邀集屯據定州的崔翰、屯兵岐溝關南的崔彥進共到滿城，商議拒敵之策。

崔彥進看了看漫山遍野無邊無際的遼兵道：「遼兵勢眾，如直接與之對陣，必然不易取勝，我們不如設計擊敗他們。」眾人眼睛一亮，急問是何計。

崔彥進道：「我們假以投降的名義，贏得契丹人的信任，然後誘騙他們率軍進城，再埋伏下奇兵偷襲他們，一定可以大敗遼軍。」

劉廷翰搖頭道：「我看這個計策雖好，卻騙不過足智多謀的耶律休哥。」

李漢瓊坐不住了：「我看這個計策肯定能行。現在的遼軍主帥是一個叫韓匡嗣的，聽說這個老傢伙好大喜功，剛愎自用，沒有多大的本事。他一定會以為我軍新敗，已不堪再戰，故而望風投降，即使耶律休哥懷疑，他也不會聽的。為了保險一點，我們可以給他們送一些軍糧，這樣，韓匡嗣就一定會相信的。」

劉廷翰見眾將沒有別的辦法，又一致同意，也就只好首肯。

第二天，劉廷翰就派出使臣，帶著糧草前去韓匡嗣大營請降。

韓匡嗣果然如李漢瓊所料，對宋軍來降之事深信不疑，並答應第二天就接納獻城。

劉廷翰的使者走後，韓匡嗣便得意洋洋地飲酒作樂，等著明天進城受降。

這時，帳門一掀，耶律休哥走了進來。

韓匡嗣一看是耶律休哥，忙醉眼迷離地拍著身邊的椅子道：「惕隱大人，來坐下，喝一杯。」

耶律休哥坐下後，問道：

「都統大人，聽說宋軍派使者前來歸降？」

韓匡嗣哈哈大笑道：「啊，惕隱大人，你也聽說了。我二十萬軍隊屯兵城前，小小滿城，自知難保，前來投降，早在我預料之中。」

耶律休哥搖頭道：「都統大人，我看事情未必有這麼簡單，你想一想，我與宋軍並未交手，宋軍就提出投降，這裡甚是蹊蹺，一定是宋軍詐降。」

韓匡嗣不以爲然，搖搖頭說：「惕隱大人太過慮了，這回使者前來，還把軍中糧食帶來。你想想，糧草是主要軍需，他都獻了出來，還有什麼可值得懷疑呢？」

耶律休哥道：「這正是宋軍狡猾之處。他把糧草運來，就是爲了取得我們的信任，他如此處心積慮，我們就更應該懷疑。」

韓匡嗣擺擺手道：「惕隱大人，放心好了，我軍在高梁河大敗宋軍後，他們就人人氣短，個個膽寒。這次我大軍南下，當然懼怕，所以才投降。你就放心吧，我不會錯的。」

耶律休哥無奈，只好說道：「都統大人如果一定前去受降，請允許我率我部人馬屯兵於城北山上，作爲大人的後援。」

「那就隨你的便吧！」韓匡嗣漫不經心地說道。

劉廷翰接到使者回報，知道韓匡嗣果然對詐降深信不疑，便立即召集眾將研究軍事部署。

這時，崔翰拿出了宋太宗趙光義在南京敗退時親手交給他的陣圖，說道：「這是陛下南行前交給我的陣圖，咱們就按這個圖來排兵布陣吧。」

大將軍趙延進接過陣圖一看，只見陣圖共有八陣，每陣各不相同，就搖頭道：「本來我軍士兵就對遼軍頗爲懼怕，這個陣圖要把我們八萬精兵分成八個小陣，那我們的優勢兵力就被分散了，士兵一定會更加疑懼，鬥志全無的。」

「那你的意見呢？」李漢瓊問道。

「我看咱們把這八個小陣改成兩個大陣，這樣每個陣人數多，而且首尾可以相顧，從兩翼對遼軍進行合擊，一定會大獲全勝的。我想，違背皇命而取得勝利，要比兵敗辱國好。」

崔翰遲疑地問：「萬一失敗了，皇上要怪罪下來怎麼辦？」

趙延進道：「皇上命我等戍守邊防，是要我們戰勝敵人，我認爲這一變陣一定會贏的。這樣吧，萬一失敗了，我就承擔責任，聽憑皇上處置。」

崔翰看趙延進態度堅決，咬咬牙道：「好吧，聽憑趙將軍安排。」

崔彥進忙道：「趙將軍，爲了萬無一失，我再率一支部隊，從岐溝關由北向南從遼軍後面攻擊，你看怎麼樣？」

趙延進高興地看著大家道：「好，這樣就萬無一失了。」第二天一早，韓匡嗣和耶律沙趾高氣揚地率領兵馬，向滿城而來。

到了城門口，只見吊橋已放了下來，城門洞開，但門口卻沒有一兵一卒。

韓匡嗣看到這一幕，奇怪地對耶律沙道：「這個劉廷翰，說好了今日獻城，怎麼棄城逃跑了？」

耶律沙見城內靜悄悄，沒有驚慌逃走的痕跡，忽然醒悟過來：「都統大人，不好了，咱們中了宋人的計了。他們不是逃走了，而是埋伏起來了。」

這時，只聽「轟、轟、轟」三聲炮響，震得地動山搖。

韓匡嗣和耶律沙就聽周圍喊殺聲四起，只見西南和東南兩個方向分別殺來兩彪人馬。遼軍後面也掀起一道黃線，顯然也是一支宋軍殺到。這三支宋軍把遼軍緊緊地包圍在中央，奮力砍殺。遼軍兵將們原本是來接受獻城請降的，根本沒有作戰的心理準備，在宋軍出其不意的進攻下，直嚇得魂飛魄散，哪裡還能面對面地與之戰鬥，只是東奔西竄地四處潰逃。宋軍則像虎入羊群一般，刀砍斧劈，遼兵紛紛跌落馬下，慘不忍睹。

韓匡嗣和耶律沙被宋軍緊緊圍在中間，數度突圍，也毫無結果。韓匡嗣見宋軍攻勢益緊，知道突圍無望，不由得仰天長嘆道：「不聽惕隱大人的忠告，眞是後悔莫及呀。」

正當韓匡嗣自怨自艾之時，忽然面前的宋軍如刀劈波浪般刷地分開，只見一隊人馬如旋風一樣闖了進來。韓匡嗣一看，正是耶律休哥帶著留守的軍兵奮力拚殺闖出了一條血路。韓匡嗣一見耶律休哥，臉色通紅，支吾道：「惕隱大人……」耶律休哥大聲說道：「都統大人，不用多說，快隨我闖出去。」說完向外殺去。韓匡嗣和耶律沙隨著耶律休哥一同殺出重圍，遼軍也一窩蜂地向北潰逃。

山間、田野、道路，到處都是遼軍潰逃時丟棄的旗幟、兵器、戰鼓和糧草，死屍遍地。

李漢瓊指著遼兵丟棄的糧草，笑著對劉廷翰說：「劉大人，你看，送去的糧草不又拿回來了嗎？」

劉廷翰望著這一場景，不禁哈哈大笑。

這場戰役，遼軍共損失三萬人，戰馬萬餘匹，糧草輜重無數。

大遼國上京城中，議事殿內大臣分列兩行，氣氛異常緊張。韓匡嗣、耶律沙、耶律休哥、耶律斜軫等人跪伏在地上。遼景宗耶律賢坐在龍座上，正在大聲地斥責。蕭綽則冷冷地看著這眼前的一切。

「韓匡嗣，朕白白信任於你，讓你領兵南伐，你竟然使我契丹兒郎死傷累累，這是罪一；輕信敵人，不進行偵察，這是罪二；傾師疾進，冒險入敵境，這是罪三；不與眾謀，獨斷專行，這是罪四；棄師奔逃，丟棄旗鼓，這是罪五。韓匡嗣，你說你五罪並犯，該當何罪？」

韓匡嗣聽著耶律賢的語氣越加嚴厲，嚇得渾身打哆嗦，豆大的汗珠從頭上滾落到地下，很久才抬起頭來，惶恐地看了一眼耶律賢，顫聲說道：「老臣該死。」

「好，即然你說該死，來人，把這個老傢伙拖出去，給我斬首示眾。」

耶律賢話一出口，殿上群臣全都害怕，低頭不語。

韓匡嗣更如五雷轟頂，急忙叩頭道：「請陛下饒命，請陛下饒命，留下老臣的性命，還可以給陛下看病啊。」

耶律賢沒再吱聲兒，冷冷地看著他。

這時，過來兩個侍衛，伸手抓住韓匡嗣就向外拖去。

殿上眾臣很多人都閉上了眼睛。

韓匡嗣在被拖出去的時候，還扭轉頭喊道：「請皇上、皇后饒老臣一命。」聲音淒慘至極。

蕭綽聽著韓匡嗣的呼聲，看著在風中飄飛的花白的頭髮，彷彿看到了韓德讓的身影。一想起心上人，蕭綽不由自主地喊了一聲：「刀下留人。」

兩個侍衛回頭看了一眼皇上耶律賢，見他沒有說話，便忙把韓匡嗣又拖了回來。

蕭綽轉過頭來對耶律賢道：「皇上，發這麼大火幹什麼，漢人常說勝敗乃兵家常事。這次出兵非同以往，韓將軍有責任，可也為大遼效勞了一輩子。我知道陛下也不忍心處死他，那就改成杖刑二十，並貶為秦王，讓他記住這次教訓。皇上，您看這樣處理行嗎？」

耶律賢不耐煩地擺擺手道：「去吧，去吧，這回要沒有皇后為你求情，朕一定不會輕饒於你，還不謝過皇后？」

韓匡嗣急忙跪倒叩頭道：「謝皇上皇后不斬之恩。」

耶律賢又吃了一場敗仗，國內的不滿輿論再度沉渣泛起。人們紛紛指責耶律賢用人不當。面臨著國內各種心懷不軌之人的威脅，耶律賢決定再次南伐，洗雪兵敗之恥。

第二年（九八〇）四月，耶律賢派西京大同府（山西大同）節度使駙馬侍中蕭啜李率幾萬精兵南下，準備攻取太原。

大軍首先進抵雁門關。北宋代州刺使正是北漢原先的大將劉繼業，即後來的楊業。他聞聽遼國大軍南下，已逼近雁門關，就率領麾下精兵數百騎，繞到雁門關北口遼軍的背後，在半夜時分向遼軍大營發動突襲。此時正值更深鼓靜，月淡星稀，遼軍根本沒有料到背後會有宋軍殺到，正沉沉地在睡夢中。突然宋軍殺入大營，有許多遼兵在睡夢中就不明不白地成了冤魂，被驚醒的士兵也抵擋不及。蕭咄李匆忙中急急帶兵迎戰，被楊業斬於馬下，遼兵見元帥被殺，潰散奔逃。

這場戰鬥，遼軍損失一萬餘人。從此以後，遼兵被楊業嚇破了膽，把楊業稱爲「楊無敵」，每每見到「楊」字旗號，便不戰而退。

半年之中，耶律賢連蒙兩次戰敗之恥辱，立刻國內大嘩，許多對耶律賢的皇位懷有覬覦之心的皇族和部落聯盟首領都紛紛指責耶律賢冒失出兵，用人不當，才導致遼兵連續兩次慘敗。大遼國境內開始動盪不安，各種陰謀在暗中策劃起來。

35

連續的戰敗，使遼景宗耶律賢皇位不穩。而在射柳祈雨儀式上，又孕育著一場新的叛亂，最終讓蕭綽消弭於無形之中。突然喪子，又使蕭綽沉浸在巨大的悲痛之中。

五月的上京，本應該是楊柳吐綠。可是今年這個時候，卻看不到這種景象，土地仍是乾裂的，枯黃的草叢隨風搖曳，泥土在風的催動下，化作陣陣飛揚的黃沙。

今年上京大旱了。

蕭綽看到這種情況，決定舉行瑟瑟儀，射柳祈雨。

在上京城外，早早就搭起了百柱天棚。天棚外，遠遠的地方埋著剛剛砍下的柳樹的枝幹，樹幹的中間，用刀削去了一小段樹皮，露出白色。

遼景宗耶律賢和皇后蕭綽端坐在天棚正中。文武大臣們還似上朝般分列兩旁。耶律賢身穿白綾袍，頭戴金文金冠，腰繫紅帶，佩帶玉刀錯，腳穿絡縫黑靴，雙手合十，一臉的莊嚴肅穆，口中喃喃自語，似乎在祈禱什麼。蕭綽頭結雙帕，身穿絡縫紅袍，頸掛玉珮，腳蹬黑鞋，彷彿心不在焉地冥思著什麼。

午時初刻，三聲炮響，典禮官高聲宣布祈雨儀式開始。

耶律賢和蕭綽先走進天棚邊臨時搭建的靈棚，帶著群臣們拜祭了先帝的遺容。耶律賢在拜祭時喃喃低語，祈禱先帝們保佑他祈雨成功。蕭綽則在拜祭時向後望去，見已多次被貶斥的宋王耶律喜隱正在和身邊的奚六部王和朔奴小聲嘀咕著。蕭綽早就聽說，耶律賢兩次伐宋失利後，宋王耶律喜隱就又蠢蠢欲動，私下聯絡人，準備廢掉耶律賢。今天她就暗暗注意著，果然見耶律喜隱在鬼鬼祟祟地串聯著。

祭奠禮儀完畢，眾人紛紛上馬。耶律賢一馬當先，向柳樹林奔去。到達標有獨特記號的柳枝近前，耶律賢伸手摘下黑漆錯金雕弓，取出一枝天羽橫鏃箭搭在弦上，然後一磕馬腹，馬又馳騁起來。他引弓發箭，由於久病，多日不曾騎射，手略微發抖，所以箭從柳幹削白的地方滑過。眾人看到，不禁發出惋惜的驚訝聲，蕭綽斜瞥一眼耶律喜隱，只見他正得意地奸笑著。

耶律賢見沒有射中，也很尷尬，稍微鎮靜一下，再次催馬向前跑去，在離柳樹行只有一箭之遠的地方，搭弓引箭，向另一株有標記的柳枝射去，只見柳枝從削白的地方被射斷。戰馬還在奔馳，耶律賢把弓交到左手，探身用右手抓起射斷在地的柳枝，打馬跑回天棚。眾人一片歡呼。

耶律賢在天棚邊下馬後，耶律喜隱擠到前邊，不懷好意地乾笑道：「皇上的騎射術很是精湛，只是只射中了一根柳枝，完成了一半任務，祈雨儀式還怎麼進行？我大遼皇帝都是馬上皇帝，陛下的功夫可差得太遠了。」耶律賢聽了，氣得臉色蒼白，那些與耶律喜隱有勾結的人都哄堂大笑起來。

蕭綽萬萬沒有想到，耶律喜隱這麼迫不及待地就跳出來發難。她用冷冷的眼光盯著那幾個哄堂大笑的王爺和大臣。這些人曾數次領教過蕭綽的厲害，見到蕭綽毒辣的目光慢慢都住了聲。蕭綽衝著耶律喜隱冷笑道：「皇上久病，你也不是不知道。好，皇上的那根柳枝由我替他完成。」

說完，打馬就衝了出去。離柳枝還有一箭之地時，蕭綽就已看到三枝柳枝的位置，她伸手從背後摘下弓，然後取出三支箭，打馬飛奔起來。只聽「嗖嗖嗖」，三枝箭分別向三個不同方向射去，三枝柳枝應聲而斷，蕭綽騎馬奔到射斷的柳枝跟前，迅捷地拾起了三枝射斷的柳枝。正在大家驚詫之時，她已扣馬回到天棚，面不改色氣不長喘地跳下馬來，笑著對耶律喜隱道：「宋王，該看你的了。」

耶律喜隱沒想到，蕭綽的騎射功夫竟如此了得，「嘿嘿」地乾笑了兩聲，退了下去。射柳儀式繼續進行。

瑟瑟儀的第二天，有一個植柳的儀式。蕭綽領著群臣在天棚的東南方向，植下了一排新柳。巫師們在植柳過程中，左手拿著酒醴，右手拿著穀穗，禱告雨神降雨。然後，耶律賢和蕭綽向東方跪拜。這些儀式結束後，又開始了貴族子弟的射柳活動。

第三天晚上臨睡前，蕭綽看著滿天閃爍的星辰，不由得著急起來。看來，明天又是一個晴天，滴雨皆無呀。

果然，第二天，毒辣辣的太陽仍然掛在天上，萬里高空看不到一絲雲彩。

在完成向掌禮儀的敵烈麻都的潑水儀式後，耶律賢和蕭綽回到宮中。耶律賢一臉懊喪，傻呆呆坐在那裡發愣。蕭綽知道這回祈雨活動不見成效，反覆無常的耶律喜隱必然會滋生事端，於是她立即派出實魯里去打探情況。

傍晚時分，實魯里回到宮中。果然，現在上京城內流傳著一個謠言，說是上京久旱無雨就是由於耶律賢兩次南伐失敗而導致天怒，且說耶律賢現在已沒有資格再當皇帝，有一根柳枝沒射中，就意味著皇帝要把象徵自己權力的冠服交給別人。

蕭綽聞聽此言，閉上眼睛。她想：耶律喜隱果然又開始動手了。

實魯里見蕭綽久不言語，剛想悄悄退下，蕭綽睜開了眼睛。

「實魯里！」

「臣在！」

「你知道這謠言是從何而來的嗎？」

「嗯……」實魯里支支吾吾。

「講！」

「臣……臣聽說是宋王府的人傳出來的。」

蕭綽暗暗道：「果然是他。」

「實魯里，我命你這些天監視宋王耶律喜隱的動向，有可能的話，最好買通幾個內線。記住，千萬不要走漏風聲。好，下去吧。」

「請皇后放心，臣一定辦好。」

實魯里走後，蕭綽又陷入了沉思中。耶律賢還沒有察覺到，但是她已經深深地感到，耶律賢的皇位和她的權勢又一次處在風雨飄搖之中。

七月初。

實魯里終於給蕭綽帶來了驚人的消息——耶律喜隱與上京巡邏使勾結起來，裡應外合，準備在上京發動叛亂。

蕭綽聞聽後大吃一驚。她告訴耶律賢，耶律賢不知所措，蕭綽急忙召見耶律斜軫和已經升任遼興軍節度使的韓德讓進宮。

蕭綽看到韓德讓跨進門來，心頭一陣喜悅，恨不得衝上前去。但耶律賢和耶律斜軫就在旁邊，蕭綽不得不收攝心神，正襟危坐。

耶律賢看到二人已來，就像看到了救星一般，急忙站起來顫聲道：「兩位愛卿，一定要救救朕。」

兩人深夜被召進宮來，知道必有急事。聽耶律賢如此說，他倆急忙跪倒道：「皇上、皇后有什麼吩咐，微臣當盡死命效力。」

蕭綽看看耶律賢那懦弱的樣子，再看看眼前英俊倜儻的韓德讓，忍不住對耶律賢又增加了反感。她正色道：「深夜相召，是上京要發生叛亂。」

「叛亂？」兩人驚訝不已。

「對。」蕭綽把事情的眞相講完後，又說道：「現在請兩位將軍前來，就是把平叛的重任交給你們。」

兩人齊聲道：「請皇上皇后吩咐。」

蕭綽道：「好！韓將軍火速帶兩萬精兵前往宋王府，對宋王的親軍實行繳械，如有反抗，格殺勿論！耶律將軍負責在上京包圍宋王府，然後解除上京巡邏使的兵馬武裝。此次平叛，全賴二位將軍，事成必有厚報。」

「請皇上皇后放心。」

韓德讓臨走時，深情地看了蕭綽一眼。

在蕭綽的一手安排下，宋王耶律喜隱的叛亂很快就被消滅在萌芽之中。耶律喜隱被囚於祖州（內蒙古巴林左旗哈達英格鄉）。依蕭綽的意見，是要誅殺耶律喜隱的，但懦弱柔順的耶律賢卻考慮到耶律喜隱是宗室皇族，不主張殺掉，只好把他囚禁了起來。

蕭綽望著病體虛弱的耶律賢的背影，不禁長嘆：這個扶不起來的「劉阿斗」。

兩次南伐失敗，遼景宗耶律賢始終感到無比沮喪。他一心想報仇，挽回臉面，重振龍威。

十一月，耶律賢親任統帥，率領二十萬精兵再次南伐，大軍首先逼近瓦橋關。由於遼兵兩次南伐都大敗而歸，更由於楊業率數百名騎兵就破遼兵十萬，使宋軍兵將都以爲遼軍不堪一擊，便大意起來。此次見遼軍來戰，竟開關迎敵，面向拒馬河列開戰陣，擺開以逸待勞之勢。遼將耶律休哥見宋軍一副藐視的樣子，便趁機率騎兵部隊快速渡過拒馬河。當宋軍見遼軍凶猛撲來時，才知大勢不好，剛想迎敵，對方已衝到近前，來不及阻擋。宋軍在遼軍的猛烈進攻下，大敗潰逃，棄甲曳兵，拋關丟寨，向南回退到莫州城。耶律賢隨即包圍莫州城。數日後，忽聽宋帝趙光義親率大兵來救，耶律賢見宋援軍將至，又因爲在瓦橋關已大敗宋軍，覺得已經洗雪了兩次南伐失敗的恥辱，便引兵全身而退。

九八一年（乾亨三年）。

對於蕭綽和耶律賢來說，是最不吉利的一年。

四月，蕭綽年幼的兒子耶律韓八夭折了。這對於她不啻是一個天大的打擊。因爲在宮中，現在她與皇上只不過是形式上的夫妻，而能給予她欣慰的，就是她的兒女。現在，最年幼的兒子死於病中，令她感覺到人的生命的脆弱和權力的無奈。無論手中握有多大的權力，都無法挽救自己孩子的生命。忽然，她對權力的興趣銳減。這些天，她一直生活在悲痛之中，朝政全都交給了已能臨朝聽政的夫君耶律賢。

六月，已是花紅柳綠、草長鶯飛的好時節。可上京又發生了一場陰謀叛亂。駐守上京的漢軍趕往囚禁耶律喜隱的祖州，企圖把他劫持，擁立爲帝，公開與朝廷對抗。在遼軍的嚴密防守下，叛軍劫獄沒有成功，但他們把耶律喜隱的兒子留禮壽立爲帝，繼續與官軍爲敵。

蕭綽正沉浸在悲痛之中，根本就不再想涉足這些政治鬥爭了。後來在上京留守的精心策劃下，這場叛亂迅速被平息下來。

八月，耶律賢下令誅殺留禮壽，以除後患，但對耶律喜隱卻沒有進行懲罰，仍舊將他囚禁於祖州。

36

炭山行獵中的意外，使耶律賢終結了生命的里程。蕭綽母子以後的路該怎麼走呢？

第二年（乾亨四年，即九八年）。

前年南伐瓦橋關之戰的勝利已不足以令遼景宗耶律賢再感到自豪。他想再次重溫勝利的喜悅，於初夏五月再次率領大軍南伐。可這一次，他沒有那麼幸運，在滿城（屬河北）遭到了宋軍的迎頭痛擊，領兵太尉奚瓦里中亂箭而死，統軍使耶律善補也被宋軍的伏兵圍困，在耶律斜軫的援救下，才僥倖脫身逃了出來。六月，耶律賢見已無取勝的希望，被迫班師回朝。從此，耶律賢想在南伐征戰中建功立業的想法徹底破滅了。

這幾年，耶律賢的身體雖說已有所好轉，但連續數次南伐的失敗，再加上一次又一次針對自己皇位的叛亂，使本來就很虛弱的他又病倒了。

不久，在太醫的精心照料和醫治下，耶賢似乎又康復了。大病初愈的耶律賢遊興大發，忽然提出想去雲州的炭山（河北沽源縣境內）去行獵。而喪子一年有餘的蕭綽也想出去散散心，以從悲痛中解脫出來，同時也盡一盡久違的皇后的義務。於是，她陪著耶律賢，駕幸西京大同（屬山西）。

十月，車駕來到雲州的炭山。

深秋的季節，炭山依然鬱鬱蔥蔥，彷彿老天爺格外垂青這塊寶地一般。

覺。

耶律賢親自領著親軍出獵。由於南伐滿城戰役的失利，他想在行獵過程中找到征服者的感方圓近百里的山上，旗幟飛飄，刀槍閃光，鷹犬逞威，戰馬飛馳，號角聲從四面響起，喊殺聲自八方傳來。山谷回應，草莽起伏，金鼓陣陣，殺氣沖天。平日裡悠閒的野獸，驚得從山洞裡、林木間、溝壑旁、草叢中狂躥而出，四散奔逃。眾人見此情景，一個個精神抖擻，奮勇當先，衝入野獸群中，欲與豺狼虎豹展開你死我活的角逐。

在群山之中，已過「而立」之年的耶律賢縱情地策馬奔馳，追逐著獵物。山谷裡回響著士兵的歡呼聲和獵物的慘厲嗥聲。

突然，耶律賢的戰馬驚出了一隻隱藏在草叢中的野兔，他頓時來了精神，急忙引弓搭箭，可覺得拉弓的手軟綿綿顫抖起來，眼前金星迸現，一陣窒息的憋悶令他喘不過氣來。他手一鬆，從奔馳的戰馬上掉了下來，昏死過去。

大帳內忙碌的人們熙來攘往，一個個都屏聲靜氣，唯恐發出一點聲音。昏暗的燭光照著耶律賢。好半天，他才從昏迷中慢慢甦醒過來。他勉強睜開了雙眼，立刻聽到了「陛下醒了」的驚喜聲。映入耶律賢眼中的，是蕭綽那焦灼的目光和滿面淚痕。

「燕燕。」耶律賢伸手抓住了蕭綽的手。

聽到這久違的呼聲，蕭綽的眼睛又濕潤了。雖然內心裡她並不喜歡他，但畢竟已是十幾年的夫妻。她親手端過一碗湯藥，溫柔地說道：「陛下，快喝了吧！」

耶律賢擺擺手：「不用，不用，喝藥不管用了。燕燕，朕恐怕今天是過不了這一關了。」

「陛下，您別多想，太醫說您很快就會好的。」

「不用勸我了，早些安排後事吧。」

「陛下，不會的。」蕭綽強忍著眼淚。

「燕燕，這幾年朕一直生病，你替我處理朝政，忙忙碌碌，朕也沒有好好陪你，等到來世再補償吧。」

蕭綽再也止不住眼淚，放聲大哭起來。

「陛下，你不能丟下我們母子呀！」

耶律賢拉過站在身邊的皇長子耶律隆緒，並對蕭綽說：「燕燕，別說了，拿紙筆來。」

侍女們趕緊把紙筆遞了上來。

耶律賢顫抖著手，接過毛筆，斜靠在蕭綽的腿上，勉強歪歪斜斜地寫下了兩句話：「帝位傳於長子隆緒，軍國大事聽皇后命。」

寫到這裡，耶律賢睜大著雙眼，張口剛想要對蕭綽說什麼似的，手腳一鬆，紙筆掉在地上。

耶律賢就這樣離開了人世。

蕭綽撲到耶律賢的身上，放聲慟哭起來。緊接著，大帳裡哭聲一片。

九八二年（乾亨四年）十月二十六日，耶律賢命喪炭山，享年三十五歲，廟號爲景宗，謚號孝成皇帝。

太后攝政

37

在韓德讓和耶律斜軫的幫助下，蕭綽很快就控制了局勢，並以太后身分攝政。本以爲局勢已穩的蕭綽聽到韓德讓的一番話，才恍然大悟。

九八二年（乾亨四年）十月底，懷州（內蒙古巴林右旗崗根蘇木）。

蕭綽正在她的捺缽帳中沉思著，回憶著剛剛度過的如同夢幻般的一年：

她萬萬沒有想到，耶律賢的去世給她的打擊會是那麼沉重。雖然，過去她從來沒有感受到耶律賢在她的生活中有如此重要的地位，但是，他的突然辭世，卻使蕭綽覺得她的世界彷彿失去了支柱一般，有如大廈將傾的感覺。她清楚地知道，即使是令她傾心的韓德讓，以他目前的實力，也不能取代耶律賢的地位。

看著大帳中停放的耶律賢的遺體，蕭綽深深地感覺到一種悲哀，這不僅僅是十餘年夫妻感情所產生的依戀，更是她爲自己及長子文殊奴（耶律隆緒的乳名）未測的未來命運感到的一種難言的惶恐。她清楚地意識到，孤兒寡母在虎視眈眈覬覦著皇位的皇親貴族眼中，只是兩隻待宰的羔羊。雖然耶律喜隱已被賜死，但不能保證不會有第二個、第三個耶律喜隱。這個冷酷的現實使蕭綽明白，現在不是悲哀，也不是哭泣的時候，現在必須振作起來，只有自己才能挽救自己和兒子的命運。一想到自己曾經想要遠離的權力又將牢牢地纏繞自己的一生，蕭綽並沒有感到反感。相反，在她那久已寂寞的心中，又湧動著一種莫名的激動，也許，自己將永遠也不會離開權力了。

於是，她馬上開始行動。

首先，蕭綽命令一部分侍衛親軍，護衛耶律賢的靈柩在後面慢慢趕赴上京，而自己則先帶著皇子耶律隆緒在實魯里和其他侍衛的護送下，星夜兼程向首都上京方向進發。為了及早控制首都局勢，防止不測之事發生，蕭綽又派出信使飛馬先行，密告南院樞密使韓德讓和北院樞密使耶律斜軫調派部隊，左右大局。

十一月二日，蕭綽一行人風塵僕僕趕回上京。此時，韓德讓及耶律斜軫已經命令自己的親信部隊接管了上京城的城防，皇宮被牢牢地控制住，各親王府也都被重兵緊緊包圍起來，親王被軟禁在王府之中不得隨意出行。

蕭綽剛到上京，還未進宮就緊急召見韓德讓、耶律斜軫和耶律休哥。當她得知，一切都已安排就緒時，久已懸浮著的一顆心才終於落下來。

蕭綽帶著耶律隆緒在重兵護衛下，進入上京皇宮。她下令召集各親王，南、北面官的臣僚、大將軍和各部族王公等立即上弘政殿議事。

上京的各個親王大臣在毫不知曉的情況下被突如其來的換防驚呆了，接著又被軟禁在家中，一個個都驚慌失措，以為又發生了什麼叛亂。

當他們得知，皇后已經回京，並要求他們馬上入宮議事時，猜疑才減少了許多，但仍是惴惴不安地來到大殿上。

一到大殿，群臣和親王們看到，龍座上坐著表情緊張肅穆的蕭綽和梁王耶律隆緒，而唯獨沒有皇上耶律賢，一個個都驚訝不已。

蕭綽等群臣到齊，命令耶律休哥宣布皇帝耶律賢駕崩之噩耗，並宣讀遺囑。殿下群臣這才明白，皇帝耶律賢已經駕崩，不禁面面相覷，驚愕不已。有想趁機發難的親王，在看了看大殿兩側手持明晃晃兵器的軍士們後，也不得不低頭喘氣。於是，年僅十二歲的耶律隆緒，坐上了皇帝的寶座，接受了各位親王、群臣的朝賀。

第二天，群臣爲新任皇帝耶律隆緒上封號爲「昭聖皇帝。」芳齡三十歲的皇后蕭綽被尊奉爲皇太后，開始按耶律賢的遺詔臨朝攝政，人稱蕭太后。

奇怪的是，蕭太后坐在正中龍椅上，昭聖皇帝耶律隆緒則坐在皇太后蕭綽的身側。

於是，遼國長達二十七年的蕭太后臨朝攝政的歷史開始了。

爲了穩定政局，蕭太后在韓德讓和耶律斜軫的具體策劃下，開始重新任命、安排大臣，把幾個不太安分的親王重新加封了王爵，聊以安慰他們的躁動之心。同時，安排南院大王勃古哲總領山西諸州縣軍政民事，耶律休哥加封爲南面行軍都統，奚王和朔奴爲副都統，同政事門下平章事國舅蕭道寧率領本部兵馬駐守南京，以加強對宋朝的防禦力量。並讓韓德讓總管宿衛之事。

正當蕭太后處心積慮地想穩定兒子皇位的時候，南方傳來消息，說宋國派人前來進獻犀角玉帶，且願表示和好。

經過再三考慮，蕭太后認爲，在目前國內政局不穩的情況下，應該息止干戈，但是宋朝屢屢撕破和約，根本就沒有什麼信義。況且，先帝耶律賢數次南伐屢遭敗績，如果此時自己急於與宋講和，一定會遭到國內那些心懷異志的親王們的反對，那樣，自己苦心經營的穩定局面又將失衡。再說，大宋一直對幽雲十六州念念不忘，根本不可能甘願放棄，這回趁我遼國大喪時機提出和議，一定有什麼陰謀。反復權衡後，蕭太后回絕了宋使的提議。

九八三年（統和元年）三月，遼景宗耶律賢被葬於乾陵。

隨後，在韓德讓的策劃下，蕭太后帶著新登皇位的兒子開始巡遊各地，進行安定統治的準備工作。

七月，耶律隆緒率眾臣給蕭綽上尊號為「承天皇太后」。「承天」者，上承天意。這樣，蕭綽就可以以承天皇太后的名義，名正言順地臨朝聽政了。

八月，遼聖宗耶律隆緒舉行了標誌著長大成人的再生禮，表明他完成了向皇帝角色的轉變。蕭太后覺得局勢已基本穩定，可以放下心來了。

一天，蕭太后正在御書房內閱讀各地呈上來的奏章，忽然，韓德讓走了進來。

蕭太后見韓德讓進宮，眞的是好高興。自從景宗去世後，蕭綽一直忙於處理內政，韓德讓也誠心誠意地爲她出謀劃策。因而，兩人見面也很少顧及私情。

今天，見到韓德讓來了，蕭太后喜出望外，馬上命令蓮哥在門外屏擋一切人等。

蓮哥眨了眨眼睛，知趣地退到了門外。

見蓮哥出去了，蕭太后才抬起頭，發現韓德讓正含笑凝視著自己。

蕭太后頓時覺得心中的欲火開始升騰起來，她不顧一切地跑過去，和韓德讓擁抱在一起。蕭太后的眼淚撲簌簌地滾落下來，不知是悲是喜，或是悲喜交加，百感交集。韓德讓的眼睛也不由得濕潤了。

很快，兩人就滾作一團……

很長時間，兩人才從情熱中回到了現實世界。

「德讓，今天你怎麼想來看我，是不是想念我了？」

「哦，對了，今天我是有要事來相商。」

「什麼要事，不就是想我了嗎？」

「不，燕燕，你最近一段時間大加賞賜，是不是忘掉了一個人？」

「不會吧，還有誰呢？」

「耶律斜軫，你是不是給忘了？」

「耶律斜軫，是我侄女的丈夫，又是我父提拔起來的，他一直跟我們一條心。況且，他現在已經是南院樞密使了，還加封什麼呢？」蕭太后奇怪地看著韓德讓。

「不對，他跟我是不一樣的，咱們有感情，一條心。可對他，僅靠親屬關係和提拔之恩是不足以籠絡住的。」

「你是不是發現了什麼事？」蕭綽忙問道。

「我也不敢確定，我只是覺得他並不是那麼高興，而且，據說最近那幾個有想法的親王經常出入他的府邸。」韓德讓小心翼翼道。

「什麼？」蕭太后驚跳起來，「他怎麼沒有跟我說過？」

「他爲什麼要跟你說？」韓德讓低聲反問。

「好啊，耶律斜軫，這麼快就跟我離心離德了，我一定饒不了他。」蕭綽恨恨道。

「燕燕，我看耶律斜軫還不至如此。」

「那你的意思是……」

「一個人一生最企盼的，莫過於『名利』兩字。他也只是心中寂寞，因而那些親王才能趁機而入。只要我們用名利籠絡住他，我想他一定會回頭的。」

「那你說該怎麼辦？」蕭太后急迫問道。

「耶律斜軫現在不求『利』，我們就從『名』上下功夫。」

「名？」蕭太后喊道，「我現在已沒有什麼職位好給他了，當了南院大王，還不知足，眞虧了我這麼信任他。我眞應該讓我的侄女好好管教管教他。」

「侄女？對了，燕燕，讓他和聖宗文殊奴結爲兄弟，如何？」

「你是說，他們倆結爲兄弟，這怎麼可能？他們相差二十多歲啊。」蕭綽忍不住喊了起來。

「這有什麼？耶律斜軫要的就是『名』，如此一來，他一定會珍惜這個榮譽，我們也就會牢牢把他掌握在手中，爲我們所用了，否則的話，不知他將來要倒向哪裡呢。」

蕭太后咬著嘴唇想了半天，不禁點了點頭：「這樣也好，耶律斜軫把自己當成皇帝的義兄，也就會死心塌地地跟著我們了。」

不久，太后蕭綽和小皇帝耶律隆緒遊幸懷州，就把耶律斜軫帶在身邊，作爲近臣。

蕭太后又特意安排了一場特殊的宴席，來完成這個儀式。

九月二十日，耶律斜軫被蓮哥帶進了大殿。

耶律斜軫這幾天被蕭綽帶在身邊作爲親隨大臣，心中異常興奮，今天又被皇上和太后召來，更是激動不已，不知是何好事。耶律斜軫進得殿來，忙跪下行禮道：

「臣耶律斜軫參見皇太后、參見皇上。」

蕭太后含笑道：「耶律將軍，不必多禮，我們都是一家人，來，快坐下。」

耶律斜軫見亭中已經準備好了宴席，而且只有皇太后和皇上在座，大惑不解，忙說：

「太后，這是家宴，小臣不敢造次。」

蕭太后笑道：「來來，耶律將軍，不必如此客氣，你是我侄女的丈夫，我就是你的姑姑，皇上也就可以說是你的內弟。來、來、來，一起坐下來，咱們家裡人一起喝酒，說說心裡話。」

耶律斜軫聞聽此言，如同吃了開心果一般，心裡那個樂呀，忙笑道：「太后既然如此說來，微臣只好無禮了。」

席間，耶律隆緒按著蕭太后的吩咐，給耶律斜軫添酒夾菜。

耶律斜軫見狀，急忙跪倒道：「陛下，折煞爲臣了。」

耶律隆緒說：「耶律將軍，現在咱們是家宴，不必拘於君臣之禮。來，喝酒。」

酒宴在熱烈的氣氛中進行著。

蕭太后見火候已到，就笑著說道：「耶律將軍，我看你跟文殊奴如此親熱，就像親兄弟一樣，你們不妨就結成生死之交的結拜兄弟，你看如何？」

耶律斜軫聞聽此言，大喜過望，能夠跟皇上結成生死之交的兄弟，那眞是他們家族的榮幸。他掩飾不住臉上的驚喜，但還是擺手推辭道：「太后如此說，微臣不配呀，我怎敢跟皇上以兄弟相稱呢？」

蕭太后見耶律斜軫臉上的喜色，不由得敬佩韓德讓的計策。看來，這一招眞的是把耶律斜軫降服了。她忙說道：「本來就是一家人，只不過是再親近一些嘛。」

耶律斜軫見狀忙說：「太后，恭敬不如從命，耶律斜軫只好遵命了。」

蕭太后說：「隆緒，去取你的弓箭鞍馬來。」

耶律斜軫也返身取來了自己的鞍馬和弓箭。

結拜儀式開始了。

耶律斜軫和耶律隆緒兩人面對面地單腿跪在地上，對上天盟誓，隆緒道：「我發誓，永遠敬奉兄長耶律斜軫，永世不渝。」耶律斜軫也對天大聲道：「耶律斜軫必當永世護衛耶律隆緒賢弟，永遠不悔。」隨後，兩人對拜叩頭，又相互交換了鞍馬弓矢。

結拜儀式結束。

至此，耶律斜軫死心塌地地成爲蕭太后手下的一員忠心耿耿的心腹大臣。

38

一次微服私訪，兩個痛哭的孩子引出了一樁意外的案件，讓蕭太后大吃一驚。到底發生了什麼事？蕭太后又是如何處理的呢？

一天，終日裡忙於朝政的皇太后蕭綽忽然決定出宮逛一逛，排遣一下多日的鬱悶。她帶著小皇帝耶律隆緒、實魯里和蓮哥微服走出了宮門。

耶律隆緒這一年來嘗到了「小皇帝」的滋味，整日裡被太監、宮女和侍衛們前呼後擁著，迫使他不得不處處表現出正襟危坐的模樣。而今天微服出行，他再也不必擺出皇帝的威嚴，這令他欣喜異常。十三歲的皇帝又顯露出埋藏已久的兒童天性。

他在大街上蹦著、跳著，像一隻出籠的小鳥一樣，一會兒要吃糖葫蘆，一會兒又要吃蜜餞。蕭太后看著歡蹦亂跳的孩子，又想了想平日不苟言笑的他，不由得搖了搖頭。

突然，蕭綽發現前面圍了一大群人。人群裡傳來了哀哀的哭聲。

蕭太后上前向人群擠去，蓮哥連忙拉了拉她的袖子，低聲道：「太后，這種地方你可不能去。」

蕭太后衝她搖了搖頭，又向前擠去。她發現地上坐著兩個衣衫襤褸的漢族小孩，正抱頭痛哭。

圍觀的人群看著這兩個小孩都低聲議論著。一個契丹老人長嘆一聲道：「眞可憐呀！」然後，把手伸進口袋裡，摸了半天，掏出幾個銅錢扔在兩個孩子面前，擠出了人群。

蕭太后也急忙從人群中擠了出來，緊走幾步，追上了那位契丹老人。

「老人家，請站一下。」蕭太后道。

契丹老人停了下來，回頭一看，見是一位服飾華麗的貴婦人，便惶恐地問道：「請問，夫人有何吩咐？」

蕭太后含笑道：「老人家不必驚慌，我只是想問一件事。」

「夫人請問。」

蕭太后回過頭，指了指仍然圍在一起的人群道：「老人家，我看那兩個可憐的孩子如此悲痛，一定是另有隱情，不知老人家是否知曉？」

老人向四周望了望，見沒人注意，便壓低了嗓音，說出了這件事情的原委——

這兩個漢族小孩　原有一個幸福和睦的家庭，父親是一位飽讀詩書的儒生叫張明遠，母親李玉芝，因爲躲避漢族仇家的追殺，涉險渡過拒馬河，來到上京。張明遠以淵博的學識設帳收徒，以束脩爲生。李玉芝在家織布，再加上兩個天眞快樂的孩子，其樂融融，日子過得溫馨幸福。

萬萬沒有想到，這樣一個融洽和睦的家庭卻被從天而降的大禍給破壞了。

今年正月十五，上京城裡舉行燈會，張明遠一家四口興致勃勃地前去觀燈，不巧碰到了上京城內有名的淨街虎耶律阿離不。他仗著自己是太祖耶律阿保機的後代，爲非作歹，無惡不作，是一個有名的花花公子。

那天晚上，他領著家奴和侍衛也去觀燈，但他主要是借觀燈去尋覓漂亮女子。當張明遠一家正指著花燈興高采烈地說笑之時，耶律阿離不一眼看到了張明遠的妻子李玉芝。李玉芝雖然不能說是國色天香、沉魚落雁，但小家碧玉的清秀和楚楚動人的體態卻讓人動心。他起了邪念，下決心一定要把李玉芝弄到手。但是，當時觀燈的人非常多，耶律阿離不也有所顧忌，派家奴暗中跟著張明遠一家，查清了他們一家的住址和基本情況。

第二天，當張明遠剛剛起床，還沒有洗漱時，房門便被敲得彭彭作響。

張明遠很是詫異，這一大早，誰會來拜訪呢？他一邊想著，一邊打開了房門。

「恭喜張先生！」隨著這一聲喊，張明遠發現門前站著一個點頭哈腰、滿臉諂媚的管家打扮的人。

張明遠問道：「請問先生有何貴幹？」

管家把手中提著的禮盒向張明遠手中塞去，乾笑道：「張先生，我家主人有請。」

「你家主人，是誰？我根本就不認識呀？」張明遠驚奇地問道。

管家急忙說：「張先生，當然你不認識我家主人啦，但我家主人久慕先生大名，故想請先生進府爲少爺設帳授課，不知先生可否同意？」

張明遠一聽有大戶人家如此看重他，也不覺飄飄然。但又婉言道：「貴主人言重了，小可才疏學淺，不堪大用，還是請貴主人另選高明。」

管家急道：「張先生，我家主人傾慕先生才高八斗，學富五車，所以特來相請，請勿推辭。」

張明遠見管家言卑詞切，深深被他主人的誠意所感動，也就答應了下來。

於是，張明遠告訴李玉芝後，走出家門，隨管家來到了一座豪華的宅院。

張明遠隨管家進入客廳後，管家說要去請主人前來，就走出了客廳，把張明遠一個撇在了客廳裡。

等了好長時間，還沒有人來，張明遠等得心急，便開始欣賞起客廳的字畫來。

忽然，張明遠聽到門外傳來一陣腳步聲。他回頭一看，只見從門外進來一位契丹貴族，細一辨認，原來是人見人恨的耶律阿離不。

張明遠大吃一驚。忽然之間，他覺得自己已經掉進了一個早已設計好的陷阱之中，不知什麼樣的命運在等待著他，不知阿離不這個魔鬼打的是什麼主意。

不容張明遠多想，阿離不嬉笑道：「張先生，請坐。」

張明遠忐忑不安地坐了下來，看阿離不如何表演。

阿離不見張明遠落座，便露出了無賴的本相，嬉皮笑臉地說道：「張先生，我看嫂夫人長得不錯，我很喜歡，請張先生轉送給小弟如何？」

張明遠見阿離不提出了如此無恥的要求，頓時勃然大怒，拍案而起：「你這個衣冠禽獸，能否說句人話。」說完就要拂袖離去。

阿離不攔住張明遠，依然嬉笑道：「張先生，別著急嘛，我會補給你銀子，讓你再娶一房，我只是喜歡你現在的這位娘子。」

張明遠「呸」地向阿離不的臉上吐了一口唾沫，輕蔑地罵道：「畜生！」說完，又向門外走去。

阿離不見軟的不成，馬上臉色一變，凶相畢露地喊道：「來人哪，把他給我捆起來。」門外立刻闖進幾個如狼似虎的打手，把張明遠繩綁索捆起來。張明遠見阿離不手段如此卑劣，氣得大罵。

阿離不命令打手把張明遠吊起來，進行嚴刑拷打，想逼張明遠服軟認輸，把李玉芝讓出來。但張明遠寧死不屈，堅決不幹，大罵不止。

張明遠的倔強讓阿離不火冒三丈，指令打手們狠狠打。打著打著，張明遠的罵聲越來越弱，最後張明遠竟被活活打死了。

阿離不見張明遠死了，卻不害怕，只是命人把死屍拖出去。但李玉芝還沒弄到手，他豈能罷休？這時，又是那個管家出了一個主意，阿離不聞聽大喜。

李玉芝在家苦等張明遠不回，正滿心焦急之時，忽然阿離不府裡一名家丁來報，說張明遠酒醉後跌斷了腿，正在阿離不府上治療。李玉芝聽後很著急，沒有絲毫懷疑，急忙帶著幾件換洗衣服跟著家丁前去。一進府門，李玉芝才明白眞相，丈夫被打死，阿離不又逼她成親。

李玉芝雖是一名柔弱女子，但性格非常剛烈，寧死不從，撞牆而死。

耶律阿離不見李玉芝死了，只是不住地嘆惜，隨後命人把兩具屍體送到上京警巡院，又讓人牽去了兩匹馬。原來，大遼律法規定：契丹人殺一個漢人，只賠馬一匹。阿離不殺了兩個漢人，所以賠了兩匹馬。

老人家說到這裡，忍不住氣憤道：「兩個漢人就值兩匹馬，眞是可憐呀！」

蕭太后聽到這裡，忙問道：「那兩個孩子就是張明遠的孩子吧？」

老人點點頭道：「好可憐呀！」說著，搖著頭，步履蹣跚地走了。

蕭太后聽完了心情非常沉痛，呆呆地站在那裡好長時間。實魯里和蓮哥也都默不作聲，小皇帝耶律隆緒完全沒有了剛才的高興樣子，瞪大了眼睛，扭頭看著路邊那兩個可憐的孩子。

蕭太后想起韓德讓早就說過大遼境內漢人的悲慘生活，即使是漢官也受到契丹人的壓迫。其中乾亨元年（九七九）宋朝大軍北伐時，漢人漢官爭相投宋，就是契丹人壓迫的結果。韓德讓曾勸她放鬆對漢人的壓迫，以緩和日益緊張的民族矛盾，使漢人爲己所用，使統治得到鞏固，但蕭綽當時缺乏認識，只是打趣他想要討更大的官職。可今天大街上那兩個孩子哀求的目光，卻使蕭太后不得不重新考慮韓德讓的建議了。

想到這裡，蕭太后示意蓮哥，把一些碎銀子放在兩個孩子的面前。孩子見有人出手如此厚重，急忙跪倒叩頭謝恩。蓮哥指指正在遠去的蕭太后的背影道：「孩子，要謝就謝那個好心人吧。」

蕭太后走在路上，並沒有看到兩個孩子在對她磕頭。她的心中升騰著怒火——上京城內竟有如此冤情，我一定要查個究竟。她知道，這種情況再繼續下去，不要等宋軍入侵，就是國內老百姓的怨憤也會把契丹人的統治推翻的。不行，漢人也是我的子民，我一定要把漢人跟契丹人同等對待，這樣漢人才會眞正擁護我。

第二天一大早。

在上京警巡院衙門內，警巡使剛剛來到，坐在桌案後面，打了一個長長的哈欠，正要準備辦公。

這時，就見從門口進來了數人。警巡使連頭也沒抬，不耐煩道：「什麼事？」心中還暗暗埋怨門口的衙役沒有把這些人擋住。

良久沒有回音。

警巡使驚愕地抬起頭，見面前站著一位雍容華貴的契丹少婦，領了一名十四五歲的少年，身後還有幾名帶刀侍衛保護著。

警巡使一見，腦袋都大了，以爲是哪個王公貴族家的家眷前來打官司，急忙起身抱拳：「夫人、少爺，請問有何事要屬下幫忙。」

那名少婦「哼」了一聲，沒有說話。

警巡使正大感詫異，這時，門外又進來一位身著樞密使官服的大官，警巡使一見，依稀是自己曾經見過的南院樞密使韓德讓大人，驚得他立刻從椅子上溜下來，拱手問道：「韓大人，有什麼吩咐？」

韓德讓用手指著那個華貴婦人和少年道：「蕭太后和皇上前來，還不快快跪拜。」

警巡使聽了，魂兒都嚇飛了，急忙跪倒叩頭。蕭太后擺了擺手，幾名侍從急忙把帶來的龍座椅放下來。蕭太后和耶律隆緒坐了下來，韓德讓也坐了下來，幾名侍衛圍在蕭綽身後。

警巡使見太后親自前來，心知必有要事，嚇得兩腿發軟，額上的冷汗紛紛沁出，顫聲問道：「太后有何吩咐，小人一定照辦。」

蕭太后道：「請把案卷拿出來。」

警巡使顫抖著拿出了案卷。

蕭太后翻看著。韓德讓在一邊指指點點，蕭太后不住地點頭，臉色越來越冷峻。

警巡使看著蕭太后越加嚴厲的臉色，雙腿不停地打顫兒。

蕭太后翻看了一遍。奇怪，竟然沒有張明遠一案的案卷。

蕭太后怒問：「怎麼沒有張明遠的案卷？」

警巡使這才知道蕭太后此來的目的，嚇得不知該如何答覆，顫聲道：「還，還沒有整理好。」

韓德讓拍案叫道：「兩個月前的案子，怎麼還沒有整理好？快找出來。」

警巡使漲紅了臉，在一大堆紙中找出一張，遞給了蕭太后。

蕭太后拿過一看，只見上面只寫了寥寥幾語：耶律阿離不誤傷張明遠、李玉芝夫婦，罰馬兩匹。

蕭太后見案卷如此潦草，還有塗抹，心知裡邊一定有鬼。便問道：「這個案卷，怎麼記得這麼簡略？」

警巡使無言以對。

「不是賠了兩匹馬嗎？在哪裡？」

「給兩個孩子了。」

蕭太后聽著警巡使吞吞吐吐的答話，更生氣了，厲聲追問：「眞把馬給孩子了嗎？」

警巡使見蕭太后這麼發問，知道再也隱瞞不下去了，低下頭囁嚅道：「那兩匹馬沒有給孩子。」

「那麼馬在哪裡？」韓德讓高聲問。

「在我的馬群裡。」

蕭太后看著這個無恥貪婪的警巡使，氣得直搖頭道：「你就是這個出息嗎？」

蕭太后轉過頭問道：「案卷是應該這麼寫嗎？」

「不是。」

「你們去勘察現場了嗎？」

「沒有。」

蕭太后憤怒地看著眼前這個警巡使，對小皇帝耶律隆緒說：「這種糊塗狗官，留著還有什麼用處。」

警巡使一聽，撲通一聲跪倒在地，哀求道：「太后饒命，皇上饒命。」

蕭太后沒有說話，只是一擺手，幾名侍衛上來就把警巡使給捆了起來。然後，蕭太后對韓德讓說道：「韓大人，我怕別人去了阿離不會拒捕，還是請你速帶軍兵把阿離不緝拿歸案。」

韓德讓立刻帶著侍衛和警巡使衙門的官兵走出了衙門。

很快，他們就趕到了耶律阿離不的府邸。

韓德讓一示意，一名侍衛上前敲門，門「吱呀」一聲開了，從門內探出一名家丁的腦袋，向四外張望著。

叩門的侍衛一把將這名家丁拽了出來。韓德讓一揮手，大家一起湧進去，直奔耶律阿離不的後宅。

耶律阿離不正在臥室裡與新近弄到手的兩個女子調笑親昵。忽然，臥室門「彭」地一腳被踹開。

阿離不剛喊了一句：「誰！」就見門外進來數位手執明晃晃武器的侍衛。他被嚇得不知如何是好，正愣怔著，就見韓德讓一腳踏進了房中，怒斥道：「阿離不，你知罪嗎？」耶律阿離不一見是自己熟悉的韓德讓，便帶著哭腔道：「韓大人，這是怎麼回事？」

韓德讓一把撥開耶律阿離不伸過來的手，冷笑道：「阿離不，是太后叫我來把你帶走，是爲張明遠的那起案子，你該知道怎麼回事了吧？」

阿離不一聽，心知不好，伸手就向牆上掛著的腰刀摸去，只聽「嗆啷啷」一陣亂響，幾把明晃晃的刀劍架在了耶律阿離不的脖子上。

耶律阿離不帶著乞求的眼光向韓德讓望去，只見韓德讓一臉的不屑。阿離不沮喪地棄刀在地，俯首就擒。

經過蕭太后的親自審判，最後判定耶律阿離不犯有殺夫奪妻之罪，罪大惡極，不容赦免，被判絞刑處死，家中財產全部抄沒充公。其中一部分家產分給張明遠的兩個孩子，由官府代爲照料。

在清理了上京的冤案後，蕭太后的心情極不平靜。天子腳下尚且有如此的冤案，何況下面的州縣呢？想到這裡，蕭太后決定親自下去審理冤假滯案。她帶著小皇帝耶律隆緒、韓德讓等人親自巡視各州縣，使地方的許多冤獄獲得平反。

在處理獄訟的過程中，她發現在與契丹人有關的案件中，漢族人總是受到不公正的待遇。由於大遼律法規定，契丹人殺死漢人，只須賠馬、牛即可，從而造成了契丹人濫殺漢人這一弊端。蕭綽深感有必要修改。她授意將此條款改爲：契丹人殺死漢人，不再賠償牛馬，而是視情節輕重賠錢、判刑直至償命。

39

寡居的蕭太后，以爲自此與韓德讓可以雙棲雙宿，卻沒有想到最大的障礙是韓德讓的妻子李鳳。一個神秘的醫生與李鳳的猝死，蕭太后到底扮演了什麼角色？

每次目送韓德讓匆匆離去的背影，蕭太后總是佇立許久。自從耶律賢去世後，飢渴難耐的蕭太后與韓德讓相聚的機會越加增多，心中對這種幸福生活更深有企盼。

但是，自從遼景宗耶律賢死後，國內政局動盪，危機四伏，蕭太后整日處理國務，排除隱患，沒有心思與韓德讓溫存。韓德讓理解蕭太后，竭盡全力爲鞏固她的統治而整日忙碌著。因而兩人在這個時期，都沒有時間和心情來考慮兒女情長的纏綿之事。

等到蕭太后處理完那些棘手的問題，想輕鬆下來和韓德讓再敘琴瑟合諧之事時，卻發現事情並不像她想像的那樣簡單，不僅有世俗的干擾，還有朝中大臣們的流言蜚語，另有更主要的障礙，就是韓德讓的結髮之妻李鳳。

一想起李鳳這個女人，蕭太后的氣就不打一處來。她曾經在皇上登基大典時見過李鳳，在那個朝會場合是允許朝臣帶命婦觀禮的。初次一見，蕭太后只覺得李鳳是一個嬌柔秀美的女人，但萬萬沒有想到，這個外表柔弱的女子竟然是一個如此暴烈的醋罈子。

蕭太后不由得又想起了剛才的那一幕。

今天傍晚蕭太后和韓德讓商量完政事後，已經是夜幕降臨了，她準備留下韓德讓，在宮中共進晚餐。

「德讓，還是在宮裡吃完再走吧！」

韓德讓看著蕭太后那蘊含著無限情愫的眼睛，深感無法拒絕，終於動搖了，只好柔聲道：

「好，燕燕，我在這兒吃完就回家好嗎？」

蕭太后見韓德讓答應在這兒吃飯，馬上情緒又好了起來。兩人吃過了晚飯。

蕭太后見天色已晚，就有心留下韓德讓在宮中過夜。

一聽蕭太后留宿，韓德讓略顯遲疑，囁嚅道：「燕燕，今天晚上不合適，還是改日吧！」

蕭太后此時興致正高，忽聽得韓德讓托言推辭，沸騰的熱情一下子冷卻下來。

她睜大了眼睛，不解地問道：「怎麼，你是想回家陪你那個李鳳吧，你看看我。」說著，蕭太后伸手撕開長裙的前襟，露出一片白胦如脂的酥胸，帶著哭腔道：「德讓，你看看我，有哪一點比不上你妻子李鳳？」

韓德讓看著蕭太后，那白如凝脂的酥胸在紅紅的燭光映照下，顯得更加撩人，那火辣辣的眼光直直地盯視著他。

韓德讓何嘗不想留下來？但是他避開了蕭太后那企盼的目光，沉默了片刻，赧然把領子掀開，把袖子擼了上去。

蕭綽對韓德讓的這一舉動頗感詫異，定睛一看，只見韓德讓的脖子上、手臂上到處都是抓傷、咬傷的痕跡，不禁駭然。蕭綽撫摸著韓德讓身上的傷痕，柔聲問道：

「這是誰抓的，誰咬的？」

韓德讓苦笑道：「還能有誰？還不是因爲有兩天我沒有回家睡覺，後來宮中就傳出了消息，也不知怎麼讓她知道了，回家後就跟我大吵大鬧，結果抓得我滿身是傷。還好，沒有抓破我的臉，讓我還能見人。」

「是李鳳？是你那個嬌弱的愛妻抓的？」蕭太后簡直不敢相信，那個柔弱的女人怎麼下得了這麼狠的手？

她略微停頓了一下，接著又說：「對了，你剛才說，是從宮中傳出來的這個消息，誰還敢有這麼大的膽子？前年，乃萬石出去把宮中事胡言亂語傳出去，我就已經懲罰他了，現在又有人胡言亂語，我查出來，非得拔掉他的舌頭不可。」

韓德讓看著蕭太后道：「燕燕，別搞得滿城風雨好不好？還是讓我回家去吧。如果這件事眞的傳揚出去，我倒沒有什麼，只怕對你不利呀。」

蕭太后聽了此言，無奈之下只好鬆開了雙手。

韓德讓帶著蕭太后的依戀走出了寢宮。

蕭太后看著韓德讓離去的背影，不由得失聲痛哭起來。看著自己親愛的戀人，卻不能廝守在一起，這是多麼痛苦的事情。

蕭太后越想心裡越氣憤。李鳳這個女人，眞是太不知好歹了，遼國太后的情人，她還敢吃醋？本來，我不想把你的丈夫奪走，如今你先不仁，那可就別怪我不義了。

但是，蕭綽又不想明目張膽地把李鳳除掉。她決定找個機會，不留一點痕跡地除掉她。這樣，韓德讓才會眞正屬於自己。

主意已定，蕭綽便派人暗中隨時盯著李鳳的動向，好找一個合適的機會下手。

一天，韓德讓正在書房裡看書，忽然一個僕人來報，說夫人李鳳腹痛難忍，看來是得了急病。

韓德讓大驚，雖說李鳳不是他最愛的，但她畢竟是自己的結髮妻子，感情還是有的。他馬上命令僕人，速去請太醫來府上治療。

這時，李鳳得病之事早已有人飛稟蕭太后。蕭太后想，這眞是一個千載難逢的好機會，心知韓德讓肯定會請太醫前去診治，於是布置人把經常爲韓府診治的太醫買通。

當太醫來到韓德讓的府邸，給李鳳診完脈後，太醫的眉頭緊鎖起來。

「怎麼樣？」韓德讓著急地問。

太醫沉吟半晌，道：「夫人之病，已不是一日兩日，病已深入骨髓，積重難返，恐難醫治。」

韓德讓見最有名的太醫都如此說法，不由大驚：「那沒有救了嗎？」

老太醫搖了搖頭：「不太好說，我是無能爲力了。」

韓德讓急得不知如何是好。

正在這時，府門外傳來一陣吆喝聲：「閻王敵，閻王敵，天下疑難我能治……」

老太醫聽了眼睛一亮：「夫人有救了！」

韓德讓奇怪地問：「怎麼有救了？」

老太醫說：「外面之人，是在我大遼及大宋兩國都極有名的神醫——閻王敵。無論什麼疑難雜症，一到他的手中都是藥到病除。因爲被他醫好的病人無數，因此人送外號『閻王敵』，就是說，閻王在他面前，也要甘拜下風，而他的眞名倒很少有人知道。」

韓德讓半信半疑：「他眞的有這麼大的本事？」

老太醫點點頭：「夫人此病，非他不能醫治。他確實是一位神醫。」

韓德讓聞言大喜，急忙親自趕到府門前，找尋這位神醫。只見在府門外東側，正走著一位手持虎撐、搖著鈴鐺的行醫郎中。韓德讓趨前輕呼一聲：「先生，請留步。」

這位郎中停下了腳步，沒有回頭，慢聲道：「可是家中有病人？」

韓德讓忙道：「正是，正是，特請先生前去診治。」

這個郎中慢慢地回轉身來。

韓德讓仔細一看，只見這個號稱「閻王敵」的神醫，有六十歲左右年紀，確有一股仙風道骨的氣派，雪白的長鬚飄拂在胸前，滿面紅光。韓德讓馬上就對他產生了信任。

韓德讓把「閻王敵」領進家門，來到了李鳳的病榻前。

「閻王敵」從藥包內拿出一段三尺長的絲線。韓德讓正感詫異之時，只見他把絲線交給韓德讓道：「請大人把絲線一頭繫在尊夫人的右腕上。」韓德讓不知絲線有何用處，但看著這個神秘的郎中，也沒有多問，就照辦了。

「閻王敵」見線已繫好，便坐在了丫環爲他準備好的圓凳上，距李鳳有二尺遠，拿起絲線的另一頭。韓德讓用詢問的眼光，看了看身邊的老太醫。

老太醫驚喜地看著這一切，低聲道：「韓大人，今天我總算是開了眼界，這就是失傳已久的懸絲診脈法，就是醫生可以不直接診脈，而只用一根絲線繫在病人的腕上，醫生捏著另一頭，不管隔多遠，都可以爲病人診脈治療。我早聽說過，今天才有幸看到，眞是三生有幸。」

韓德讓也驚奇地看著這神奇的一切，不知不覺間，他已經對這個「閻王敵」的醫術信服了。

良久，「閻王敵」放開絲線，告訴韓德讓解開另一頭。韓德讓解下絲線，用急切的眼神望著這位神醫。

神醫「閻王敵」皺緊眉頭，搖了搖頭，不發一言。

韓德讓見狀，急忙問道：「請問老先生，內人的病能否醫治？」

「閻王敵」道：「尊夫人之病是陰陽不調，機理不諧，鬱積滯怠，早已經不是一日兩日，現在是病入骨髓。」

韓德讓見「閻王敵」說得與老太醫一點不差，急忙問道：「那還有沒有救？」

「閻王敵」笑道：「這種病，如果碰到其他的醫生，那是肯定沒救了。不過，夫人有幸，遇到了老夫……」

韓德讓喜道：「老先生，您的意思是，內人的病還有救？」

「閻王敵」得意道：「不錯，也是老夫與你們有緣，我新近剛剛煉出了能根治這一頑症的藥丸，不過……」

「不過什麼？老先生放心，我一定會付給您優厚的診金的。」韓德讓焦急地說道。

「閻王敵」一笑，搖了搖頭道：「大人，我不是那個意思。」

「那……」韓德讓疑惑不解地問。

「閻王敵」說：「我的意思是，這一服藥不能馬上吃。因爲男乾女坤，坤屬陰，尊夫人是女人，不能白天服用，而最好要等到晚上。如果想藥效最好，那就只有深夜子時，這時陰氣最盛，陰陰生陽，則尊夫人能起死回生。」

韓德讓聽後大喜：「我一定遵先生囑咐，子夜時分給夫人餵藥。」

「閻王敵」說：「好，既然大人如此信任老夫，老夫就把藥贈予大人。」

說著，「閻王敵」把手伸進內衣，摸了半天，掏出一隻精致的檀木盒，小心翼翼地打開盒蓋。只見在金絲絨的襯托下，盒內裝有兩隻大如鳥卵的赤紅色藥丸。「閻王敵」用手輕輕拈起一粒，遞給韓德讓。

韓德讓急忙用衣襟擦了擦手，小心地接了過來。

「閻王敵」又說：「大人，尊夫人之病，有此一粒足矣，別忘了子夜時分用涼水呑服。」

韓德讓感激地點了點頭，急忙招呼侍從：「快，給老先生奉上百兩黃金。」

「閻王敵」一擺手道：「大人不必客氣。此藥極其珍貴，非百兩黃金可以購得，只因老夫與尊夫人有緣，適逢其會，不談酬勞。」說完，飄飄然出府而去。韓德讓送出府外，看著「閻王敵」離去的背影，暗道：「今日眞是遇上活神仙了。」

老太醫見狀，也拱手告辭了。

子夜時分，韓德讓仔細地服侍李鳳服下了這粒丸藥。李鳳看著床前衣不解帶服侍她的韓德讓，不覺流露出愧疚之情，眼角沁出了淚花，用力說道：「德讓，你對我眞好！」

韓德讓搖搖頭，溫和地衝李鳳笑一笑。正要說話。

突然，李鳳全身一陣抽搐，臉色變得越加恐怖，指著韓德讓：「你、你……」隨後，口鼻流出紫紅的污血，雙眼圓睜，一動不動了。

韓德讓心知有異，急忙把手探近李鳳鼻邊，竟沒有呼吸，又摸了摸脈搏，也沒有搏動。韓德讓才知，李鳳服藥後已經暴死。

韓德讓立刻命侍衛會同上京警巡使衙門，在全城搜捕「閻王敵」，竟蹤影皆無。他又派人到老太醫家，發現老太醫已暴疾身亡。

韓德讓此時才知，自己是落入了一個極大的陰謀之中。他靜下心來仔細一想，忽然之間，彷彿悟出了什麼。他隱隱地感覺到，這一定是蕭太后所爲。

他停止了追究。

蕭太后終於戰勝了情敵，如願以償地得到了韓德讓。

從此，蕭太后與韓德讓開始形影不離地在一起。韓德讓出入蕭太后的寢宮就如入無人之境一般。兩人像夫妻一樣一起生活，出同車、食同席、夜同衾，不避人前人後。蕭太后還讓身爲皇帝的長子耶律隆緒尊稱韓德讓爲叔父。

這一消息傳揚開來，契丹貴族大臣和漢族大臣們議論紛紛。雖然說契丹族有寡婦再醮的傳統，但是，蕭太后貴爲太后，況且，再醮的物件竟然是漢族大臣，這尤其讓契丹貴族忌恨。他們看到一個漢族大臣能得到太后如此寵愛，氣就不打一處來。漢族大臣們雖然口頭上也議論韓德讓違背了綱常倫理，破壞了君臣之大防，充當太后面首，但內心裡仍爲漢人能得到太后的如此賞識而感到高興。

雖然國內紛紛擾擾，但由於蕭太后、韓德讓等人牢牢控制著局勢，所以並沒有釀成什麼動亂。

但這一新聞，一時之間在遼國境內傳播得沸沸揚揚。在城市、在鄉村、在草原上，大遼國的子民們都在談論著這件事。

運籌帷幄

40

蕭太后與韓德讓偷情之事傳到開封（屬河南），欲報一箭之仇的趙光義自以爲找到了機會。面對大兵壓境，蕭太后指揮若定，力排眾議，與耶律隆緒一同親征前線。

消息很快傳到了大宋屯兵在三交（山西太原市北）的大將賀懷浦和他的兒子雄州（河北雄縣）知州賀令圖的耳中。

九八六年（雍熙三年）二月，雄州知州官衙內。

一天，賀懷浦和賀令圖父子倆正在後堂內閒坐，商議邊關軍情。

忽然，軍兵來報：「大人，有一個叫劉利隆的人要來見您。」

賀令圖聽後眼睛一亮，忙招手道：「快，快讓他進來。」

然後，賀令圖轉過頭來，對賀懷浦得意地說：「父親，咱們剛才還犯愁沒有什麼情況向皇上報告，這是我派到遼國境內的眼線，這不馬上就有東西向皇上報告了嗎？」

這時，從外邊進來了一個瘦小精悍的漢子，一見賀令圖就趕緊拱手施禮。

賀令圖擺擺手道：「不用了，免禮。」

劉利隆又向賀懷浦說：「見過賀老太爺。」

賀懷浦看著這個貌不出眾的漢子，不相信他有那麼大的能耐，頗感興趣地問道：「聽說你本事很大呀！」

消息。」

劉利隆見賀懷浦如此一問，馬上得意地笑道：「賀大人，賀老太爺，這次我又帶回了一個新

賀懷浦和賀令圖父子聞言驚喜地問：「什麼好消息？說出來聽一聽。」

劉利隆嘿嘿一樂：「賀大人，這個……」說著，他伸出了一隻手。

賀令圖不耐煩了：「快說，我不會虧待你的，只要消息有用就行。」

劉利隆見賀令圖的臉色不對了，忙收斂起賣弄的表情，一本正經地說：「大人，我聽到一個重要消息，現在遼國上下沸沸揚揚，傳播得到處都是。」

賀令圖怒道：「遼國都傳得盡人皆知，那還會是什麼好消息？不要耍弄我們了。」

劉利隆忙道：「大人別生氣，聽我說完，現在大遼皇帝年幼，太后攝政。」

賀令圖乾笑道：「這是什麼消息？幾年前我們就知道了，說這些有什麼用？」

劉利隆繼續說：「大人，別著急，下面就是您不知道的了。這個蕭太后呀，年輕喪夫，耐不住寂寞，竟然和現在遼國南院樞密使韓德讓私通起來。聽說爲了能和韓德讓私通，蕭太后竟然害死了韓德讓的妻子。這件事在遼國影響很大，許多貴族親王不滿蕭太后寵幸漢人，紛紛想要謀反，國內一片動盪。賀大人、老太爺，你們看這個消息怎麼樣？」說完，他得意地看著賀令圖和賀懷浦。

賀令圖和賀懷浦聞之大喜。賀令圖對僕人高叫道：「快，快給劉先生倒茶，準備酒宴！」

很快，一份奏章擺在了宋太宗趙光義的御案上。趙光義拿過來看了一遍，上面寫著：「契丹

主少，母后專政，寵幸用事，請乘其釁以取燕薊。」好，眞是個好機會！趙光義心想：自從那次兵伐幽燕失利以後，就一直耿耿於懷，雖然遼軍多次南下都被打敗，但對於幽雲十六州還是念念不忘，想取之而後快。現在，機會終於來了。這個蕭太后，眞是淫蕩得可以了，丈夫剛死幾年，就又找了男人。不過契丹人也眞是奇怪，太后跟人私通，竟然只是議論，要在中原，恐怕就更複雜些。唉，管這些事幹什麼，契丹人的風俗干我們漢人什麼事？只要他們遼國人心大亂，就是我進軍幽燕的好時機。

趙光義向北方望去，一個宏偉的北伐計劃正慢慢地在他心中成熟起來。

時隔數日，講武殿。

趙光義下詔，出師再伐幽燕。

以天平軍節度使曹彬爲幽州道行營前軍馬步水陸都部署，河陽三城節度使崔彥進爲副帥；另從雄州出兵一部，由侍衛步軍都指揮使、靖難軍節度使米信爲西北道都部署，沙州觀察使杜彥圭爲副帥。派遣侍衛步軍都指揮使、靖難軍節度使田重進爲定州路都部署，從飛狐口向幽州進軍。

爲了保證此次出師能大獲全勝，趙光義思前想後，覺得要再派一支奇兵從雁門關出發，襲擊朔州和遼國的西京大同，以策應東路和中路大軍，直下幽州，做到萬無一失。於是，趙光義下令，以檢校太師、忠武軍節度使潘美爲雲、應、朔三州都部署，雲州觀察使楊業爲副帥，兵出雁門。

自從蕭太后攝政以後，她便一直爲國內混亂的政治形勢所困擾，並致力於穩定國內統治。與此同時，她對南方正虎視眈眈的趙光義並沒有掉以輕心。在她攝政之初就派南院大王勃古哲負責山西對宋的防務，北院大王耶律休哥爲南面行軍都統，另派蕭道寧率軍駐守南京，負責對宋的防務。

蕭太后明白，雖然這幾年，宋遼也有過頻繁的交戰，雙方互有勝負，但早晚還會有一次大的決戰。另外，幽雲十六州一直是令趙宋不肯放棄的一塊肥肉，必欲得之而後快。再則，遼國新君即位，趙宋一直沒有動靜，這在蕭太后看來並非好事。她隱約地感到，趙宋一定會有一場大的行動正在策劃中。因而，她一直在靜心地等待著這場大戰的爆發。

四月十七日，耶律休哥派人送來急報，說昨天宋將曹彬率十萬大軍渡過拒馬河，前鋒李繼隆已攻克岐溝關和固安，田重進從飛狐口正大舉進軍。

蕭太后見到報告，長出了一口氣，這場該來的戰爭終於爆發了。

於是，蕭太后緊急召集韓德讓、耶律斜軫和各位親王、將軍、大臣上殿議事。

眾大人聽得宋軍來犯，反應不一，有的面帶驚慌，有的心情振奮。

蕭太后看著眾人道：「有人以爲，此次宋軍前來，我大遼就會遭滅頂之災嗎？不，他們錯了，現在，耶律斜軫、耶律抹只和蕭闥覽三位將軍東征女直（即女眞族，滿族人的祖先）勝利歸來，正軍心大振、民心大振。上個月，西夏黨項族首領李繼遷也叛宋來降，這樣我們大遼的西南側翼就消除了隱患，同時又增加了一支生力軍。我們只要頂住宋軍的進攻，東征女直的軍隊再撤回來，這場戰爭我們就一定會打贏的。」

眾人聽了蕭太后這一番解釋，臉上緊張的表情逐漸平緩輕鬆下來。

蕭太后見大家情緒穩定下來，便開始部署。

「宣徽使耶律蒲領！」

「臣在。」耶律蒲領跨步上前。

「朕命你即刻起程，奔赴南京，協同耶律休哥共同防守南京。」

「這個……」耶律蒲領遲疑道。

蕭太后忙道：「我已經派信使飛赴各州縣，命令各地節度使迅速帶本部軍兵開赴南京，增兵援助耶律休哥，同時還命令東京留守耶律抹只派大軍從遼陽府直接西進，增兵南京。請耶律大人先去，不用擔心。」

耶律蒲領才慨然領命。

耶律斜軫見太后正向自己看來，忙出班奏道：「太后，臣願領兵上陣殺敵。」

蕭太后見耶律斜軫能夠如此領會自己的意思，不覺喜上眉梢，指著耶律斜軫道：「大家看看，只要大家都能像耶律樞密使這樣主動請纓，上陣殺敵，那打敗宋軍就只是指日可待的事情。」蕭太后的一番話，說得在場的眾大臣都低下了頭。

蕭太后見這番話取得了效果，便不再多說，話鋒一轉對耶律斜軫道：「耶律大人，朕命你為山西兵馬都統，率十萬大軍進抵西京（山西大同），獨當一面，負責迎戰自雁門關北上的潘美、楊業部隊。記住，一定要擊敗他們，否則他們從側翼向南京進攻，則幽雲不保，明白嗎！」

「末將遵旨！」

最後，蕭太后道：「爲了保證此次大戰勝利，朕將與皇上偕政事令、南院樞密使韓德讓大人親赴南京前線督戰，與眾位大臣將軍一同前往。」

眾大臣聞聽此言，不禁一齊向韓德讓看去。韓德讓感覺到大家異樣的目光，臉都紅了。

蕭太后厲聲喝道：「大家有什麼意見？」

有大臣道：「皇上年幼，不可在沙場歷險，還是留在上京，以備不測。」

蕭太后搖頭道：「遼國歷代皇帝皆以鞍馬爲家，先帝以病體尚且能趨前親征，我這個女流之輩也尚能親征，何況已十六歲的皇上？日後皇上還要執掌遼國大政，豈能不習鞍馬、軍國之旅？」

眾大臣聞言，皆啞口不語。

於是，蕭太后親率大軍，赴南京抵禦宋軍進攻。

四月二十三日，蕭太后一行人已經到達南京。耶律休哥請太后進南京城督軍作戰。

蕭太后看著他道：「朕今日領軍來到，並不想舒舒服服地遙控指揮，而是要親領軍隊在前線衝鋒陷陣。難道你一個男子，還不如我女流之輩嗎？」

蕭太后的一番話，說得耶律休哥面紅耳赤。他以前就知道蕭太后的果斷、雷厲風行，今天，又不得不重新審視這個掌握朝權的太后。在他眼中，蕭太后更像一位英勇善戰的大將軍。耶律休哥連忙恭敬地施禮道：「太后，是末將無知了，請太后督軍前往前線。」

韓德讓也看著蕭太后，他覺得燕燕在他的心目中更加高大了。

一天以後，蕭太后帶著韓德讓和小皇帝耶律隆緒到達涿州東北方向的駝羅口。此時，涿州已經被曹彬的大軍攻克。遼軍齊集於涿州以北，阻攔曹彬大軍繼續北進，但士氣低落。當他們看到皇太后蕭綽帶著大軍前來時，才群情振奮，軍心激越，又樹立了防守的信心。

蕭太后走進軍兵為她搭建的大帳，馬上就召集韓德讓、耶律休哥、耶律蒲領等人進行防禦宋軍北犯的軍事部署。蕭太后為了讓耶律隆緒能從小經受這種指揮部署作戰的場面，把他也留在了大帳內。

耶律蒲領迅速把前線的戰況向蕭太后作了彙報，蕭太后看著眼前的地圖，沉思了一會兒，然後慢聲說道：

「宋軍這十幾天就連下數城，如此快速的進攻，軍隊本身所帶輜重不會太多。」

耶律休哥聽到這裡，忽然眼睛一亮，站起來道：「太后，我知道了，曹彬的軍隊現在一定是依靠後方的輜重來維持。我馬上派人把宋軍的糧道截斷，這樣，曹彬的軍隊必然會人心大亂，那我們就有機可乘了。我馬上就派人去。」

韓德讓指著地圖，憂慮道：「我們雖然可以截斷東路軍糧道，阻其進軍。但我軍面前最主要的敵人是田重進從飛狐口和潘美、楊業從雁門關的進軍，以我們目前在南京的兵力，不足以來擊退他們，你說該怎麼辦？」

耶律蒲領忙道：「太后、樞密使大人，剛剛接到東京留守耶律抹只來報，東京守軍已經悉數發往南京，即日可到。此外，東征高麗的大軍，我也派專使前去徵召，估計不日即可到來。請放心，這樣我們就可與宋軍放手一搏。」

突然，韓德讓指著地圖上的一處，拍著腦袋恍然大悟道：「啊呀，太后、皇上，糟糕，我怎麼就忘了這裡？」

眾人大驚，忙趨上前去，只見韓德讓指著平州南面那一片平坦的海灘（河北秦皇島一帶）。

蕭綽驚叫道：「什麼，你說這裡？」

「對。如果宋軍以船渡海從這裡登陸，再向南京西進，那麼，我們的這些部署不僅全部白費，就是南京也危在旦夕。我大軍也有被圍殲的危險。」

蕭綽聽了韓德讓的分析，不覺出了一身冷汗，頹然地坐在了椅子上，無力地說道：「這可怎麼辦？」說著，她望著韓德讓，似乎把希望都寄託在他的身上。蕭太后雖是女中豪傑，但她畢竟是女人，是水，是月亮。這些天，她心力交瘁，太疲憊了，本來還以爲萬無一失，現在卻出了這麼大的漏洞，怎不讓她心驚？她眞的已經是殫精竭慮，不知該如何才好。

耶律隆緒看到蕭太后跌坐在椅子上，大驚：「母后，母后，你怎麼了？」

蕭太后無力地擺擺手道：「沒什麼，我有點累了。」

韓德讓看著疲憊不堪的蕭太后，內心隱隱作痛。這些天眞把她累壞了，作爲一個女人，她本來不應該涉足前線，可身爲皇太后，她卻又不能不出現在這裡，眞是難爲她了。於是，他緩聲說道：「太后，我這也只是假設，有備無患。我看，可以派正在向南京進發的林牙耶律勤德帶所部軍隊轉向平州海岸，防備宋軍從海上偷襲。」

蕭太后聽到韓德讓如此布置，神情一振，但仍不放心地問：「那萬一趕不及？」

韓德讓稍微思索了一下，毅然道：「我們可以同時命令平州節度使迪里姑帶兵先去戍守海岸，怎麼樣？」

蕭太后心情大振，又站了起來，高聲道：「好，這樣安排就十分周密了。」

夜色深沉，遼軍士兵的帳篷早已沒有了燭光。士兵們進入了沉沉的夢鄉。除了巡邏士兵以外，整個遼軍大營只有蕭太后的行帳內的燭火徹夜通明。

41

蕭太后的絕糧計，讓曹彬不得不退回雄州（河北雄縣），但搶功心切的他萬萬沒想到，他的軍隊已成爲蕭太后俎上的魚肉。

涿州（屬河北）城內。

曹彬正指著丟掉押送糧草逃回涿州的將官大聲喝罵。

自從宋軍渡過拒馬河，可以說進軍神速，連克固安、新城、岐溝關和涿州等地，迫使遼軍紛紛敗退。本來以爲南京指日可下，可自己卻忽略了最不應該忽略的糧草輜重問題，前軍進展迅速，糧草沒有及時運到，這顯然是自己的失職呀。曹彬想到這裡，用拳狠擊自己的腦袋。沒有糧草，軍心就要大亂。如此還想拿下南京，全身而退，將是何等艱難！現在軍中只有十餘日的糧草了，吃完了該怎麼辦呢？

本來遼軍已鬥志皆無，可是，聽說那個與漢臣私通的什麼承天皇太后親來督戰，士氣又明顯地高漲起來。這幾日，連續有遼軍的精銳騎兵騷擾我軍駐地，搞得我大軍精神緊張，疲憊不堪。看來，這個皇太后一定是個不簡單的女人。曹彬重重地嘆了一口氣。

蕭太后剛平靜下來的心，現在又懸了起來。

接連幾日的戰報，給蕭太后帶來的都是不好的消息，雖然宋軍正面進攻的勢頭已被扼止住，兩軍目前處於僵持狀態，可以略感安慰，但是，中路和西路宋軍進攻卻勢如破竹，難以阻擋。

四月二十六日，冀州（河北冀縣）防禦使大鵬翼、康州（屬河北）刺史馬贇和馬軍指揮使何萬通被宋將田重進俘獲，遼軍大敗。西南方向，在宋軍潘美、楊業的進軍下，震州、朔州（山西朔縣）守將也都舉城投降。應州（山西應縣）被攻陷，雲州危在旦夕。

唉，難道我大遼眞的氣數已盡了嗎？

蕭太后憂慮重重地坐了下來，不相信地反問自己。

「好消息，好消息！」一名侍衛衝進大帳喊道。

原來，耶律休哥突然派人來報，說各部援軍已經按預定計劃準時到達檀州（北京密雲）、撫州（北京順義）以北山區。

蕭太后這才鬆了一口氣，心中的愁結舒展了許多。她知道，這是她取得這場戰爭勝利最可靠、也是最後的殺手鐧了。

「這邊可保，山後諸州該怎麼辦呢？」蕭太后兩眼盯著韓德讓。

韓德讓見狀忙道：「太后，既然我們援軍已到，現在是以逸待勞，實力勝於宋軍，因而，我們可以分兵一部，援助耶律斜軫將軍來抵禦宋軍進攻，而且也可以減輕我們在側後的壓力，你看怎麼樣？」

蕭綽沉思良久，點了點頭道：「這樣也好，那你看派哪支軍隊爲妙？」

韓德讓把弄著手中的佩刀，說：「我看就派耶律抹只、謀魯姑去吧。這幾年他們一直跟耶律斜軫征戰，彼此配合默契。另外，戍守平州海岸的林牙耶律勤德部隊，我看也不必要了，把他們這支部隊也派到西線。這樣，阻住宋軍進軍的速度，我們就可以騰出手來，毫不猶豫地把我們面前的曹彬大軍吃掉。」

雄州的曹彬將軍大帳。

眾將手中傳著剛剛送來的有關田重進部隊和潘美、楊業部隊的戰報，一個個嘖嘖有聲，滿臉是羨慕的神色。

曹彬神情落寞地聽著眾將的議論，心裡想：田重進和潘美，昔日都是我手下的部將，今天他們的戰功如此……眞讓我嫉妒。

這時，李繼隆湊上前來，對曹彬揮動著手中的戰報，悄聲道：「大帥，你看怎麼樣？」

曹彬貶一下眼皮，看了一眼李繼隆，沒好氣地瞪了他一眼道：「他們打他們的，我看有什麼用處？」

李繼隆忙道：「曹大帥，你看他們都在進軍，是不是咱們也進軍？要不然，過幾天山後諸軍包圍幽州（南京城），幽州就會被他們奪取，咱們可就什麼都得不到了。」

曹彬看著李繼隆，又看了看滿眼企望的兵將。這時，崔彥進也上前道：「是呀，曹大帥，現在大家打了這麼多仗，到時候搶不上功勞，不是都白忙活了嗎？」

眾將見狀也都紛紛道：「是呀，曹大帥，咱們也別在後面總是看著別人吃肥肉，再等下去，我們怕是連湯都喝不上了。曹大帥，咱們也進軍吧，看他們勝仗接連不斷，我們手也開始發癢了。」

曹彬看著一個個迫不及待的眾將，不耐煩道：「我何嘗不想進軍，何嘗不想打勝仗？但皇上命令我們在雄州（河北雄縣）、霸州（河北霸縣）屯兵，以逸待勞，等潘美和田重進他們平定山後，我們大軍再與米信軍北進，和他們會合，圍攻幽州。聖上的旨意，我怎能違背呢？」

眾將一聽曹彬抬出了聖旨，都不作聲了。

李繼隆低頭想了半天，眼珠一轉道：「大帥，若是田重進、潘美他們大軍進抵幽州城下，咱們再進軍，是不是就會貽誤戰機呀？聖上常說，『爲將者，應隨機處置，才能克敵制勝』，況且咱們北進，還可以給他們兩路軍隊減輕壓力。大帥，總之，咱們進軍，聖上只會高興，不會責備的。」

「如果是這樣……」曹彬沉吟道，又抬起頭，看著眾將們一個個摩拳擦掌、急不可耐的樣子，點點頭說，「好，就聽眾位將軍的，大軍即日出發。」

眾將接令，紛紛衝出大帳，各回所部準備去了。

曹彬走出帳門，看著四散而去的眾將，又看了看烏雲密布的天空，忽聽「哢嚓」一個響雷，遠處亮了一道閃電。他不由得自言自語道：「這次出兵到底對不對呢？」

從雄州到涿州這短短的一段路，對於第二次途經這裡的曹彬及其士兵來說，簡直就是通向地獄之路。

仲夏時節。天氣悶熱異常，連日裡赤日炎炎，萬里無雲，可今天看樣子要下一場雷陣雨，宋軍士兵一個個累得疲憊不堪，渾身濕汗淋淋，在路上慢慢行進。

午飯時分，曹彬命令軍兵們在道邊暫時休息吃乾糧。

這時，前面有人高呼：「遼軍騎兵又來了。」

正在吃飯的宋軍官兵驚慌地站起來，一個個拿刀持槍，準備抵抗。

還未等他們穩過神來，衝過來的遼兵已如一陣旋風般掃了過去，留下來的只是一具具屍體和缺胳膊少腿的宋軍傷員。

曹彬看著狼藉不堪的戰場，驚恐不已，恨恨道：「這些遼兵，來無影，去無蹤，偏偏趕上我們吃飯休息時來騷擾我們，眞像是甩不掉的鬼魂。」

爲了防備遼軍騎兵的再次突襲，無奈之下，曹彬只好命令軍士們結成牢牢的方陣，並在方陣兩邊挖掘深壕，來阻擋遼兵。

剛才天空上那片烏雲沒掉幾個雨點兒就飄到了遠處，又露出了炎炎烈日。軍兵們口乾舌燥，沿途的井泉又被遼軍施以毒藥，無法飲用，整個大軍就在日烤口渴的煎熬下，每隔一段挖著壕溝向著涿州挺進。

直到第五天，人困馬乏的宋軍才挪到了涿州，但士兵們已經疲憊不堪，帶來的口糧也要吃光了。

此時，蕭太后坐陣在駝羅口等待宋軍，準備迎戰曹彬。

當蕭太后得知曹彬又率大軍北進時，就命令耶律休哥派出遼軍精幹騎兵沿途騷擾宋軍，並破壞其水源，使宋軍時刻處於死亡和乾渴的危機之中。

的陣勢。蕭太后獲悉疲憊不堪的宋軍到達涿州，立即率援軍各部向前逼近，擺出一副欲與之決一死戰

六月十一日，帶兵北上的曹彬看著極度勞頓的眾將，心知已無力再戰，再加上糧草盡無，決定再次引兵南退。

夜半時分，涿州的南城門突然打開。宋軍士兵聞聽大軍要未戰而撤，一個個驚慌失措，彷彿又要大難臨頭，亂哄哄往外猛擠，踩死了許多人。曹彬及眾將大聲喝斥也阻擋不了士兵們潰逃的浪潮。一出涿州，就成一盤散沙，向南逃去。

此時，遼軍的蕭太后行帳內燈火通明，耶律休哥、韓德讓、耶律蒲領等人正和太后蕭綽在研究軍情。

忽聽得從南面傳來人喊馬叫。蕭太后驚道：「難道宋軍半夜行動，想要突襲我們？」

蒲領道：「不會吧。曹彬的大軍這些天來，不是被我們騷擾，就是投毒，不渴死，也得累死了，他們哪還會有精神來偷襲？」

韓德讓道：「太后，肯定不是偷襲。要是偷襲，宋軍怎麼會弄出這麼大的動靜呢？」

正在議論之間，忽然外面軍兵來報：「報告太后，各位將軍，曹彬率軍從涿州倉皇南逃，請太后、各位將軍定奪。」

「什麼？曹彬南逃？」眾人聞聽，簡直不敢相信自己的耳朵。

耶律休哥忙問：「太后，曹彬終於撐不下去了，我們怎麼辦？」

蕭太后果斷地說道：「宋軍已叫我們拖得筋疲力盡，糧草又叫我們派出的騎兵給燒了，曹彬一定自知支援不了多長時間，就儘快退兵了。現在，宋軍一定是人心渙散，無心戀戰，我們立刻派大軍尾追。遼軍大勝，在此一舉！」

「耶律休哥。」

「臣在。」

「由你速帶前軍去追趕，我和樞密使韓大人隨後就到，馬上追擊宋軍。記住，力爭全殲。」

耶律休哥高興地應道：「太后、皇上，各位大人，你們就看我的吧，我定要叫宋軍死無葬身之地。」隨後，耶律休哥轉身出了大帳。

遼軍大營內就響起了「哞哞」的牛角號聲、兵刃武器的碰撞聲和馬匹的嘶鳴聲。轉瞬之間，一隊騎兵漸漸遠去。

蕭太后看著眾將道：「咱們也馬上收拾一下，準備出發。」

其他人都走出了大帳。韓德讓看著這些天日漸消瘦的蕭太后，關切地說道：「燕燕，這幾天你可累瘦了，還是歇一歇吧。」

蕭太后剛才臉上的疲倦之色一下散盡。她滿臉喜色道：「德讓，我怎麼會累呢？等了這麼多天，等的不就是這一天嗎？倒是你，這些天為了幫我籌劃軍事，又消瘦了。」

第二天，遼軍全軍拔營，向南追去。

當蕭太后、韓德讓帶著後軍趕到岐溝關時，只見滿地都是宋軍遺留下來的兵器儀仗、旗鼓器物，以及一具具橫七豎八的士兵屍體，只有少數的遼兵在打掃戰場。

留下負責打掃戰場的將官看到蕭太后及皇上、韓德讓趕到，忙上前報告了剛剛進行完的戰事。

原來，耶律休哥引兵趕到岐溝關北時，正巧趕上宋軍大隊人馬剛進入岐溝關內。曹彬根本就沒有想到，遼軍能以如此快的速度尾追而來，所以沒有布置在關門口防務。岐溝關北門甚至大敞四開，所以能看到宋軍在城內休息、吃飯的身影。

耶律休哥見時機難得，一馬當先，率領遼兵吶喊著如旋風般衝進了城內。

宋軍士兵長途逃竄，本來就已體力耗盡，只想休息，突然見到遼兵殺來，根本就沒有抵擋的思想準備，於是抱頭鼠竄，向城南門逃命而去。

遼軍騎著戰馬闖入宋軍營中，猶如砍肉切菜一般，宋軍紛紛倒下，狼狽逃跑的也嚇得丟了魂兒。

曹彬立腳未穩，見遼軍又乘勝追來，知道現在只有逃跑，才是活命的唯一出路，於是曹彬帶著部隊繼續向南逃奔。

耶律休哥衝出城外，沒有休息，帶著越戰越勇的遼兵又追殺下去。

當蕭太后、韓德讓帶著後援部隊趕到拒馬河時，只見耶律休哥正在河邊等候。

原來，在宋軍爭相搶渡拒馬河時，耶律休哥乘勢帶兵掩殺過來。渡河的宋軍此時只恨自己少長了兩條腿，哪裡還有心思阻擋，因而被遼軍一陣屠殺，死亡的宋軍不計其數。

此後，耶律休哥便停止了追擊。因爲拒馬河爲遼宋兩國邊境，渡過拒馬河便進入宋國地界，沒有蕭太后的旨意，耶律休哥不敢貿然行動，只好在河邊等候蕭太后的到來。

見蕭太后趕到，耶律休哥高興地忙上前道：「太后，宋軍已經全線潰退，無力再戰了。」

蕭太后看了看韓德讓。韓德讓搖了搖頭，又點了點頭。蕭太后領悟了韓德讓的意思，問道：「耶律將軍，此戰是否全殲宋軍？」

「沒、沒有。」正在興高采烈的耶律休哥見蕭太后如此發問，不由得低下了頭。

蕭太后怒道：「率軍多年，難道你不知道斬草不除根，必將養虎遺患的道理嗎？」

耶律休哥聽著，臉上的汗直往外冒。

蕭太后看著韓德讓道：「我們馬上渡過拒馬河，率大軍南追。」

耶律休哥遲疑道：「可是、可是宋軍走了那麼遠，恐怕是追不上了吧。」

韓德讓插話道：「曹彬不會跑得太遠。他已經被你追得如同驚弓之鳥，在岐溝關沒有防備，結果吃了你的虧，這次他一定會派人在後面偵察，見你沒有追，便會在渡下一道——沙河（易水）前休整兵馬，埋鍋造飯，休息一下的。我們放馬從側翼去追，一定可以在沙河全殲曹軍的。」

曹彬帶著宋軍一路奔逃到了沙河。當他聽到探報說耶律休哥並沒有派大軍追來時，才長出了一口氣。

這時，宋將崔彥進來報告，說軍兵們兩天沒有吃飯了，餓得頭昏眼花。曹彬看了看身邊那東倒西歪又累又餓的士兵，又摸了摸自己早已餓癟的肚子，毅然道：「命令軍兵趕緊點火做飯，吃飯後休息一下再渡河。雖然探報說沒有追兵，我們也不應該大意。」

於是，沙河邊升起了裊裊的炊煙，剛從死亡線上大難不死逃出來的宋軍士兵又開始有了聲音。

曹彬也開始吃他兩天來的第一頓飯。

正在這時，忽聽遠處傳來一陣急促的滾雷聲音。曹彬抬頭向天上望去，只見萬里無雲。他疑惑地皺起眉頭，數日的征戰使他的聽覺變得遲鈍起來。滾雷聲越來越近了，忽然間他聽清楚了：「不對，是敵軍，立即上馬！」只見東西兩側泛起兩股煙塵，越來越近了，連騎在馬上的面目猙獰的遼兵都可以看得見了，而且可以分辨出西路領軍者竟是一名女將。曹彬暗想，難道這就是令宋軍談虎色變的大遼太后雅雅克（蕭太后）？他來不及多想，遼軍已衝殺過來。

驚魂未定的宋軍看見遼軍又趕來掩殺，急得要哭，紛紛扔下碗筷，連手邊的鎧甲和刀槍都來不及拿，就一窩蜂似的向河裡跑去。

遼軍騎馬向四散奔逃的宋軍追殺過去，只見刀光閃處，宋軍一個個倒了下去，一支支利箭射向河裡的宋軍，一具具屍體倒在河中，慢慢地染紅了平緩的河水。屍體越積越高，但是仍然阻擋不住後續宋軍逃命的步伐。死裡逃生的宋軍踩踏著河水中的死屍，不顧一切，拋棄的戈甲頓時積起了厚厚一層。

這場戰役，宋軍損失慘重，逃到易州的殘兵敗將只有一萬餘人，正準備赴任的幽州知州劉保勛也在亂軍中戰死。

蕭太后解除了大宋東路軍的威脅之後，便命耶律休哥停止追擊，以重兵在遼宋邊境設防，防止宋軍再行北犯。

六月二十日，蕭太后領兵回到了固安城。現在她終於可以騰出手來，對付宋軍西路和中路的進攻部隊了。

爲了感激上天對大遼的保護，蕭太后決定舉行祭天和射鬼箭儀式。

第二天，儀式結束以後，蕭太后和韓德讓向大帳走去。這時，忽然聽到前面傳來一陣吵嚷聲。

蕭太后頗感奇怪，如此戒備森嚴的太后營內竟然吵吵嚷嚷，像個什麼樣子，她大怒道：「什麼事，如此胡鬧？」

幾名軍兵立刻扭送一個十二三歲的漢族孩童走到近前。

原來，這個小孩趁著舉行祭天和射鬼箭儀式時，營帳的防衛疏鬆，跑進來偷食物吃，正巧被士兵發現給抓了起來。

蕭太后仔細地打量了一下這個小娃，見這個孩子污黑的臉上兩隻黑漆漆的眼珠滴溜溜地轉著，一點也不懼怕地和她對視著。

蕭太后也許是一下子就喜歡上了這個小孩，或許也是由於勝利的緣故，總之，她對軍兵喝道：「快放開他！」軍兵們遲疑了一下，鬆開了這個孩子被扭住的胳膊。

蕭太后上前溫和地說道：「小傢伙，餓了嗎？走，跟我到帳中去，我那裡有很多好吃的。」

那小孩抬起頭，眨了眨驚奇的大眼睛，忽然屈身跪倒用契丹語說道：「謝謝太后娘娘。」

蕭太后極爲驚奇：「你怎麼知道我是太后？」

小孩極爲自豪道：「我遠遠地看到你坐在馬上，大家都說你是皇太后，我就記住了。」

蕭太后見他聰明伶俐，又通曉契丹話，心中很是喜歡，就問道：「你父母呢？」

小孩低下頭，過了半天才說：「他們都死了。」

蕭太后默然，遼宋戰爭死傷了這麼多人！戰爭眞的是好殘酷呀。

韓德讓望著蕭太后沉默不語的樣子，知道她在想什麼，便沒有打擾她。好半天，蕭太后回過頭來，對小孩道：「那你願意跟我走，當我身邊的太監嗎？」

小孩也不懂什麼叫太監，就高興地答道：「太后，我願意。」

蕭太后又看了看這個小孩：「那好，聽說宋國趙光義身邊有個貼身親信太監叫王繼恩，今後你也叫『王繼恩』好了。來人呀，帶這個孩子去大帳吃飯，然後給他淨身。」小「王繼恩」興高采烈地跟著來人走了。

六月十七日，東京汴梁。

趙光義得知東路軍曹彬、米信戰敗的消息，驚得半天說不出話來。他知道，這次收復幽燕的計劃又是泡湯了。看來那個臨朝稱制、淫蕩風流的大遼女主蕭太后還眞不是一個好對付的女人。爲了避免全線敗退，無奈之下，他下詔命令曹彬、米信及崔彥進立即領兵回防，即日進京；命令田重進屯兵定州；潘美、楊業返回代州，並遷徙雲、應、寰、朔四州官吏和百姓。

當蕭太后派往西京（山西大同）的援西大軍開拔時，宋軍的西路部隊正在南撤。楊業和兒子楊延昭率著自己的親兵部隊掩護從雲州、應州和朔州三州遷往內地的官吏和漢族百姓南撤內遷，走在從朔州通往雁門關的大路上。

楊業看著眼前跟隨了自己多年的親軍們，又想起了那次令人氣憤的軍事會議。

剛剛接到皇上的要求南撤並遷徙四州吏民的詔令，潘美就召集他去開軍事部署會議。

「楊將軍，這個掩護吏民遷徙的重託就交給你吧。」

楊業已經習慣了把重擔挑在自己肩上，便慨然允諾道：「這個當然，末將願往。」

「那將軍準備走哪條道路呢？」是那個陰陽怪氣的監軍王侁在問。楊業打心底裡不喜歡這個人，可他畢竟是皇上的親信，又不敢得罪。

楊業考慮了一下道：「我看咱們出朔州後，就走近道石碣谷，直趨雁門關，這樣也會安全保險一些。」

「堂堂有名的楊無敵楊將軍怎麼也會如此怯懦怕死？我看這些吏民們還是應該走大道，走小道太慢了，走大道，即使遇上了遼兵，我們的楊無敵將軍，也一定沒什麼問題的。」又是王侁的聲音。

楊業道：「我們奉皇上旨意，是要掩護吏民平安南撤，並不是與敵決戰。現在敵軍耶律斜軫部隊已攻克寰州，兵勢浩大，我軍不宜與敵軍接戰。」

「楊無敵遇到敵軍遲疑不戰，是不是存有什麼異心呀？」這是另一個監軍劉文裕的指問。

楊業急忙說：「如果我們硬要走大路，這不正中了遼軍的下懷嗎？還是請眾位大人三思。」說完，用急切的眼光看著潘美，希望潘美能幫他說一句公道話。但潘美歷來嫉妒楊業爭功，所以一言不發。

大廳陷入了一片沉寂之中。

楊業見狀，心中湧起一股悲憤之情。他看了看沉默不語、各懷心腹事的三人道：「我楊業並不懼怕敵人，只是擔心白白送了士兵們的性命。既然你們說我怕死，那我就死給你們看看。」說完，一甩袍袖，走出大廳。坐著的三人聽了楊業的話，忍不住打了一個寒顫。

想到這裡，楊業抬頭看了看灰暗的天空，不由得仰天長嘆：莫非我這把老骨頭眞的要交代到這裡了嗎？

不久，一份急報擺在了南京城皇宮蕭太后的書案上：八月二十七日，耶律斜軫在朔州陳家谷與楊業所率宋軍發生激戰，全殲宋軍，活捉楊業。

看完這份戰報，蕭太后首先想到的是：終於報了六年前楊業率軍大敗十萬遼軍的一箭之仇。她心裡感到非常暢快，隨即命令耶律斜軫勸降楊業。誰知三天後，耶律斜軫又送來急報，說楊業三日內不吃不喝，絕食而死。

蕭太后一聽，惋惜道：「朕如有此忠勇之士，一生慰矣。」

隨後，蕭太后命耶律斜軫割下楊業首級，詔示三軍，宣告此次決戰取得了勝利。

取士賑民

42

一次行獵，不知是有意還是無意，胡里室竟然將韓德讓撞落馬下，看著韓德讓頭上的傷口，蕭太后目露凶光，等待胡里室的將是什麼樣的命運呢？

西元九八八年（統和六年）四月二十七日。

蕭太后帶著耶律隆緒、韓德讓及文武大臣駕幸南京，再次籌劃南伐宋朝事宜。

幾天來，他們一直在研究這次進軍的計劃、路線和後勤等問題，搞得心神俱疲。

因而，這一天，韓德讓提議出去行獵，得到了耶律隆緒及眾大臣的欣然贊同。於是，大家縱馬出城。

而蕭太后由於勞神過度，身體稍稍不適，便留在了南京城的皇宮裡，準備好好休息一下。

蕭太后疲憊的身體躺在床榻上，感受到了一種似乎從未享受到的舒適和愜意。她閉上了眼睛，努力想靜靜地進入夢鄉。可是，她的思緒又回到了這兩年刀光劍影的征伐之中。

那場慘絕人寰的遼宋大戰結束以後，並沒有給自己的內心造成什麼傷害。相反，那刀血紛飛的慘烈場景卻刺激了自己的征服欲和好鬥心，使那久未寂滅的熱情之火又熊熊地燃燒起來。

記得那年（九八七）十二月二十五日，遼軍開始向南進發。二十七日，遼軍進抵滿城（今屬河北）、望都（今屬河北）、瀛州（河北河間）一線，並向宋軍發起突然進攻。在夏季大戰中遭受慘敗的宋軍，元氣還沒有恢復，又意外地遇上了遼軍的第二次進攻，沒有任何心理準備，脆弱的防線在遼軍的猛烈打擊下不堪一擊。宋軍被迫後撤，遼軍長驅直入宋境。

趙光義接到戰報，深感震驚。於是，他急令定州都部署田重進北進攻取岐溝關，令瀛州兵馬都部署劉廷讓、益津關的李敬源及高陽關都部署楊重進三軍集於君子館（河北河間縣西北），準備與遼軍主力決戰。

但此時的宋軍，已全無鬥志，再加上正值隆冬季節，缺衣少糧，而且手中的武器也不適於冬季作戰，在裝備上與遼軍相比處於劣勢。

正因爲如此，遼將耶律休哥在望都附近很快戰敗了宋軍。同時，遼聖宗耶律隆緒率大軍與宋將劉廷讓、李敬源等部在莫州君子館展開大戰，也擊敗了他們。第二天，還捉住了宋朝皇帝趙光義的皇后的侄子賀令圖及高陽關都部署楊重進等宋國名將。遼軍眞可謂勢如破竹。雖說進攻代州一路的遼軍被宋將張齊賢所擊敗，但那也只是小敗而已。

一想到自己縱馬馳騁、揮刀衝殺時的勇猛颯爽，蕭太后內心裡就湧動著一陣陣難以抑制的熱流。

「是呀，那是多麼愜意而又愉快的事情呀！」

這一回，蕭太后再次興兵南伐，就是要告訴宋國皇帝，大遼國是不好惹的。你大宋接連幾次興兵征伐，現在該讓你們嘗一嘗這種滋味，明白渝盟背信的後果是什麼。蕭太后獨自想著。

可攻宋該派誰爲主帥呢？小皇帝文殊奴（耶律隆緒）這孩子現在是出息了，自從給他納了皇后蕭菩薩哥，他就更像一個大人了，敢上陣衝殺，比他的父親要強得多。但他畢竟還是閱事太淺，不足以獨當一面，還需要多多磨練，增長見識。再說，他是皇上，不能掛任主帥。而向來授以征宋統帥的耶律休哥又在前年的大戰中受了重傷，雖說現已基本痊愈，可也得體諒人家，讓他好好療養。看來，這回只好由德讓親自爲帥征伐宋國了。唉，德讓已經是快五十歲的人，爲了我，還要東征西殺……想到這裡，蕭太后也覺得不忍心。

正當蕭太后要沉沉睡去之時，忽從門外傳來「踢踢踏踏」一陣頗爲急促的腳步聲，把蕭太后從矇矓中驚醒過來，她睜開了眼睛。

這時，只聽殿外傳來了蓮哥的斥問聲：「王繼恩，爲何如此慌張？驚醒了皇太后娘娘可不是好玩的。」

就聽那個剛收在自己身邊的小太監「王繼恩」急促的喘息聲和結結巴巴的話語：「蓮……蓮哥姑娘，政事令韓……韓大人從馬上摔下來了。」

諦聽著門外動靜的蕭太后聞言急忙掀開身上的被子，連鞋都沒顧得上穿就跑到大殿門外，急急喝問道：

「怎麼回事？快說，韓大人怎麼樣了？」

王繼恩還從來沒見過太后如此著急，恨不得把他吃了似的表情，關切地想知道韓大人的情況。他被嚇得愣了半天，才摸著「砰砰」跳動的心口說道：「太后，韓大人在騎馬行獵時，胯下戰馬被胡里室的坐騎撞了一下，馬驚了，把韓大人跌了下來。」

「那現在怎麼樣了？」蕭綽急得眼淚都快要掉下來了。

王繼恩道：「大家都急忙去搶救韓大人，別的情況我不知道了。」

蕭綽氣得直罵：「你眞是個沒用的東西。」轉頭對蓮哥說：「趕快吩咐備馬，隨我一同前去看望韓大人。」

當蕭太后帶著王繼恩和蓮哥騎馬加鞭剛剛衝出南京城北門時，正巧看到前面揚起一片塵土，一騎人馬向城門馳來，眨眼間，已來到近前。

蕭太后一看，正是皇上耶律隆緒出去行獵的那隊人馬。只見實魯里抱著韓德讓馳在最前面，耶律隆緒在旁緊緊護衛著。韓德讓伏在實魯里的背上。雙眼緊閉，臉上的血東一道西一道，甚是恐怖。蕭太后的眼淚不由得流了下來，抱住韓德讓的身體大叫：「德讓、德讓！」

這時，耶律隆緒縱馬上前，歉疚地說道：「母后，兒臣不小心，讓韓叔叔遭此噩難，孩兒有罪！」

還是韓德讓的弟弟韓德成清醒，他大聲道：「太后，皇上，現在不是擔責任的時候，還是先進城，把我大哥救活要緊。」

一句話提醒了夢中人。蕭太后趕緊抱過韓德讓，擔在自己的馬上，一踹馬鐙，胯下的戰馬如離弦之箭一般向城內馳去，眾人緊緊地跟隨著。

蕭太后縱馬跑到自己寢宮門口，抱著韓德讓的身體小心翼翼地下馬，吩咐太監，立刻把所有太醫及南京城中有名的醫生全都召來，帶到皇宮。說完，她才抱著韓德讓走進宮中，把韓德讓放在她的床上。眾臣在門外等候。

很快，太醫及城中名醫都趕到宮中。蕭太后命每位醫生都診治一番。

檢查後，大家互相看了看，全都默不作聲。

蕭太后見醫生們不出一聲，只是坐在那裡，急得發怒道：「你們怎麼都成啞巴了，爲什麼不說話，韓大人的身體到底怎麼樣？」

大家又互相看了一眼，都等著別人先說。

蕭太后見此情景以爲韓德讓危在旦夕，慌忙問道：「難道韓大人……」話未說完，眼淚就奪眶而出。

其中一個老太醫見此情景，自恃平素與太后相熟，就站起道：「太后不用悲傷，據我看來，韓大人身體無恙，只是暫時昏迷，臉上的血也只是碎石砸破臉頰所致，絕無性命之憂。請太后放心，一會兒韓大人就會甦醒。」

蕭太后聽了，彷彿不相信自己的耳朵：「什麼、什麼?你再說一遍，韓大人無事，爲什麼現在昏迷不醒？」

這時，其他醫生也站起來，七嘴八舌地同意老太醫的觀點。

蕭太后不解地問道：「既然韓大人無事，爲何剛才都閉口不言?」

老太醫見狀忙道：「可能大家同我一樣的想法，就是怕診斷錯了，誤了韓大人的性命，因而不敢說話。不過現在既然大家都這麼認爲，那看來韓大人眞的就沒有什麼事了。」

眾醫生齊聲點頭稱是。

喝下。

蕭太后看看這些人，心裡暗暗苦笑：你們這樣相互推托，可險些嚇死了我。

老太醫隨後給開了一劑鎮靜寧神的湯藥，囑咐蕭太后給韓德讓服用。

聽了太醫們的眾口一詞，蕭太后才把懸著的心又放回心窩。

到了傍晚，韓德讓終於醒了過來。

蕭太后細心地撫摸著韓德讓的臉，並親手把熬好的湯藥端到他的床頭，用湯匙一口口服侍他

韓德讓替蕭太后攏了攏蓬亂的頭髮，深情地看著她，愛憐地說道：「燕燕，這一回又讓你擔心了。」

蕭太后紅著眼圈，凝視著韓德讓那略帶滄桑的臉龐，動情地說：「德讓，你已經是快近五十歲的人了，千萬別像年輕人那樣率性遊獵了。你看看今天，萬一你有什麼閃失，你讓我可怎麼辦呀！」說著說著，眼淚竟從面頰上滾下，滴落在韓德讓的身上。

韓德讓怔怔地望著蕭太后，彷彿不認識她一樣。

在韓德讓的印象中，她還從來沒有如此感情脆弱的時候。一時之間，眼淚也從眼角流出。他摟著仍顯苗條的蕭太后，拭去她臉上的淚痕，低聲道：「好，燕燕，今後我一定小心。」

蕭太后撫著韓德讓頭上的傷口，輕聲問道：「德讓，還疼嗎？」

韓德讓故作輕鬆道：「剛才還疼，現在經你手一摸，就一點兒都不疼了。」

蕭太后被韓德讓的話逗得破涕而笑：「我的手比太醫的手還好使嗎？」她轉而又說：「這個

可恨的胡里室，竟敢縱馬衝撞你，我一定饒不了他。」

第二天，蕭綽召集朝會。

眾大臣接到朝會通知，一個個摸不著頭腦，不知出了什麼大事，都紛紛趕到皇宮中的元和殿。

來到殿上，只見蕭太后滿臉怒氣坐在龍座上，左邊坐著皇上耶律隆緒，右邊坐著頭纏繃帶的政事令、南院樞密使韓德讓，眾人不由得面面相覷。

蕭太后見人已來齊，陰沉著臉看了大家一遍，突然高聲道：「胡里室。」

「臣在。」胡里室什麼也沒有想，出班應道。

「你知罪嗎？」

「臣何罪之有？」胡里室奇怪地看看太后，又看看大家。

「你昨天縱馬將韓大人撞成這個樣子，還不知罪？」

胡里室這才明白蕭太后的意思。他爭辯道：「小人坐騎性烈，難於駕馭才衝撞了韓大人。這個小人知錯。可是韓大人也光顧騎馬看景，不小心才……」

「胡里室，分明是你有意而爲，你知不知道，朕正欲興兵伐宋，韓德讓是朕的股肱之臣。耶律于越大人（耶律休哥）有傷，朕正想以韓大人爲帥率軍出征，萬一韓大人有三長兩短，不能統軍，你知你該當何罪？」蕭太后氣憤地冷冷地說道。

「臣衝撞了韓大人是事實，可也並非故意，望太后明察。」胡里室繼續爭辯道。

「哼，不管你是不是故意而爲，衝撞了韓大人就罪不可赦。」蕭太后對胡里室的頂嘴非常反感，不禁怒道。

韓德讓見狀，急忙用眼神示意蕭太后，不要把事情鬧大。蕭太后裝作沒看見。

胡里室看出太后是要爲韓德讓報仇，也不顧場合，大喊道：「太后也不能因爲與韓德讓相好，就偏袒他。」

胡里室的話更加激怒了蕭太后，她拍案而起：「我知道你們對我與韓大人相好有意見。今天我就是想讓你們知道，今後誰衝撞了韓大人，就如同衝撞了朕一樣。來人，把胡里室給我拉下去，斬首示眾。」說著，眼睛從眾大臣的臉上逐一掃過，看得大家直感覺背後發涼，都低下了腦袋。

胡里室萬萬沒有想到竟落了一個殺頭的命運。這時他才感到害怕，大聲喊道：「太后、太后饒命！」韓德讓本來想起來說話，但見到蕭太后眼中的隱隱凶光，又坐了下來。

胡里室被拖了下去，他淒慘的叫喊聲迴盪在皇城內外。

43

一道傳遍遼境的詔旨讓所有的讀書人都欣喜若狂。一直苦讀不輟的高舉適逢其會，一舉中的，成為大遼歷史上的第一位狀元。

時間仍是西元九八八年（統和六年）的春季。

在遼國境內，不管是都邑城鎮，還是草原荒漠，都傳誦著一個令讀書人欣喜若狂的好消息：大遼至德孝昭聖天輔皇帝耶律隆緒和睿德神昭應運啓化承天皇太后發布詔諭，命令在大遼境內開辦科舉考試，不管契丹人還是漢人、奚人等，凡飽讀詩書者皆可參加。這個告示貼滿了城鎮的大街小巷。

原來，蕭太后攝政這些年來，在各地巡查監獄、審理獄訟的過程中，發現遼國的契丹族官員們辦事能力非常低下，文案工作也是程度非常之低。相反，一些漢族官員卻表現出良好的文化水平和較高的辦事能力。這一發現使蕭太后敏銳地感到，必須在大遼官吏之中充實漢人才有助於大遼國的政治統治，保證吏清民安。但是，遼國官吏中的漢人，有的是祖上有戰功，世代相襲而坐上官位，也有的是靠軍功或者契丹貴族提挈而爲官的。漢人爲官的數目是少之又少。而大批漢族文人流落於市井之間，空有一身學問、滿腔抱負卻得不到施展。因而，蕭太后與韓德讓、耶律隆緒商量後，決定仿效唐宋之制，實行科舉考試，開科取士，在全國招募選拔一批文才好、能力強的官吏。

蕭太后這一提議在朝會上一提出，立刻遭到了契丹元老、貴族、親王及大臣們的強烈反對。

國舅太師蕭闥覽首先跳出來喊道：「太后、皇上，這是萬萬不可的呀。太后，那漢人只是在家死讀詩書，而我契丹人長年沙場拚殺，哪有時間去讀那勞心費神的書本？如果興科舉考試，那麼考中的必然都將是漢人，那我們契丹人不就沒有活路了嗎？」

蕭太后沒有說話，而是看了看耶律隆緒。耶律隆緒想起了母親的囑咐，鼓了鼓勇氣，站起來大聲道：「蕭將軍此言差矣。在我大遼境內，無論契丹人還是漢人、奚人、渤海人，都是我大遼的子民，任何人只要有才華，都可以參加科舉，誰考中誰就登臺拜相。況且，我們契丹人應該既會上馬衝殺，也能博取功名，我們爲什麼害怕漢人奪了契丹人的飯碗呢？」

遼聖宗耶律隆緒的一番話說得蕭闥覽啞口無言。他氣哼哼地退了下去。

韓德讓看到耶律隆緒初露鋒芒，不由得衝蕭太后豎起了大拇指，點了點頭。蕭綽也微微地一笑。

這時，北院樞密使耶律斜軫出班奏道：

「太后、皇上，關於舉行科舉考試之事，微臣沒有意見，只不過我們契丹人與漢人之間確實存在著學問上的差異。我想請太后、皇上考慮一下，能否給契丹人一定的優待。比如說，讓契丹人與漢人分開考試，或者把契丹人的錄取標準降低一些，這樣使契丹人也會有機會考中科舉，同時也能刺激契丹人學習漢人的文化，不知可否？」

蕭太后聽了耶律斜軫這一番話，微微點頭說：「好，耶律大人此番話有一定道理，朕決定予以採納。其他人還有什麼意見，可以暢所欲言，朕不見怪。」

……………

經過一番激烈的爭論，遼國的文武群臣終於同意在全國開科取士。

很快，全國各地就張貼了這個通告。

這天，南京城中有名的才子高舉，仍舊沒有走出家門，而是在書房中高聲吟誦。

這時，書童高天來報：「先生，阮老爺和甘老爺來了。」高舉聞聽笑道：「這兩個活寶又來了，說我有請。」說完，搖頭晃腦地接著吟起詩來。

一會兒，門前傳來有節奏的腳步聲，還有說笑聲。

門邊探進一張圓圓的臉，然後像球一樣滾轉進來一個肥胖的身體，身後是一位身材高䠷又骨瘦如柴的文士打扮的人。

前面的胖子姓阮名學富，後面奇瘦的姓甘，叫甘才高。

甘、阮兩位文士手執摺扇，嬉笑道：「高兄又在讀那些無用的詩書。」

高舉聞聽不屑道：「讀書怎會無用？阮兄、甘兄忝爲讀書人，眞是羞煞孔老夫子了。」

阮學富聽得高舉如此譏諷，不覺滿臉漲紅道：「高兄，你學識淵博，我和甘兄不能和你相比。可是你讀了這麼多年書，人人都稱你是飽讀詩書的大才子，可是你又得到了什麼呢？有功名、有富貴嗎？在這蠻夷之地，我們讀書人是永無出頭之日的。」

甘才高也在旁邊附和道：「是呀，是呀，阮兄說得極是。我看這些詩書讀了也只是爛在肚子裡，高兄，還是和我們一起到酒樓喝酒去吧。咱們做個酒中仙，不再管這人間世俗事。不知意下如何呀？」

高舉仍然搖頭嘆道：「不然，不然，古聖先賢曾說：『書中自有顏如玉，書中自有黃金屋。』我以讀書爲第一要務，不可偏廢，二位仁兄不要再逼我了。」

阮學富譏誚道：「高兄苦讀詩書這麼多年，不知高兄所說的顏如玉、黃金屋究竟在哪裡呀！」

高舉不屑地說道：「盡在心中。」說完繼續搖頭晃腦地看起書來。

這時，門外又傳來急匆匆的跑步聲，一直跑到屋門前，跌跌撞撞地闖了進來。

高舉一看是書童高天，不悅道：「何事如此驚慌，阮老爺、甘老爺在此，豈不讓他們二位笑話於我？」

「先生……先生……」高天結結巴巴道，「老爺，剛才我聽路上行人正議論紛紛，說是皇上、皇太后詔告天下，要開科取士。」

「什麼？」高舉驚呆了，像不相信自己的耳朵一樣又反問道：「你再說一遍。」

「皇太后詔令天下，要開科取士了。」高天對著高舉的耳朵大聲說道。

高舉拽住高天，驚喜地問道：「高天，告示貼在哪裡？快帶我去看。」

說著，就拖著高天跑出了大門。阮學富和甘才高互相看了一眼，也緊緊尾隨其後。

在南京留守衙門旁的牆邊，聚集了許多人，正在那裡看著皇家告示。

高舉一改斯文的模樣，從人縫中間硬擠了進去。

只見衙門旁的粉壁上貼了一張四尺見方的告示，上面的墨跡還沒有乾透，旁邊一個文士打扮的讀書人正在小聲兒念著告示上的內容。

高舉瞪大了眼睛盯著眼前的布告，只見上面清楚地寫道：「詔告天下，今秋開科取士……」

高舉看罷告示，哈哈大笑道：「這回我們讀書人終於盼來出頭之時了。」他轉過身剛想回家，突然發現阮學富、甘才高也擠進了人群，正呆呆地看著告示發愣。

他輕輕拍了拍他們倆的肩頭，笑道：「阮兄、甘兄，怎麼樣？書中自有顏如玉，書中自有黃金屋。顏如玉、黃金屋就在這裡呀。」說著，他指了指貼在牆壁上的告示。

高舉的一番話說得阮、甘二人面紅耳赤，沒再吱聲。

高舉又拍了一下他們道：「阮兄、甘兄，我要回去讀書了，準備秋天赴上京趕考，不知兩位仁兄有何打算，肯否做伴同行？」

阮、甘二人如同大夢初醒一般，紛紛把手中的摺扇扔掉，抓住高舉高聲道：「高兄，我們一起跟你念書，秋天與你一起赴上京趕考，高兄你看如何？」

高舉哈哈笑道：「好，好，這才是讀書人嘛。」說著，三人一起走出人群。

阮學富笑著對高舉說：「高兄，盼了這麼多年，一旦高中，可千萬別忘了我們兄弟呀。」

甘才高也道：「是呀，是呀，高兄別忘了提攜我們。」

高舉又嬉笑道：「你們二位，阮兄是學富五車，甘兄是才高八斗，怎能談得上讓我提攜呢？

我還要請兩位仁兄多多提攜才是呀。」

他們三人向高舉家走去，身後留下一串爽朗的笑聲。

書童高天跟在後面，看著前邊形如瘋癲的三個人，也憋不住「噗嗤」地笑了起來。

經過半年埋頭苦讀，高舉、阮學富、甘才高三人結伴同行，趕赴上京應試科舉。

等到他們一行人風餐露宿趕到上京時，已經離開考時間只有六天了。

上京城裡熱鬧非凡，大街小巷來來往往的很多都是趕考書生。從服飾上看，有漢人、有契丹人，還有奚人和渤海人等，紛紛雜雜，把秋天的上京渲染得如同節日一般。

高舉他們想投店住宿，可是走了許多家客店都是客滿，原來早早被應考的文人們住滿了。

高舉看到這番情景，並未抱怨，嬉笑道：「看來皇太后這一舉措是上應天意、下順民心。這麼多書蟲兒憋足了勁，就等著這一天呢。」

甘才高苦笑道：「高兄，有什麼好高興的？應考的人這麼多，鬧得咱們都住不上旅店，哪還有心思說笑逗樂兒？」

高舉搖搖頭說：「沒事兒，我們慢慢找，必定會找到的。實在不行，我們也可找個寺廟暫棲，怎麼也不會讓才高八斗和學富五車的兩位仁兄露宿街頭呀！」

說話間，四人（他們帶著書童高天）走進一條小巷。眼尖的高天看到小巷盡頭掛了一盞紅燈籠，忙叫道：「三位先生，前面有家客店，咱們去看看吧。」

四人走到小店門口，見店老闆正在門口張望。高舉上前施禮：「請問老闆，可有空房？」

老闆打量了一下他們，爲難道：「空房倒有一間，但僅有兩張床，你們四人恐怕……」

阮學富忙道：「不怕，不怕，給我們再搭兩個便鋪，我們擠一下就可以。」

老闆見狀忙道：「那好吧，幾位是趕考的舉子吧，可是委屈你們了。」

甘才高道：「不怕，只要能住就行。」他抬眼看了看門楣上的店鋪招牌，衝著高舉說道：「高兄，你姓高名舉，店鋪名爲高升，看來你今年是必中無疑啊！」

第七天，遼國第一次科舉考試在上京正式舉行了。

此次科舉考試的內容由蕭太后欽定：一爲詞賦，二爲策論。

這兩場考試，高舉施展出了平生所學，把兩篇文章做得花團錦簇一般，自己翻來覆去看了數遍，覺得十分滿意，料想斷無不中之理。於是，高舉率先交卷，出了考場，其他考生還在那裡冥思苦想。

果然，到發榜的那一天，高舉名字赫然列在皇榜的首位，獨占鰲頭。阮學富和甘才高二人則名落孫山。

看完皇榜，高舉對阮、甘二人略帶歉意道：「二位兄長，你看看，咱們三人同來，只有我一人得中，讓我眞是於心不忍。」

阮學富大度地拍了拍高舉道：「高兄，這有什麼，你得中魁元，我們祝賀都來不及，還說這等喪氣話，我跟甘兄榜上無名，那是因爲學問不到家，這幾年不像你苦讀詩書，我們是飲酒作樂，致使學業荒廢了。如今，只要太后、皇上繼續開科考試，我和甘兄再回去伏案幾年，怎會再有不中之理？」

甘才高也在旁說道：「是呀，高兄，我和阮兄只要以你為榜樣，定能得中皇榜的，你就放心吧。」

一席話，說得三人都笑了起來。

第二天，蕭太后和皇上耶律隆緒在上京皇城的端拱殿宴請中榜進士，並舉行賜章服儀式。高舉及其他幾名中榜進士在掌管禮儀的敵烈麻都的引領下依次走入大殿。

高舉頭一次有機會進得皇宮，心中不免有些忐忑不安。他低著頭，按照敵烈麻都的指揮高聲道：「臣統和六年頭榜進士高舉叩見皇太后、皇上。」說完，他跪在丹陛之下叩了四個響頭。

這時，只聽丹陛之上傳來一個威嚴而又慈祥的聲音：「高狀元免禮平身。」

高舉聽到這溫和的聲音，緊張的內心慢慢平靜下來。他站起身，慢慢地抬起頭，打量著坐在龍座上的皇太后和皇上。

高舉看到，年已三十六歲的蕭太后風韻綽約，嫵媚動人，比二十多歲的女性更具成熟之美，更有魅力。他覺得蕭太后如此迷人，如此可愛，怎麼會令南朝漢人聞風喪膽呢？他心中暗暗生出了許多敬意。

見禮完畢，尚衣局奉御手捧進士冠服來到殿上，蕭太后和遼聖宗耶律隆緒走下龍座，親手把冠服遞給高舉等人。然後，高舉等人由太監引進章服所，換上了嶄新的進士服飾。

高舉他們再次上殿時，頓時大殿裡變得沸騰起來。大臣們看著進士們穿著大紅的進士服，都忍不住喝起采來。蕭太后看著這一切，也不由得微微地笑了。

隨後，賜宴開始，蕭太后、耶律隆緒及眾位大臣與進士們同席宴樂。只見觥籌交錯，笑語喧嘩，氣氛非常熱烈。

這次開科取士對大遼境內的各族書生產生了深遠影響，他們紛紛埋頭於書房之中，準備靠科舉來博取一世的功名。

這一消息不僅傳遍了遼國，而且還越過拒馬河，穿過雁門關，傳到了宋國境內。不少宋朝的進士聞聽此言，也怦然心動。

第二年（九八九）初春，竟然有宋國十七個進士攜家來歸。此舉不僅震動了遼國，更使宋國震動不已。這一回，大臣們才從心裡佩服蕭太后的遠見卓識。

蕭太后命令吏房承旨考對他們進行考核，其中成績優秀者補爲國學館學士。其他人也授予縣主簿、縣尉等官職。

44

延芳淀邊的獵鵝之舉被一場大水攪亂。面對衣不蔽體的災民，遼聖宗耶律隆緒若有所思。而畫眉郎冢前的觸景生情，卻又讓蕭太后不寒而慄。

西元九九四年（統和十二年）二月。

大遼國南京（北京市）延芳淀。

位於今北京東南郊方圓數百里的延芳淀，昔日是一個煙波浩渺、景色宜人的湖泊。岸邊柳絲如霧，蘆葦叢生，淀水清澈見底，水中魚蝦游弋，艇舸穿梭，一片繁忙景象。

從九八六年（統和四年）起，蕭太后及耶律隆緒就率領皇族大臣們到延芳淀數次遊獵。蕭太后還曾命令皇族們在延芳淀廬帳駐留。這樣，延芳淀就成爲大遼皇族遊幸的一個勝地。

然而今年，延芳淀卻失去了往日的美麗風光。

從去年開始，由於雨水連綿不絕，南京附近的桑乾河、羊馬河在居庸關以西泛濫成災，以致於奉聖州（今河北涿鹿）、南京兩地水灌全城，居民房屋多有倒塌，人民流離失所。今年春節剛過，天氣寒冷的南京又出人意料地爆發了一場洪水，使處於潮白河和高梁河之間的漷陰鎮（北京通縣）遭受了罕見的災難，三十多個村莊被洪水沖毀。這幾次洪水都流到了地勢低窪的延芳淀，使得原來風光秀美、宛如小家碧玉的延芳淀一改往日的溫柔，成爲一片汪洋。

三月六日，蕭太后和韓德讓及遼聖宗耶律隆緒一行人又來到了延芳淀，準備行獵遊樂一番。

他們首先登上晾鷹台。晾鷹台高達數丈，周圍有一頃之地，在晾鷹台的左側還有一座土台，叫呼鷹台。呼鷹台是鷹坊，專門設有官員掌管這裡的事務。在晾鷹台右側與呼鷹台遙相呼應的土台稱為放鷹台，高達一丈，周長二丈。當縱鷹行獵時，天上鷹擊長空，地上戰馬嘶鳴，滾滾的煙塵瀰漫中，禽飛獸走，帝王將相們縱橫馳騁。

然而，當他們向延芳淀極目遠眺時，卻發現寬闊的水面上並沒有期待已久的天鵝群，只有幾隻孤寂的水鳥，或在水上漂浮，或在天空翱翔，淒啞的鳴叫讓人心中暗暗發寒。

遼聖宗耶律隆緒看到延芳淀這副模樣，心中不免大為懊喪。本來興致勃勃地趕來，想縱放海東青獵殺天鵝，舉行天鵝宴。不料延芳淀成了這個樣子，怎不令人失望？

他看了看正在凝望著延芳淀而默不作聲的母后及韓德讓，以為他們也很失望，就建議道：「母后，韓叔叔，這裡看來是沒有什麼好玩的，咱們不如去長春州的魚兒濼釣魚如何？」

蕭太后和韓德讓仍然沒有作聲，只盯著延芳淀。

耶律隆緒以為他們對行獵天鵝之事仍不死心，就笑道：「母后，韓叔叔，別失望嘛，今天我們吃不上天鵝宴，還有來年嘛。等到明年，我一定給你們準備一席豐盛的天鵝宴，好不好？」

沉默許久的蕭太后忍不住回頭狠狠瞪了一眼耶律隆緒，怒道：

「吃，吃，吃，你除了吃還能知道什麼，皇帝難道就是這麼當的嗎？」

耶律隆緒被蕭太后怒罵搞得摸不著頭腦。他愣怔地問道：「母后，你怎麼啦？」

蕭太后這才發覺自己在侍衛面前有些失態，忙放緩了嚴厲的語氣，輕聲說：「皇上，你知道延芳淀今年爲什麼這麼大的水嗎？」

耶律隆緒想了想，說道：「昨天南京府不是報告說是漷陰鎭發洪水嗎？我想這一定是那裡的洪水流進來了。」

「對呀，那你聽一聽東邊傳來的聲音。」蕭太后接著說道。

耶律隆緒一臉的迷惑。他還是照著母后的吩咐做了。

他細聽了片刻，只覺得從東邊隨著風聲，傳來了隱隱的斷斷續續的哭聲。

耶律隆緒一下子明白母后爲什麼而發火了。他馬上說道：「母后，是哭聲，一定是受洪水之災的老百姓在哭。」

蕭太后仔細地打量了一下已經二十四歲的遼聖宗耶律隆緒，然後讚許地點點頭：「皇上，這就對了，你還能聽出這受災百姓的哭聲。別忘了，這些老百姓都是我們大遼國的子民，都是你皇上的子民，現在他們流離失所，衣食無著，飢寒交迫，你不覺得你做爲一個皇帝，應該做些什麼嗎？」蕭太后說完，就看著耶律隆緒如何動作。

耶律隆緒興奮道：「母后，你說的我都明白了。我現在就去那裡看一看。」說完，上馬就要帶著侍衛向東馳去。

蕭太后看了看這個知錯能改的兒子，讚許地對韓德讓說道：「德讓，怎麼樣，咱們陪皇上一起去吧。」

韓德讓在旁靜觀了一齣「三娘教子」的場面，此時聽蕭太后發問，不覺一笑道：「太后陛下眞是教子有方啊！好，咱們就一同前往。」

三人帶著侍衛、太監等一干人馬，很快就來到了水災過後的瀠陰鎭，看到此處慘景，都不由得驚呆了。

只見瀠陰鎭這一昔日繁華的城邑現已變得滿目瘡痍。鎭內房屋倒塌，差不多已經沒有一幢完整的房屋了。低窪處仍然存有積水，被水泡腫脹的死貓、死狗等擱淺在水窪中，散發出一陣陣難聞的惡臭。

耶律隆緒緊緊地捂住了口鼻，皺了一下眉頭，策馬進入鎭內。蕭太后和韓德讓也帶著侍衛隨後進鎭。

那些劫後餘生的人們看到一隊貴族大戶打扮的人進得鎭來，沒有絲毫的理會，仍舊哭嚎著，料理已經喪生的親人的屍體。

遼聖宗耶律隆緒、蕭太后和韓德讓這些早已看慣了戰場上血腥屠殺場面的人，也都不忍再看。

走著走著，突然前面又傳來撕心裂肺的哭聲。蕭太后發現，在一家殘破的門戶下面，有一個僅十餘歲的小女孩正拽著一個倒臥在地上的婦人屍體哭喊著：「娘，娘，你怎麼了？你快睜開眼睛啊。」那個婦人顯然已經死去多時。

身爲女人、母親的蕭太后，見衣著單薄的小女孩在料峭的寒風中瑟瑟的樣子，不由得起了惻隱之心。她跳下馬來，不顧孩子身上的污泥，把小女孩攬到自己懷中道：「小姑娘，你的家人呢，怎麼就只有你一個人了？」

小姑娘抬起滿是淚水的臉，看著這個陌生又慈祥的貴婦人，沙啞地哭道：「我爹前天晚上爲了救我跟我娘，給大水沖走了，現在我娘又死了，剩下我一個人該怎麼辦呀？」

蕭太后聞聽，鼻子一酸，兩行清淚流了下來。這時，耶律隆緒和韓德讓等人也早已下馬圍了上來。

耶律隆緒看著這個小女孩，不覺哽咽道：「小妹妹，你們家裡人都不在了，我們把你帶走好不好？」

小女孩用略帶驚恐的眼光看了看圍觀的眾人，看到蕭太后和韓德讓那慈祥的面容，看到蕭太后那期待的目光，她的心漸漸平靜下來。突然，她又看到地上的屍體，喊道：「娘呀，我不離開你。」又趴到屍體上痛哭起來。

蕭太后看了一眼耶律隆緒。耶律隆緒急忙過去輕輕地拽起小姑娘，拭去她臉上的淚痕，說道：「小妹妹，你娘已經死了，你還是跟我們走吧，要不然，你也會凍死餓死的。」

小姑娘這才真的相信她娘已經死了。她看了看耶律隆緒，點點頭說：「好，大哥哥，我跟你們走。」

耶律隆緒見狀，解下自己身上的貂裘，披在小姑娘身上，又把她抱上戰馬。然後，轉頭對隨侍在一旁的王繼恩道：「快帶幾個人把這位小姑娘的娘葬了。」王繼恩點點頭，帶著幾個侍衛忙碌去了。

走在回去的路上，大家想著剛才那一幕悲慘的景象，黯然不語。

蕭太后看著走在隊伍中沉默不語的耶律隆緒，早已不見了那無憂無慮的神情。他的眉頭緊鎖著，似乎在思考著什麼。不知不覺，蕭太后發現，自己的兒子眞的是長大了，也許他將來會成爲一個憂國憂民的好皇帝。蕭太后暗自在想。

回到延芳淀邊的行帳，耶律隆緒仍舊是悶悶不樂的樣子。蕭太后和韓德讓互相望了一眼，點了點頭。蕭太后上前拍了一下耶律隆緒，想把他從沉思中喚醒過來。

耶律隆緒知道母后有話要說，就抬起頭，靜靜地看著她。

蕭太后問道：「皇上，你看該怎麼辦？」

耶律隆緒想了想，說道：「母后，我看應該命令地方官開倉放糧，救濟一下這些可憐的災民。」

「還有呢？」

「還有？」耶律隆緒瞪大了眼睛，不解地問道。

「這幾年，南京東部地區接連發生洪水，你認爲是什麼原因？」蕭太后問道。

「啊，是這裡地勢太低，我可以命令地方官督修水利，疏浚舊有的河道，這樣再有洪水，老百姓就不用怕了。母后，你看怎麼樣？」耶律隆緒恍然答道。

蕭太后點點頭：「皇上，你想到這麼多，已經很不錯了。不過，我想這裡地勢太低，疏浚河道雖然也很不錯，但那也還是治標不治本，不如把這裡的百姓遷到地勢高的地方去，你說對不對？」

耶律隆緒沒有馬上回答，只點了點頭。

「另外，」蕭太后又提高聲音說道，「皇上，這種缺衣少糧的現象不僅僅只是在潞陰鎮有，每到春種時節，還有遭災之時，各地百姓的生活境況都非常淒慘。你命令南京開倉放糧，救濟災民，可這救不了其他地方的人。我看，不如詔令各地設立義倉，只要遇上災荒之年，就可令當地官員開倉賑濟災民。」

耶律隆緒聽了，不由兩眼發亮，高興道：「母后，這個主意不錯。我看，再把南京今年的錢糧賦稅全部蠲免了吧。」

蕭太后大喜道：「皇上，你終於能體諒百姓的疾苦了，將來一定能成爲一個好皇帝的。」

耶律隆緒點了點頭：「母后教誨，孩兒終生牢記。」

處理完這些事情，耶律隆緒忙著去召集地方官，下詔令執行下去了。

蕭太后感覺有些累了，就歪倒在大帳內的臥榻上。韓德讓剛才看著蕭太后訓子那一幕，沒發一言。這時他走過來，坐在蕭太后的身邊，攬住她的肩膀，梳理著她烏黑的長髮，輕聲道：「燕燕，爲了調教一個好皇上，這些年也眞是耗費了你不少的心血，我看將來皇上一定錯不了。」

「是啊，皇上這些年跟著我，我是操了不少心，皇上也比以前懂事多了。不過，他雖然已經二十四歲了，但畢竟還是一個孩子，玩心太重，我還是不放心把大權都交給他。再過幾年，等皇上眞的成熟了，那時我才能眞正地放心。」蕭太后語重心長地說道。

突然，蕭太后像想起了什麼似的，仰起臉，神秘地對韓德讓說道：

「德讓，我想帶你去一個地方，不知你知不知道？」

「什麼地方這麼神秘，你就說嘛。」韓德讓催促道。

「畫眉郎冢，不知你有沒有聽說過？」

「畫眉郎冢？」韓德讓嘴裡念叨著，不由得搖了搖頭。

蕭太后仔細打量了一下韓德讓，取笑道：「你一個漢人，竟然都不知畫眉郎，還不如我一契丹女子呢。」

「畫眉郎？畫眉郎？」韓德讓見蕭太后如此取笑，心有不甘，苦苦思索起來。

「對了，」韓德讓眼睛一亮，大聲說，「畫眉？你說的是不是漢代京兆尹張敞爲夫人畫眉之事？」

「嗯，」蕭太后點頭道，「你還算是學識淵博。」

「奇怪，《漢書》上不是說，張敞是河東平陽人嗎？他的墓怎麼會在這裡？」

「是呀，我也奇怪。不過我問了問周圍的百姓，他們都叫它『畫眉郎冢』，而且，墓碑上也確實寫著『漢京兆尹張敞之墓』。」蕭太后又說。

「如果確實如此，不妨前去瞻拜一下。」韓德讓頗爲欽佩這個爲夫人畫眉而棄高官的張敞，認爲他確實爲一大奇人！

於是，二人出了大帳，沒有帶一名侍從，騎馬並轡向南而行。

走了大約四五里路，就遠遠看到了一座大大的土冢，前面立有一塊石碑，上用漢隸書寫著「漢京兆尹張敞之墓」。

韓德讓和蕭太后遠遠地跳下馬來，走到近前，撫摸著殘破的石碑，又看了看左右橫倒豎歪如亂石般的神獸，自語道：「看來是漢墓，確實是畫眉郎冢啊。」

來過數次的蕭太后沒有如韓德讓那樣動情。她只是幽幽道：「也不知張敞的夫人葬在哪裡？難道張敞畫眉的那段佳話，就這樣讓黃土一坏給湮滅了嗎？」

韓德讓轉過頭來，若有所思地直視著蕭太后。良久，他才上前摟住她那依然纖細的腰肢，強顏作笑道：「燕燕，當我們也成黃土一坏時，也不知以後史學家該如何書寫我們這段姻緣，是佳話，還是……」韓德讓說不下去了。

蕭太后對韓德讓的這一番話沒有作絲毫反應。她只是看著眼前這一堆黃土，也沒說話。突然，她的身體像打了一個寒顫似的，在風中搖晃了一下。

蕭太后抬起了面色蒼白的臉，望著韓德讓，艱難地說道：「德讓，我想讓皇上把我和景宗皇帝的石像立在這延芳淀的邊上，和這畫眉郎冢在一起，你看行嗎？」說完，她怯怯地看著韓德讓。

韓德讓聽完她的這番話，臉頓時變得煞白。他用奇怪的眼光看著蕭太后，驚異、氣憤、失望的表情交替在臉上表現出來。

蕭太后避開了韓德讓那詢問的目光，低下了頭。

過了好長時間，韓德讓沙啞地說道：「燕燕，我明白你心裡的意思。這些年爲了跟我在一起，你心裡也夠苦的了。這麼做有你的道理，我不會有什麼意見。」

蕭太后抱住韓德讓哽咽道：「德讓，我知道你心裡不好受。唉，我也是沒有辦法，一想起秉筆直書的那些史官，我心裡就害怕。」

韓德讓緊緊地摟住蕭太后，不發一言，兩顆豆大的淚滴滾落臉頰。

澶淵盟約

45

一場噩夢讓蕭太后對戰爭的血腥感到厭惡。她開始慎重考慮遼宋和平的可能性。而「求和宜戰」卻又讓不想再動刀戈的她再次發兵南下。

西元一〇〇四年（統和二十二年）六月，炭山（河北沽源境內）。

一天的遊獵使已經四十九歲的蕭太后感到腰酸背痛。她躺在後山涼殿內的臥榻上，讓蓮哥給她按摩著。

好長時間，蕭太后才愜意地長嘆了一口氣，直起身子，感覺舒服多了。蓮哥停下手，靜靜地侍立一旁。

蕭太后抬起頭看著蓮哥道：「唉，想不到今天只行獵了一會兒就感覺身體受不了了，看來是真的老了。蓮哥，你看看你，鬢邊也有白髮了，這些年來，你隨侍在我身邊，眞是苦了你了。」

蓮哥聽了蕭太后這番話，眼圈不由自主地紅了。她抬頭看了蕭太后一眼，低聲道：「太后，能在您身邊侍候您，是我最大的幸福，怎麼能說是苦了我呢？倒是太后您，這幾年操勞過度，要比前幾年老了許多呢。」

蕭太后不願意聽「老」字，可她知道蓮哥講的都是眞情。她接過話茬兒：「蓮哥，是呀，這些年來，忙得我們都變老了。」說著，她慢慢地閉上眼睛，腦海中又浮現出這些年的一幕幕——

回想九九五年（統和十三年）和九九六年（統和十四年），蕭太后命耶律隆緒先後在延芳淀和乾州爲她和景宗皇帝樹立了石像，並詔令史館學士將實錄中所載的她和韓德讓之事儘量淡化。爲了讓後世史官筆下留情，她眞是絞盡腦汁，也不知留給後人的究竟是什麼樣的大遼皇太后。

九九八年（統和十六年）十二月，駐守南京因伐宋有功而冊封爲宋國王的耶律休哥因病身亡。從此，對宋南征的將帥中少了一位擎天玉柱。不得已，蕭太后讓耶律隆緒把他的弟弟耶律隆慶封爲梁國王，命他爲南京留守，負責對宋的防備。

九九九年（統和十七年），當蕭太后剛要再次舉國南伐時，北院樞密使魏王耶律斜軫突然病死軍中。耶律斜軫的死對蕭太后的打擊實在是太大了。國家失去了頂梁柱，她也失去了一位對自己忠心耿耿的心腹愛將。看了看其他人，再沒有誰像耶律斜軫這樣對她忠心、且具備經天緯地、獨當一面的才能之人。無奈之下，蕭太后不得不命令韓德讓以南院樞密使身分兼任北院樞密使之職，總理全國軍政事務。

不過，這場南伐戰爭還是順利的，先後攻克了狼山鎭、瀛州（河北河間）、樂壽（河北獻縣）等城，並俘獲了宋將康昭裔，封其爲昭順軍節度使。只是在攻遂城（河北遂州）時，碰上了楊無敵楊業的兒子楊延昭。本來小小遂城，兵微將寡，應該很容易攻克，沒想到楊延昭居然趁天寒地凍，以水澆城。冰凍遂城，使遼軍無法攻城，這令蕭太后心中留下了不少遺憾。無奈之下，遼軍只好將祁州、邢州、洛州、趙州及淄州、齊州等地暫時放棄。

一〇〇一年（統和十九年）四月，蕭太后任命韓德讓爲大丞相，並賜名爲「德昌」。十一月，總感到不甘心的蕭太后又一次發動南伐戰爭。開始雖然先敗宋軍於遂城，但大軍到了滿城，沒有想到夏天洪水形成的水窪地一上凍竟然變成了沼澤，大軍無法行動，於是不得不班師回國，無功而返。

蕭太后很失望，遼宋之間爭戰這麼多年，至今仍然是刀兵不息，到底是誰的錯呢？宋是想得到他們夢寐以求的幽雲十六州，我們則想奪回關（岐溝關）南十鎮。可是這幾次戰爭，宋什麼也沒有得到，而我們呢，也只是攻破了幾個城池，劫掠了一些金銀，到頭來仍然是竹籃打水──一場空，只留下殘屍累累，白骨遍地。對了，漢人王維那兩句詩怎麼說的：「醉臥沙場君莫笑，古來征戰幾人回。」想著想著，蕭太后彷彿聽到了一陣陣哭聲，恍惚之中又看到一隊隊身著孝服的契丹、漢、奚等族婦女攜兒帶女哭泣著向她走來，嘴裡喊著死去親人的名字……轉瞬間，那些戰死的遼兵、宋兵們竟然變成一個個面目猙獰的厲鬼，向她撲來……

驀地，蕭太后一聲大叫，從夢中驚醒過來，嚇得蓮哥趕緊走到床邊，叫著：「太后，太后，你怎麼啦？」門外守候的王繼恩也闖了進來。

蕭太后睜開眼睛，看了看身邊站著的蓮哥和王繼恩，才知道自己剛才是在夢中。她慢慢地回過神兒來，擦去額上的冷汗，拍了拍劇烈跳動的胸口。

蓮哥和王繼恩看太后沒什麼事了，就又退到一旁。

蕭太后卻沒有能靜下心來。她的眼前依然閃現著戰場上那軍兵廝殺的血腥場面，還有那些素衣白服的孤兒寡母，總是揮之不去。

蕭太后暗感奇怪。她想，今天我這是怎麼了？昔日戰場上躍馬衝殺，我尚且不怕，可現在卻又如此兒女情長，表現出久已不見的婦人之仁。看來這些年沙場征戰，血流成河，導致生靈塗炭，難道眞的是我太過分了嗎？難道眞的是應該息兵止戈，再修盟好嗎？那關南之地就眞的要不回來了嗎？想到這裡，她心中又開始暗暗嘀咕，今年秋天例行的南伐還要不要進行呢？對了，應該把德讓叫來，跟他好好商量一下。

於是，蕭太后叫王繼恩過來。

王繼恩聽到太后的召喚，急忙小跑著來到蕭太后床前，「太后，何事請吩咐。」

「請大丞相韓大人過來到我這裡議事。」

王繼恩答應一聲，跑了出去。

韓德讓雖然現在和蕭太后已經形同夫妻，出同車，臥同帳，食同席，但是作爲大丞相兼任南北院樞密使，必然有繁重不堪的政務需要處理，因而在捺鉢營地另外設有韓德讓的大帳。很快，韓德讓走進涼殿，坐到了蕭太后的身邊。蕭太后一揮手，蓮哥和王繼恩知趣地退了出去。

此時的韓德讓已近六十一歲了，蕭太后也已四十九歲了，兩人早已如恩愛夫妻一般，卻不像年輕情熱之時那麼迫切地需要房中之事。因此，韓德讓見蕭太后如此神秘，不由得非常詫異。

蕭太后見韓德讓如此表情，知道是他誤會了，便嫣然一笑，也不多加解釋。只是笑道：「德讓，你知道我找你來是爲了何事？」

韓德讓仔細打量了一下蕭太后臉上的表情，突然意識到自己錯了，遂尷尬地笑了，搖搖頭說：「燕燕，你想什麼，我怎麼會知道？還是不要賣關子，快說吧。」

忽然，蕭太后略顯遲疑了一下，她咬了咬嘴唇，沉思了一會兒，說道：「德讓，你知道我這一生最引為羞辱的一件事是什麼嗎？」

「羞辱之事？」韓德讓被蕭太后這一番話搞得丈二和尚摸不著頭腦，不禁有些茫然。他思考了半天，也沒有想出個所以然來。他抬起頭望著她道：「燕燕，你又在搞什麼名堂，哪有什麼事情讓你引為終身羞辱呢？」

蕭太后搖了搖頭，略帶傷感地說道：「那時，我認為只要遼宋和議成功，那就能永保邊境平安，誰曾想，趙光義竟挾平定太原之餘勇北伐幽燕。當時你還是南京留守，正受著圍城之難。我卻在上京，受到了一夥當初就不贊成和議的人的當面羞辱。一想起那個場面，眞的是讓我好難堪啊。」

此時，韓德讓才明白了蕭太后心中所指。他不禁釋然。突然，他心中一動，腦海中閃過一絲靈光，彷彿猜出了蕭太后心中正在想著什麼，但不敢確定，於是，就小心翼翼地問道：

「燕燕，你的意思是……？」

蕭太后沉吟了一下道：「那次講和，是我出的主意，卻遭到群臣恥笑。那次我確實失算了，所以這些年來，我屢次率軍南伐，就是想一雪前恥。可是，除了征征伐伐，打打殺殺，我們又得到了什麼呢？關南之地現在還在宋人手中，宋人惦記已久的幽雲十六州也沒有被奪去，我們卻失去了慘死沙場的將士們，令國內的孤兒寡母日益增多。剛才我還夢到了這些。我也感到有些疲憊了，德讓，你說我現在該怎麼辦？」

韓德讓抬頭望了望蕭太后，只見她滿臉的無奈，顏容枯槁，似乎突然間衰老了許多。韓德讓知道，這件事對她的打擊實在太大了。她眞的不知道自己做的是對還是錯。看來，她已經出現了選擇上的迷茫。韓德讓看著看著，不覺一陣心痛。但他知道，只有她自己才能把這個心結解開。

想到此處，韓德讓依舊小心翼翼地說：「燕燕，那你想怎麼辦？」

蕭太后低著頭慢慢地說道：「德讓，前幾年，宋朝數次遣使要求重建盟好，可我實在讓宋人那背信棄義的作法嚇怕了，總擔心又中了宋人的奸計，而且我又總想奪回關南之地，所以都讓我嚴辭拒絕了。可是現在，戰爭又打成這個模樣，宋與我大遼什麼都得不到，只是死了成千上萬的契丹人、漢人。那些人都是我大遼國的子民啊！現在靜下心來想一想，我又不知我過去對宋求和的拒絕是否錯了，錯過了最好的講和機會。遼宋之間的戰爭，我眞是打得太累了，老百姓也都累了。德讓，我想和宋講和，你看怎麼樣？」

終於，韓德讓等到蕭太后把她的心裡話說了出來。他並沒有急於回答她的問題，而是站起走到書案邊，又坐了下來，展開案上的宣紙，提筆蘸墨，在潔白的紙上寫下了「求和宜戰」四個字。

蕭太后見韓德讓沒有回答她的問題，反而有閒情逸致跑到那裡練字，心裡有點惱火。她快步走到書案前，剛想責問韓德讓，卻發現韓德讓寫的是「求和宜戰」四個字。她更是大爲詫異。

「怎麼，你還要我南伐？爲什麼只有再戰才能求和呢？」蕭太后不解地問道。

韓德讓看著蕭太后，微微笑了一下道：「燕燕，這就叫欲擒故縱，以退爲進。」

韓德讓的這番話，引起了蕭太后更大的興趣，她睜大了眼睛，看著韓德讓道：「欲擒故縱？這是什麼意思！」

韓德讓解釋道：「燕燕，宋國曾數次派人提出議和，說明他們對和議更爲急迫，而我們此時也有此意，照常理說，應該是雙方一拍即和之事。但是你別忘了，講和還有一個利益上的考慮，誰處於有利的地位，誰得到的利益就多。現在如果我們回應宋的講和提議，就會使我們喪失與宋人討價還價的餘地了。」

蕭太后靜靜地聽著韓德讓的話，仔細地品味著。

韓德讓停了一下，喝了一口茶，然後接著談道：「所以，我們不妨以打促談，再來一次南征，壓迫他們一下，迫使他們提出和議。這樣我們就可以處於有利地位，提出我們的條件。在大兵壓境之下，宋人有可能會屈服，更何況，如果這次南伐能趁機拿回關南之地，不是更好嗎？所以我認爲，不論將來是和還是戰，今年再次出兵南伐都是不可缺少的，因爲這將爲我們將來與宋的和談增添不可或缺的砝碼。」

蕭太后聽完了韓德讓的這番話，不禁陷入了深深的沉思之中。

46

遼軍的大舉南下，引起了宋朝眞宗皇帝趙恒的深深憂慮。而金陵（江蘇南京）和成都（屬四川），卻又讓他無從選擇。寇準語重心長的一席話，終於鼓起了趙恒北巡澶淵的勇氣。

一〇〇四年（遼統和二十二年，宋景德元年）十月，東京汴梁講武殿。

早在九九七年（至道三年）四月，宋太宗趙光義就已經駕崩，繼位的是他的第三個兒子趙恒，是爲眞宗。

十月的開封（屬河南），秋風正爽，空氣清新，景色宜人。

剛剛改了年號，想有一番大作爲的趙恒聽著殿內群臣們的爭論，坐在龍座上像熱鍋上的螞蟻一樣扭來扭去，顯得異常的煩躁不安。

原來，今年雖然也像往年一樣，嚴設秋防，阻止遼軍南下，但效果並不理想。這些年來，莫州刺史何承矩也利用雄州、莫州、霸州河網密布的特點，把種植水稻的水田和白洋淀、黑洋淀、蓮花淀等大小湖泊用溝渠及河流連爲一體，從淘河到泥姑海口，蜿蜒曲折上千餘里，並在沿河地段設置了二十八個水寨、一百二十五鋪，派十一名將領帶領三千名戍卒，乘百艘船隻來回巡邏，自以爲已成天險。但是萬萬沒有想到，花費了那麼多的心血，勞民傷財搞的這一套，卻形同虛設一般。

這次契丹人南侵，與往常有所不同，遼國的皇帝耶律隆緒與他的攝政母后蕭太后竟然親自披甲上陣，率領大軍三十萬人，接連突破順安軍（河北高陽），攻克遂城，然後駐守陽城淀，分兵出擊祁州（河北安國）、瀛州（河北河間），宋朝北部邊境一片風聲鶴唳，大有全線潰敗之勢。

所以，宋眞宗趙恒在接二連三接到雪片般的告急文書之後，急忙召集群臣上殿議事。群臣聽說遼軍進兵神速，兵鋒已進抵大名府（河北大名）附近，一個個驚慌失措，惴惴不安。大殿裡惶急的議論聲像蚊子嗡嗡一樣。

趙恒看到醜態畢露的群臣，不覺感到失望。本來是要他們幫朕來出謀劃策的，沒想到一個個竟然膽小如鼠。他又向群臣望去，想尋找新近提拔的同平章事寇準的身影，卻沒有看到。他不由得惱怒起來。國中如此大事，宰相卻不上朝。又聽說各地告急文書都發到寇準那裡，一天晚上就到了五封，他不呈給朕看，還整天飲酒宴樂，眞是太過分了。這一想，趙恒的臉色愈加難看起來。

這時，參知政事王欽若出班奏道：「陛下，此次契丹南下不比往年，兵強勢盛，涉險深入內地，看來其意圖並非擄掠財帛，而是要直趨開封，取我京師。」

王欽若此言一出，頓時吵鬧的金鑾殿變得鴉雀無聲，眾大臣直愣愣地瞅著眞宗皇帝趙恒，眼裡滿是乞求的目光。

這時，群臣裡有人帶著哭腔喊道：「陛下，我們還是跟遼國講和吧。」另有一些人也隨聲附和。

王欽若一聽，氣不打一處來，回頭厲聲道：「住口，我堂堂大宋，爲中華禮儀之邦，豈可屈尊向北虜求和？」

大家聽得王欽若此語，又都默不作聲了。

眞宗趙恒見王欽若如此說，便像抓住了救命稻草似的問：「那王愛卿有何良策？」

王欽若看了看大家，得意道：「我看陛下不如移駕金陵（江蘇南京），這樣遼軍見聖上遠走，再取東京已無益，就必然會像往年一樣，劫掠一番便北返而去。」

王欽若的話使大殿裡的群臣們一片嘩然。有人指責王欽若逃跑之舉，不如與遼講和，還可保持祖宗基業；有的罵王欽若是賣國賊。殿內正在吵鬧得不可開交之際，知樞密院事陳堯叟出班奏道：「陛下，臣以爲王大人此言差矣。」

群臣見陳堯叟出來奏事，不知他有何好計，就又靜了下來。

陳堯叟又向上一躬道：「陛下，臣以爲王大人所說契丹直趨開封的意圖是可能的，陛下千萬不能移駕金陵！」

「不讓我移駕金陵，難道讓我在開封等著遼軍屠城嗎？」趙恒厲聲道。

「不，不，陛下，你誤會臣的意思了。」陳堯叟急忙解釋道：「臣的意思是，金陵除了長江，沒有天險可守，而長江也並非不可逾越。一旦契丹人長驅直入，金陵也不能固若金湯。王大人是江南人，他的提議是有私心的。我久居四川天府之國，地勢險峻，難以逾越，我看陛下不如遷都成都，以避遼軍鋒芒。」

王欽若聽陳堯叟如此說法，惱羞成怒，和陳堯叟在金殿上當場爭執起來。

趙恒坐在龍座上，看到如此不堪入目的場面，氣得大叫道：「飯桶，都給我住嘴！朕叫你們出主意，除了講和就是遷都，你們還能不能給朕提點有骨氣的主張？」

群臣見皇上眞的發怒了，爭吵聲馬上停了下來，大家面面相覷，殿內一片沉寂。

宋眞宗看了看木偶般的群臣，氣得說不出話。

這時，從殿外走進來一個人。

趙恒一見，眼睛頓時一亮，叫道：「寇準寇愛卿，快給朕出一出主意。」說著一指王欽若和陳堯叟道：「他們一個讓朕去金陵，一個又讓朕去成都，可朕實在是不想離開開封，你看看能有什麼好辦法擊退遼軍？」

寇準聞言，冷冷地掃視了一下王欽若和陳堯叟，兩人一感受到這個目光，渾身打起哆嗦。

寇準奏道：「陛下，臣認爲應首先將出此策的二人斬首示眾，然後取二人之血塗於戰鼓之上，染紅陛下的大纛旗，再議北伐之事。」

王欽若聽得眞切，連恨帶嚇，用怨毒的眼光盯著寇準，陳堯叟則低下了頭。

寇準知道，主張遷都的王、陳二人氣焰被打消下去了，便微微一笑，說道：「像陛下這樣的神武英明，而且文臣武將又齊心協力，倘若陛下御駕親征，不出五日，敵軍還能不聞風逃遁嗎？即使不是這樣，我們也可以出奇兵打亂遼軍的進攻計劃，堅守城池，使敵軍士氣衰退。何況我方是以逸待勞，勝利必定在我們這一方，怎麼會想到丟掉祖宗的宗廟社稷而跑到金陵、成都去呢？」

趙恒聽了寇準這語重心長的一番話，不由得重重點了點頭。

寇準見皇上已經動心，就接著道：「陛下作爲大宋朝的萬民之首，一舉一動都牽繫著社稷的安危，如果陛下眞的要遷都，民心軍心也就必然會動搖，這時如果敵軍乘勢長驅直入，那天下也會丟掉的。」

寇準的一番話激蕩起宋眞宗趙恒心中的豪情。他大聲說道：「好，寇愛卿此言有理，朕意已定，決定親征，擊退遼軍。」

王欽若聽了皇上這番話，在班列中張了張嘴，剛要跨步出班。

他的這一舉動被寇準瞥個正著。寇準腦筋一轉，心知王欽若又要阻止皇上親征，便又說道：「陛下，臣還有一事請陛下裁決。」

趙恒已經決定親征，自然心中十分興奮，見寇準還有話要說，就親切地說道：「寇愛卿，有本請奏。」

王欽若見狀，就停住了腳步。

寇準奏道：「陛下，剛才接到戰報，現在遼軍前鋒已進抵天雄軍。天雄軍乃是一個重鎭，現在它已處於危急之中。如果陷落，那麼河朔這一塊地方就會成爲契丹人的勢力範圍，所以應該馬上派重兵良臣守衛。」

趙恒聽寇準談得如此危急，忙欠身問道：「那麼寇愛卿之意呢？」

寇準回頭看了看王欽若。王欽若見寇準那一抹詭秘的面容，心知不好，忙低下了頭，心中惴惴不安起來。

寇準又看了看趙恒，奏道：「陛下親征，當臣子的不能推託責任，參知政事王欽若王大人身爲國家重臣，應該能體會陛下親征的聖意，爲陛下分憂。因此，臣建議，可選派王大人即刻前往大名府，爲陛下戍守天雄軍。」

趙恒拍手道：「好，好，寇愛卿之言甚合朕意。」

王欽若見推辭不掉了，用怨毒的目光瞪了寇準一下，不得已接受了這個任命。就這樣，在不動聲色之中，寇準把準備阻止皇上親征前線的王欽若也支到前線去了。

47

與蕭太后南伐的遼軍一同南下的卻是王繼忠的一封求和信，是戰？是和？讓宋眞宗頗費思量。最後，在派出曹利用的同時，他也北上巡狩。然而，澶淵等待他的會是什麼呢？

蕭太后按照韓德讓爲她制定的「求和宜戰」的宗旨，決定在她有生之年進行最後一次征戰。針對蕭太后提出的迫宋求和的打算，韓德讓指出，派大軍深入宋境，不在兩國邊境作過多的糾纏，能打下城池就戰，打不下城池就繞城而過，大軍兵鋒直指宋朝東京開封（今屬河南），以求得城下之盟。

所以，從九月開始，蕭綽便命令契丹游騎紛紛渡過拒馬河南下，騷擾宋國邊境，迷惑人心，並試圖在宋軍苦心經營的防禦體系中，找出致命的弱點來。

（一〇〇四年十一月二日），在大遼國固安城南曠野上，正在舉行射鬼箭儀式。凜冽的寒風吹得戰旗呼喇喇作響。遼軍三十萬大兵排成一列列方陣，整個場面莊嚴肅穆，靜得沒有一絲聲響。只有軍兵手中的兵器在冬日陽光的照射下閃著慘淡的寒光。

在遼軍的南面豎了一根高大的木柱，上面綁著一名衣衫襤褸的漢人。

這時，「嗚」的一聲，沉悶的牛角號吹響了，「咚咚咚咚」，激昂振奮的戰鼓也敲響了，整個大軍發出低沉的呼喝聲。

遼聖宗耶律隆緒催馬衝出大陣，彎弓搭箭，一枝鳴鏑飛號箭帶著清脆的哨音，直向捆在木柱上的宋軍偵諜射去，正中前心，那名偵諜掙扎了片刻，最後痛苦地死去。

靜候的遼軍們紛紛舉起手中的武器，發出震耳欲聾的歡呼聲。

蕭太后看著意氣風發的耶律隆緒，發現他臉上的髫鬚早已茂密，表情也越發成熟和穩重了。哦，這時她才意識到，她的文殊奴（遼聖宗的小名）已經眞的長大了，已經成爲一個大人了。今年他該有三十四歲了吧，自己也攝政二十二年了。前幾年他還像個孩子似的貪玩，追求享福行樂，但是自從九九七年（統和十五年）九月在平地松林行獵時，自己告誡他「前聖有言，欲不可縱，吾兒爲天下主，馳騁田獵，萬一有銜橛之變，徒令朕擔憂，宜深戒之」的話以後，他變得沉穩了許多，不再縱欲享樂，而是把更多的精力投入到處理朝政之中。兒子現在是越來越成熟了。自己也老了，等這回議和之事結束，該是把權力交給文殊奴的時候了。蕭太后心中暗暗打定了這個主意。

大軍南下之後，蕭太后果然按照韓德讓的策劃，在邊境地界只作了騷擾性進攻，採取有利則取、無利則棄的原則，確保主力部隊直趨黃河邊上的澶淵（河南濮陽），大有直逼東京開封之勢。此外，在大軍壓境的同時，蕭太后還放出講和的試探空氣。完成這一任務的人選是千挑萬選之後才確定的人物——宋朝降將王繼忠。

王繼忠是開封人，父親王琉爲武騎都指揮使，因而在他六歲時就被授予東西班殿侍。當趙恒在藩邸中爲韓王時，他便隨侍在左右。因爲他忠厚老實而深得趙恒信任。趙恒即位以後，他升遷甚快，直至高陽關副都部署，後來又任定州副都部署。

去年（一〇〇三年，統和二十一年），遼軍數萬騎兵南伐至望都，王繼忠與大將王超及桑贊等領兵前往增援。進抵康村時，兩軍遭遇，展開激戰，從太陽偏西一直打到後半夜，不分勝負。第二天天明，又戰，因爲王繼忠軍隊在東側，逐漸地被遼軍乘勢包圍，與其他兩路宋軍失去聯絡。遼軍見王繼忠身穿官服，便重點圍攻，緊追不捨，沿著西山向北而去。在白城附近，王繼忠被遼國南府宰相耶律奴瓜和南京統軍使蕭撻凜俘獲。

蕭太后得知此事，又了解他的經歷，知道將來一定會有大用，就苦口婆心地勸王繼忠歸降。王繼忠一方面不想死，另一方面又爲蕭太后禮賢下士所感化，所以順水推舟便降順了遼國，還成爲蕭太后身邊一員得力的戰將。

當蕭太后和韓德讓商量由誰出任與宋朝皇帝溝通聯絡的信使時，自然就想起了王繼忠。於是，王繼忠當仁不讓地擔當起了這一重任。

在蕭太后發兵南征的同時，王繼忠按蕭太后的旨意，草擬了一封請和之書，派信使李興送給莫州部署石普，請他轉遞給宋朝皇上趙恒，要求遼宋議和。

十二月十日。

宋眞宗趙恒正要按寇準的計議，準備北上巡狩澶淵。忽然接到莫州部署石普轉送的王繼忠草擬的遼國要求議和的書信。趙恒原以爲王繼忠早已經不在人世了，萬萬沒有想到他現在竟然還活著，而且在遼國爲將，不由得非常驚異。

不過趙恒接到這封信，更感驚異的是，契丹人竟然要與宋重修和好之盟。其實趙恒內心裡也希望宋遼兩國能止戈息戰，永締盟約，因爲自從他即位以後，對宋遼兩國之間每年例行公事般的征伐也感到厭煩了。況且，國內還不斷地出現反叛。前不久，四川的王均叛亂，就攪得他寢食不安。而宋遼之戰卻久拖不決，只能消耗更多的人力和物力。因此，他早就盼望著能有一個和平的外部環境，從而集中精力來治理國內紛亂的事務。所以，王繼忠的這一提議，正中其下懷。於是，趙恒在詔諭王繼忠的密詔中說：「朕並不想窮兵黷武，只希望兩國能停止戰爭，如果能議和盟好，自然會派使臣前去議決。」

隨後，趙恒命樞密院選派能夠出使遼營的使者。

很快，樞密使王繼英上殿，身後跟了一位殿前承旨服飾打扮的人。

趙恒一見，問王繼英道：「你說的就是他？他叫什麼名字？」

王繼英身後之人趨前跪倒，大聲奏道：「微臣殿前承旨曹利用叩見陛下。」

「哦，」趙恒聞聽驚訝道，「還挺硬氣的，你知道這回挑你去幹什麼嗎？」

「微臣知道，是出使遼營，決議盟好之事。」曹利用爽快答道。

「那你，不知道出使遼營會有性命危險嗎？」趙恒頗有興趣地看著這個年輕人，含著笑問道。

曹利用見皇上如此發問，也不顧君臣禮儀，站起來，拍著胸脯，慷慨地說道：「陛下，臣知其危險，但不入虎穴，焉得虎子？爲了避免百姓生靈塗炭，不再受戰爭之苦，我情願替陛下分憂，冒死趕赴敵營。」

趙恒見曹利用如此忠勇，心中大喜道：「朕得卿如此赤膽忠心之士，當慰平生矣。不過，此次前去遼營，絕非令卿赴死，只是與遼講和。今遼軍南下，不是求地，便是索財，但關南之地歸我大宋久矣，不能再讓契丹人拿走，而自漢代則有賜金銀玉帛給匈奴單于的先例，所以，我想不妨給他們一些金銀財帛，作為講和的條件。」

曹利用氣憤地說道：「如果契丹人有無理要求，臣一定效仿前朝辛仲甫大人，絕不生還見陛下。」

趙恒喜道：「說得好！朕命你為閤門只侯，崇儀副使，奉詔出使遼營。」

在派走曹利用後，趙恒心中一片釋然，以為宋遼和議即將大功告成。

然而，蕭太后並不像趙恒想得那麼簡單。她命王繼忠發出求和信號的同時，為了在談判上增加己方討價還價的砝碼，並沒有放鬆軍事上的打擊力度，遼軍先後在祁州、洺州大敗宋軍，遼東京留守蕭排押還俘獲了宋魏府官吏田逢吉、郭守榮、常顯、劉綽等人，緊接著大破德清軍。十二月下旬，遼軍大舉進抵澶淵北城。

當黃河以北各路告急文書如雪片般飛來時，趙恒才知道，遼軍並沒有停止進攻步伐，而是繼續南下。於是，他在倉促之中決定繼續實現他的北巡澶淵之舉。

趙恒命令山南東道節度使、同平章事李繼隆為駕前東面排陣使，武寧軍節度使、同平章事石保吉為駕前西面排陣使，將相一概從征。雍王趙元份為東京留守，大軍浩浩蕩蕩向北進發。當時，正值朔風凜冽、天氣嚴寒之時，趙恒身邊的侍臣呈上貂衣皮帽。趙恒看了看衣著單薄的將士們說道：「現在將士臣子都甘受寒冷，朕怎能獨自披裘衣戴皮帽呢？」於是堅決不用。隨行的將士們聽說了這件事，無不感動，都決心拚死殺敵，以報皇恩。大軍的行進步伐也越加迅速了。

但是，到了澶州以後，在近臣的鼓噪和挑唆下，趙恒對駕臨澶淵之事又猶疑起來。不得已，他又急召寇準進入行帳。

寇準見趙恒又猶疑動心，便慨然道：「陛下此時的一舉一動都關係著天下社稷的安危，現在更不能猶豫，只能向前進一尺，而不能向後退縮半寸。現今河北各路大軍，聽說陛下要親征澶淵，無不士氣高漲，大家都正在盼著陛下的鑾駕早日到達呢。如果此時陛下向南回鑾數步，那就會讓前方將士們大失所望，士氣會頓時瓦解。那時敵軍就會順勢來攻，眾將士奔逃還來不及，怎能保著陛下去金陵呢？萬望陛下深思。」

趙恒聽了寇準這一番話，覺得很有道理，但心中對親臨前敵還是有些恐懼。於是，他對寇準說道：「你先退下去吧，讓朕靜下心來好好想一想。」

寇準沒有想到，在如此緊要的關頭，皇上還如此舉棋不定，就惱怒地退了下來。正巧，碰上了殿前都指揮使高瓊，他一把抓住高瓊問道：「高老將軍，你受國家如此厚恩，要拿什麼報答呢？」

高瓊慷慨答道：「願為國家拚死效力。」

於是，寇準又帶著高瓊二次進帳，對趙恒道：「皇上，你剛才對我的話不以為然，那麼就聽一聽高將軍的吧。」

趙恒抬頭看了看高瓊。只聽高瓊大聲說道：「陛下，寇大人所言極是。陛下應立即起駕前往澶淵，這樣必會激發軍士們的鬥志，也一定會擊敗南侵的遼軍。」

寇準見皇上已經動搖，忙趁熱打鐵道：「陛下此刻應該速下決心，即刻起駕北上，那我們就一定會擊敗遼軍的。」

在寇準和高瓊的極力勸說下，趙恒終於不再猶疑徬徨了。他下定了決心，命令大隊人馬即刻向澶淵進發。

趙恒車駕及儀仗渡過黃河，抵達澶淵北城。當代表皇帝身分的巨大黃龍旗在澶淵北城的門樓上升起的時候，在澶淵城內外的宋軍將士們一齊歡呼萬歲，因為他們看見了黃龍旗，知道是皇帝親臨前線督戰來了。一陣陣聲雄氣壯的「萬歲、萬萬歲」的高呼聲，直傳出數十里遠，傳到了遼軍的大營之中。

48

蕭太后沒有想到，爲了求和之舉的遼軍南下，卻折損了心愛的大將，且關南之地仍爲畫餅。三十萬的歲幣，成就了澶淵之盟，也成就了遼宋的百年和平。

此時此刻，在遼軍的大本營中，卻是另一番情形。

一〇〇四年（統和二十二年）底，當蕭太后率領大軍進抵澶淵城下之時，遼軍先鋒蕭撻凜主動請纓，要求率一小隊騎兵前去查看一下宋軍的城防情況。蕭太后對蕭撻凜此舉大爲讚賞，同意了他的要求。

於是，蕭撻凜率數十名遼軍，縱馬向澶淵城下馳去。

在蕭撻凜前往澶淵的必經之路上，正趕上李繼隆手下的威虎軍頭領張環率領士兵在路上設置床子弩。

床子弩是宋軍極爲重要的遠射兵器，即將弩固定在床形木架上，一張床弩可裝數支弓弩，用數人、數十人甚至上百人絞動軸輪，使弩張開，然後在弩上置有十數甚至數十支箭，最後用錘子砸斷軸牙，使箭射出。可想而知，它的殺傷力是極爲強勁的。

當蕭撻凜率遼軍騎兵出現在張環的視線裡時，張環顯得極爲興奮，他已經盯上了縱馬馳騁在前面、身披黃袍的蕭撻凜。他在心中暗想，這一定是一名大官，嗨，該著你小子命不好，撞到我的槍口上了，我就拿你的血來祭一祭這件新傢伙。

在張環旁邊的士兵也屛住呼吸，等待著。張環目測著與蕭撻凜之間的距離，低聲數著「四百步、三百步、二百步、一百步」，眼見距離越來越近了，甚至連蕭撻凜臉上的鬍鬚都能看得一清二楚，張環只覺著全身的熱血都湧到了臉上，興奮地喊道：「放！」

只聽「卡」地一聲，床子弩上的軸牙被軍兵手中的銅錘砸開，早已蓄滿了勁的數十支弩箭「嗖、嗖、嗖」像箭雨似的向蕭撻凜和其他遼兵射去。

蕭撻凜正縱馬向前飛奔，當他發現箭支挾著呼嘯聲飛到跟前的時候，已經來不及躲避了，他甚至都沒來得及喊出聲來，就栽倒馬下，其他一些遼兵也紛紛落馬。

後面的遼兵見蕭撻凜栽下馬來，知道前有伏兵，急忙把蕭撻凜搭在馬背上，回頭向北跑去。

張環當時沒有想到，他射中的竟是遼軍先鋒統帥蕭撻凜，等他知道的時候，戰爭已經結束了。張環的這一箭，對於戰事的及早結束以及澶淵之盟的簽訂都起了巨大作用。

蕭太后看著躺在床榻上、渾身被射得像隻刺蝟的蕭撻凜，簡直不敢相信自己的眼睛。她又伸手觸摸了一下蕭撻凜身體。早已凍僵的屍體使蕭太后確認，蕭撻凜已經戰死了。

蕭撻凜是蕭太后極爲寵信的愛將。這些年來，他爲大遼國東征西殺立下了無數的汗馬功勞。本來，蕭太后是想把這場戰爭作爲結束遼宋爭端的閉幕式。但她萬萬沒有想到，自己的愛將會在這場戰爭中殞命沙場！這對她的打擊是不可言喻的。

蕭太后呆呆地盯著蕭撻凜的軀體，突然發現，竟然有一支箭從蕭撻凜的面門射進，從後腦穿出。蕭撻凜如此悲慘的死相，激起了蕭太后內心的憤怒。她的眼中，漸漸蓄滿了凶狠的目光。

旁邊靜默無聲的韓德讓見蕭太后有些失態，急忙拽了一下她的衣角，把她引到一邊。

蕭太后看看韓德讓，不解地問道：「德讓，你怎麼了！」

韓德讓沉吟了一下，說道：「燕燕，你是不是想血洗澶淵城，爲蕭將軍報仇？」

「對呀，蕭將軍死得這麼慘，我一定要攻破澶淵城，屠城爲蕭將軍雪恨。」蕭太后狠狠地說道。

「燕燕，你忘了這次南伐的初衷是什麼了嗎？」韓德讓反問道。

韓德讓的這句話提醒了蕭太后，使她激動的情緒慢慢平靜下來。

她問韓德讓：「德讓，那蕭將軍這個仇，咱們就不報了嗎？」

韓德讓苦口婆心地勸道：「燕燕，我和你一樣，也想爲蕭將軍報仇，也爲蕭將軍的慘死感到難過。但是，你要知道，如果我們再與宋軍激戰，那就會有成千上萬的契丹人、漢人、奚人等，和蕭將軍一樣，又戰死沙場，遼宋永結盟好的計劃也就不能實現了，而百姓們又將深受戰爭之苦。燕燕，這些後果，你可要想清楚呀。」

蕭太后聽了韓德讓的這番話，不禁默然了，渴望復仇的熱血逐漸地冷卻下來。但是，她仍不甘心地反問道：「德讓，難道這個仇，眞的就不報了嗎？」

韓德讓看著蕭太后，苦笑著搖了搖頭：「燕燕，我何嘗不想爲蕭將軍復仇？可是，要復仇，就必然開戰，而開戰，則又將社稷百姓拖入無窮無盡的痛苦深淵。然而，不和宋再戰，則可以達成和議，那就會給社稷百姓帶來無邊福祉。孰輕孰重，你還分不出來嗎？」

蕭太后沉思了良久，最後長嘆一口氣，仍舊不甘心地反問道：「難道這件事就這樣了了嗎？」然後，她話鋒一轉，又道：「我要為蕭將軍舉喪，全軍掛孝。」

韓德讓急道：「燕燕，不可。」

蕭太后見韓德讓又橫加阻攔，不由得又氣惱又奇怪。她看著韓德讓問道：「德讓，你今天怎麼了？為什麼又阻止我？」

韓德讓無奈地搖搖頭道：「燕燕，蕭將軍陣亡之事，還不能傳揚出去，一是會損我大遼士氣，二是反揚了宋軍威風。所以，這幾天我們應該嚴密封鎖消息，裝作什麼事情也沒有發生。非但如此，還要擺出一副攻城的樣子。等到和議一成，我們再為蕭將軍發喪，你看怎麼樣？」

韓德讓的這一番話終於說服了蕭太后。她深情地看著韓德讓，見他這些天操勞得鬢邊又添了幾根白髮，十分愛憐地說：「德讓，你看看我，一遇到大事就穩不住陣腳，幸虧有你在身邊，幫我謀劃，否則險些釀成大錯。這些天，你又見老了許多。」

西元一〇〇五年（統和二十三年）一月八日，大宋負責與遼講和的閤門只侯、崇儀副使曹利用幾經周折，終於來到了澶淵城外的遼軍大營。

曹利用在營門前通報了姓名身分之後，很快就從遼營裡馳出一匹快馬來到營前。曹利用仔細一瞧，見馬上戰將正是王繼忠，忙一拱手道：「王將軍，別來無恙乎？」王繼忠羞紅著臉，跳下馬來，也拱手還禮。

在王繼忠的帶領下，曹利用走進營門。這時，他看到通往大帳的道路兩旁排列的遼兵都已把刀槍交叉架在了一起，形成了獨特的刀槍甬道陣。王繼忠尷尬地指了指刀槍陣，說道：「曹大人，要不咱們換一條路？」

曹利用不屑道：「這有何懼怕？」說著，昂首挺胸向刀槍陣走去。曹利用所到之處，只聽「噼嚓、噼嚓」一陣陣亂響，架在頭上的刀槍紛紛移開。曹利用面不改色，氣不長喘，一直走到蕭太后的大帳之前。

此時，蕭太后和韓德讓正一起坐在大帳前的駝車上等待著。當蕭太后遠遠地看到曹利用不避刀槍、鎮定自若地走過來時，內心裡不禁暗暗讚道：「好一個不怕死的使臣，又是一個辛仲甫啊！」想到這裡，她不禁暗暗地搖搖頭。看來，這場和談不是那麼容易的。

蕭太后和韓德讓高高地坐在駝車上，遼聖宗耶律隆緒坐在一旁，而給曹利用在車下設置了一個座位。

曹利用見此安排，知道蕭太后是想在氣勢上壓倒他。但他不動聲色地坐到了座位上。蕭太后一見曹利用此舉，不由得從內心裡又暗暗讚嘆：「能屈能伸，眞大丈夫也。」

王繼忠見狀，忙在一旁介紹道：「坐在駝車之上的，是我大遼承天皇太后和大丞相韓德讓大人，旁邊的則是我大遼昭聖皇帝。」

曹利用抬起頭來，仔細打量了一番蕭太后和韓德讓，心中暗想：「早就聽說，遼國太后與一漢人大臣私通，原來就是這個了。」但他看出，兩人神色莊重，並不似一般奸佞之人。他心中恍然，看來，韓德讓並非如傳言那樣專以辟陽之幸得寵，而是遼國太后的得力助手。想到這裡，他心中的鄙夷之感盡去。

在曹利用打量著蕭太后和韓德讓的同時，蕭太后也正在打量著曹利用，雙方都久久不開口說話。終於，還是蕭太后忍不住先開口道：「曹使臣，聽說此次出使，是你自薦前來的。難道你就不怕有生命危險嗎？」

曹利用微微一笑道：「太后，兩國相爭，不斬來使，這個傳統，想必太后會知道的。況且，我相信太后是一位重信守諾之人，當不會失信於天下人吧。」

曹利用的這一番話，說得蕭太后頓時滿臉通紅，不由得暗讚道：「好一個牙尖嘴利之人。」她立即話鋒一轉，責備道：「你們漢人講重信守諾，那為何在我大遼保寧年間，景宗皇帝與宋修好並訂立保寧和約，你宋國卻違約，伐我屬國北漢，又對我大遼渝盟背信，攻我幽雲十六州呢？從此導致兩國交惡，兵連禍結，征伐不斷，使兩國百姓生靈塗炭。曹使臣，這又作何解釋？」

曹利用見蕭太后問得如此尖刻，不由得咽了一口唾沫，鎮靜一下心神，然後說道：「太后陛下，皇帝陛下，我國皇帝派我前來，正是要表明我朝與遼和好之意，而我太宗皇帝征伐北漢，是上應天意下順民心，與貴國無涉，只是由於貴國出兵干涉，才導致了保寧和約的破裂，從此兩國不復修好。今天我朝皇上體念天下眾生樂業安居之願，想與貴國重修前盟，永結盟好。」

蕭太后見曹利用不卑不亢，反應如此敏捷，便就勢說道：「重修前盟，永世諧好都可以，只是希望貴國能歸還我關南之地。」

「關南之地久為我大宋領土，那裡的百姓也俱為我大宋子民，豈能輕易拱手讓人？我此次前來，只是負責通達資訊，還請太后派一使臣同我一道回澶淵，面見我朝皇帝，以輸和好之意。」

蕭太后見此次和談必然無果，沉思了半晌，又看了看韓德讓。韓德讓點了點頭。

「好，飛龍使韓杞。」

「臣在。」

「朕命你爲使宋之臣，隨宋使持國書一同赴澶淵城面見宋帝，以達朕意。」

一月十三日，澶淵城外遼軍大營。

正在大營內忙碌的兵將們突然見剛才還晴朗的天空變得昏暗起來。有人以爲要下雪了，就向天上望去，發現剛才還明艷艷的太陽正在逐漸被黑暗吞噬——日食出現了。

「不好了，太陽要不見了。」很快，這個可怕的消息傳遍了遼軍大營。作爲一個奉太陽爲自己神明的民族，太陽的消失，不就昭示著滅頂之災即將來臨嗎？

於是，大營裡所有人都停止了手中的活計，全部席地背日而坐，等待著他們心中的神明復出。

好長時間，太陽才又恢復了它原有的光芒和艷麗。所有的人又面向太陽，頂禮膜拜，慶祝神明的重新誕生。

這一切結束以後，蕭太后憂心忡忡對韓德讓說道：「德讓，這一回突發日食，攪得人心不安，軍無鬥志，看來此次征戰，眞的是該以和爲上，趁早班師，如果宋軍乘勢來攻，那我軍必遭大敗。」

韓德讓點頭道：「是呀，前幾天蕭撻凜將軍陣亡之事，雖然極力封鎖，但現在還是走漏了風聲，不少軍兵都知道了此事，銳氣大減，軍心已經浮動。這又趕上今天發生日食，必定會導致人心大亂。所以我們要抓緊時間，力促和談儘早成功。」

蕭太后重重地點了點頭。

一月十八日，曹利用帶著趙恒的詔旨，又一次來到了遼軍大營。

蕭太后見曹利用再次前來，知道兩國盟好成功與否，就在此一舉。

「曹使臣，後晉石敬瑭仰慕我大遼國威隆盛，特將關南之地贈予我國。如今兩國重修和約，應該將關南之地還給我們了。」蕭太后平靜地說道。

曹利用道：「後晉朝將土地贈與貴國，但關南之地卻是周朝世宗奪過來，我大宋朝並不曉得此事，也不必管這些事。不過，要是需要我們拿出一些金帛之資作為軍費，我朝皇帝倒是可以酌情考慮。至於要求歸還關南之地，我朝是萬萬不會同意的。」

遼國在一旁陪同談判的政事舍人高正始見狀，站起來大聲嚷道：「不還地絕對不行，我國經年累月歷次出兵，就是為了收復關南舊地。如果不能收復失地，只得一些金銀財帛回去，那我們如何向國人交代？」

「高大人應該為貴國仔細打算一下，如果太后及皇上聽信你的話，那麼，恐怕我們宋遼兩國又要兵連禍結，紛爭不斷，這樣下去，未必會對你們遼國有利吧？」曹利用機警地說道。

高正始猛地「嗆啷」一聲拔出腰刀，厲聲說：「如果不答應還地，那貴使可就走不出這間大帳一步了。」

曹利用見狀，哈哈大笑道：「我曹某人今天來到你們這裡，早已經把生死置之度外了。但是關南之地是不會還的。」

在旁一直不動聲色的蕭太后見高壓手段不能使曹利用屈服，知道奪回關南之地已是無望，便轉而開始謀求多要一些金銀財帛。

於是，蕭太后喝道：「高大人，不要對使臣無理。」然後又微笑著問曹利用：「那不知貴國皇帝每年能拿出多少財帛送給我大遼？」

曹利用見蕭太后如此發問，想起了這次出使前寇準對自己的囑咐。

在這次將要出使之前，眞宗皇上召自己去議定賠款數量，曾許諾准賠款至百萬之數。可在下殿時，突然被寇準大人攔住。

「陛下答應給遼人多少金帛？」寇準冷冷地問道。

曹利用聽著寇準那含著殺機的問話，渾身哆嗦了一下。忙答道：「皇上說，可以每年給一百萬。」

「一百萬？」寇準不滿道：「你一定要記住，雖然皇上答應給一百萬，但是，你一定要限制在三十萬以內！如果你超出這個數，那就別怪我寇準不認識你曹大人了。」

想到這裡，曹利用定了定神，伸出了兩根手指道：「二十萬。」

「二十萬？」蕭綽嗤笑道：「這也太少了。貴使是不是存心不想議和成功呢？」

曹利用想起皇上那企盼議和成功的神情，耳邊又響起了寇準那冷峻的警告，不由得咬了咬牙，斬釘截鐵道：「三十萬，我朝最多只能給三十萬。如果太后還不滿意，那我曹利用唯有以死報國了，兩國也只有靠武力拚個死活！」

蕭太后見曹利用那副視死如歸的模樣，知道已經沒有討價還價的餘地了。於是她無奈地點頭道：「好，三十萬就三十萬吧。」

一月二十五日，宋眞宗趙恒派遣李繼昌爲正式使者，前往遼軍大營簽訂和約。協定規定：「兩國休兵終時，邊界如舊，兩國人戶不得交侵；兩國城池可以修繕，但不得再增築城堡，不得更改河道；若有盜賊逋逃，彼此不得單方收留和匿藏；宋廷每年向遼輸奉白銀十萬兩，絹二十萬匹；宋朝皇帝趙恒尊蕭太后爲叔母，遼皇帝耶律隆緒尊宋皇帝趙恒爲兄。這便是歷史上著名的「澶淵之盟」。

第二天，蕭太后詔令諸軍解嚴，隨後班師。因韓德讓策劃的和談有功，特賜其爲王爵，賜國姓耶律，從齊王徙爵爲晉王。

一月二十七日，宋帝趙恒移駕離開澶淵，回鑾東京開封。

一〇〇五年（統和二十三年）二月十六日，蕭太后、遼聖宗耶律隆緒和韓德讓率大軍回到南京。

這樣，籠罩在澶淵城上空的戰雲終於消散，宋遼兩國開始了近百年的和好時期。

還政歸天

49

攝政二十七載後，蕭太后在兒子的柴冊禮上親手點燃了火把，交出了自己的權力。在南行途中，一代女主溘然長世，結束了富有傳奇色彩的一生。

遼宋和議訂立以後，蕭太后總算是去了一塊心病，宋遼兩國終於可以和平相處，安居樂業了。

外患既除，蕭太后便開始考慮該在一個適當的時候，把手中的政權、軍權儘快交給兒子耶律隆緒，完成自己的攝政生涯。

於是，蕭太后在與韓德讓商量後，開始有目的的把一些權力逐步移交給遼聖宗耶律隆緒。耶律隆緒在處理政務時，顯示出了卓越的才能。經過數次考察，蕭太后和韓德讓非常滿意，覺得耶律隆緒完全可以勝任，定能成爲一個好皇帝。於是，他們決定，把軍政大權完全移交給耶律隆緒。

一〇〇九年（統和二十七年）十一月二十日。

在上京臨潢府（內蒙古巴林左旗林東鎮）東門外的空地上面，面向東方搭建了一座柴冊殿和祭壇。祭壇是用木材搭成，一共分三級，上面堆積了厚厚的薪柴，殿上鋪著百尺長的龍紋方茵地毯。

今天，在這裡將要舉行耶律隆緒的柴冊典禮，也就是說，蕭太后準備在萬眾矚目之下，將大遼國的皇權全部轉交給耶律隆緒。

當太陽從東方地平線上透出來第一束霞光的時候，柴冊殿的周圍已經聚集了四百多名文武官員和各部落首領。

卯時正刻一到，蕭太后、韓德讓、耶律隆緒等人來到柴冊殿旁。

在柴冊殿旁，早已預先搭造好一間「再生室」。首先皇帝應該先舉行「再生禮」，然後再受「柴冊儀」。

只見一個契丹老婦手執酒盅酒壺，一名老叟手持弓箭立於再生室外，耶律隆緒走進再生室，裡面早已有一名童子和一名接生婆在那裡等候。

那名小童見耶律隆緒進來，忙爲他解衣脫靴，然後領著他到室內東南倒置的三根岐木邊繞行三次。接生婆雙手合十，口中念念有詞。並在耶律隆緒身邊擺動拂塵，表示爲他拭去灰塵之意。然後，耶律隆緒按接生婆的安排，躺在了岐木旁邊的地毯上，站在門口旁的老叟邊用弓敲擊箭袋，邊高聲宣布：「生男矣，生男矣。」這時，帳內的接生婆用絲巾蓋上耶律隆緒的頭，然後頭蒙絲巾的耶律隆緒走出再生室。接生婆從老婦手中接過酒，呈給耶律隆緒，耶律隆緒掀下頭上的絲巾，接酒一飲而盡。圍觀的文武群臣齊聲歡呼起來，再生禮完畢。

然後，在各部落首領的陪同下，耶律隆緒登上柴冊殿，面向東方跪拜，行祭日禮。

緊接著，該舉行皇帝策馬儀了。群臣見皇太后親自牽馬並扶耶律隆緒上馬，都不禁低聲驚呼起來。本來，這個儀式是應由國舅族中的長老來完成的。今天，皇太后親自爲皇上牽馬執鐙，顯見太后是要把大權交給皇帝，因而群臣不自覺地驚呼起來。

耶律隆緒策馬奔馳了起來。忽然，奔馬停住了腳步，只見耶律隆緒在馬背上搖晃了幾下，跌落下來。觀禮的群臣這回沒有驚呼，卻齊聲喝起采來。原來，這是柴冊禮中必須履行的儀式，耶律隆緒是故意從馬上掉下來的。

這時，蕭太后上前，把一塊氈毯蓋在耶律隆緒的身上，並高聲宣布：「皇上已經成人，朕決定，今日將軍國大權全部移交皇上。自今日起，朕將永居後宮，不問國事。」

耶律隆緒也從地上站起來道：「今日母后決定將大權交給我，但現在我伯叔尚在，應該選賢者即位。而我才疏學淺，不堪此任，望大家另行推選。」

這時，群臣齊聲跪拜道：「陛下英明有爲，我們都願意服從，不敢存有異心。」

耶律隆緒高興地點頭道：「好，那我就賞功罰過，希望大家不要心存怨恨。」

聽著群臣們「唯皇帝之命是從」的喊聲在草原上迴盪，蕭太后、耶律隆緒和韓德讓都滿意地點著頭。

在接受完南北府宰相率領群臣的晉賀後，耶律隆緒又接受了象徵皇帝權力和尊嚴的玉璽和寶冊。然後開始舉行了最後的燔柴祀天儀式。

柴壇上的御帳、氈毯早已被禮官們撤去，並澆上了助燃的油脂。蕭太后和耶律隆緒並肩來到祭壇前。

蕭太后接過禮官遞過來的一個象徵權力的火把，然後親手將它點燃。

蕭太后看著熊熊燃燒的火把，感到有些痴迷——自己的生命被這象徵權力的火把燃燒了近四十餘年，今天終於要將它交給自己的兒子了，心中多少有些許失落。但她想到，自己已實現了早年立志振興大遼國的宿願，又將一個蓬勃中興的國家託付給了令自己放心的兒子，她感到快慰。想著想著，眼角不由自主地沁出了晶瑩的淚花。

良久，蕭太后才從沉思中回到現實，把火把高高地擎起，遞給耶律隆緒，高聲道：「請陛下燔柴祭天。」

耶律隆緒恭恭敬敬地接了過來，將火把向柴壇伸了過去，只聽「呼」的一聲，火焰在柴壇上升騰而起，借助風力，在層層的火柴間竄躍著。濃密的青煙裊裊地升上了半空。

柴冊儀的結束，標誌著蕭太后已經完成了權力移交工作，她終於可以身心放鬆地休息了。

十二月二十三日，蕭太后與耶律隆緒相偕南行，準備再去一次大遼國的南京。走到途中，蕭太后突然病倒，臥床不起。

十二月二十九日，蕭太后不幸逝世，享年五十七歲。臨死之前，她仍死死地抓住韓德讓的手不放。

西元一〇一〇年（統和二十八年）五月三十一日，耶律隆緒將蕭太后葬在景宗皇帝的乾陵。同日，賜名大丞相韓德讓爲耶律隆運。

第二年（統和二十九年）四月二十三日，韓德讓病死。

蕭綽和韓德讓兩人雖然生同衾，但死卻不能同穴。這一結局，是蕭綽太后生前預料到的。但也許，兩人的在天之靈還會纏綿在一起。

韓德讓（韓德昌、耶律隆運）一生沒有子嗣，而蕭綽（蕭燕燕、蕭太后、雅雅克）卻給她那當皇帝的丈夫遼景宗耶律賢生下了四男三女七個孩子，依次是：長女耶律觀音女，長子耶律隆緒（即遼聖宗），次子耶律隆慶，次女耶律長壽女，三女耶律延壽女，三子耶律隆重祐，四子耶律韓八。其中四子耶律韓八僅活八個月就夭折了。其餘六兄弟姐妹都長大成人。

在蒼茫無際的大草原上，永遠流傳著蕭太后的神奇傳說。

唐魯孫先生作品集

老古董　　唐魯孫著　　定價$200

編號：01040001

本書專講掌故軼聞，作者對滿族清宮大內的事物如數家珍，而大半是親身的經歷，所以把來龍去脈說得詳詳細細，本書除有歷史、古物、民俗、掌故、趣味等多方面的價值外，最重要是可導引起中老年人的無窮回憶與增加青年人無限的知識。

酸甜苦辣鹹　　唐魯孫著　　定價$220

編號：01040002

民以食爲天，吃是文化，是學問也是藝術，本書作者是滿洲世家，精於飲饌，自號饞人，是有名的美食家，又作者足跡遊遍大江南北，對南北口味烹調，有極細緻的描寫，有極在行的評議，本書看的你流口水，愈看愈想看，是美食家、烹飪家、主婦、專家學生及大眾最好的讀物。

大雜燴　　唐魯孫著　　定價$200

編號：01040003

作者滿清皇族，是珍妃的姪孫，是旗人中的奇人，自小遊遍天下，看的多吃的也多，所寫有關掌故、多是親身經歷「景」「味」逼真，有民俗、有典故、既說菸、話茶也談酒，本書集掌故，飲饌於一書「大雜燴」。

南北看　　唐魯孫著　　定價$200

編號：01040004

作者出身名門，平生閱歷之豐，見聞之廣，海內少有。本書自劊子手看到小鳳仙，衙門裡的老夫子看到盧燕之母，大江南北、古今文物，少好男兒、奇女子，異人異事...一一呈現眼前，是一部中國近代史的通俗演義。

中國吃　　唐魯孫著　　定價$200

編號：01040005

本書寫的是中國人的吃，及吃的深厚文化，書中除了談吃以外並談酒與酒文化、談喝茶、談香煙與抽煙，文中一段與幽默大師林語堂先生一夕談煙，精彩絕倫不容錯過。

什錦拼盤　　唐魯孫著　　定價$200

編號：01040006

本書內容包羅萬象，除談吃以外從尙方寶劍談到王命旗牌，談名片、 談風箏、談黃曆、談人蔘、談滿漢全席……，文中作者並對數度造訪的泰京「曼谷」不管是食、衣、住、行各方面均有詳細的描述。

說東道西　　唐魯孫著　　定價$220

編號：01040007

本書收錄雜文名家唐魯孫先生近作，共分四輯：

輯一美味珍饈：收錄了作者最擅長的美食文章，包括多種米麵主食，海陸大菜，還有醬菜、飲料，簡直是豐盛的一頓大餐，看了讓人食指大動。

輯二故人軼事：作者侃侃而談民國初年文壇、影壇、菊壇之名人軼事，讓人心生懷舊之情。

輯三風俗掌故：從磕頭談到打花會，讓人增廣見聞，懂事不少。

輯四說東道西：收錄了作者對東西文化的見聞觀感，從中國民間藝術到美埠，文走筆間，都讓人體會到作者生命的熱情與厚度。

天下味　　唐魯孫著　　定價$220

編號：01040008

內容簡介：本書共分三輯

輯一北方味　：蒐羅了作者對故都北平的懷念之作，除了淸宮建築、宮廷生活及宮廷飲食介紹外，對平民生活的詳盡描述，也引人入勝。

輯二山珍海味：收錄作者對蛇、火腿、肴肉等山珍，及蟹類、台灣海鮮等海味的介紹，除了令人垂涎的美味，還有豐富的常識與掌故。

輯三煙酒味　：作者暢談煙酒的歷史與品味方法，充分展現其博學多聞的風範。此外另收(香水瑣聞)與(印泥)兩文，也是增廣見聞的好文章。

老鄉親

唐魯孫著　定價$200

編號：01040009

唐魯孫先生的幽默，常在文章中表露無遺，本書中也隱約可見其對一朝代沒落所發抒舊情舊景的感懷，無論是談吃、談古、談閒情皆是如此；但其憂心固有文化的消失殆盡，在在流露出中國文人的胸襟氣度。

故園情（上）

唐魯孫著　定價$180

編號：01040010

凡喜念舊者都是生活細膩的觀察者，才能對往事如數家珍。故園情上冊有唐魯孫先生的記趣與評論，舉凡社會的怪現像，名人軼事、對藝術的關懷，或是說一段觀氣見鬼的驚奇，皆能鞭辟入裡栩栩如生

故園情（下）

唐魯孫著　定價$180

編號：01040011

喜歡吃的人很多，但能寫得有色有香有味的實在不多，尤其還能寫出典故來，更是難能可貴。唐魯孫先生寫的吃食卻能夠獨出一格，不僅鮮活了饕餮模樣，更把師傅秘而不傳的手藝公諸同好與大家分享

唐魯孫談吃

唐魯孫著　定價$180

編號：01040012

美食專家唐魯孫先生，不但嗜吃會吃也能吃，無論是大餐廳的華筵餕餘，或是夜市路邊攤的小吃，他都能品其精華，食其精髓。本書所撰除了大陸各省的佳肴，更有台灣本土的美味，讓人看了垂涎欲滴。

吃的藝術

劉　枋著　定價$200

編號：01040013

吃的藝術是劉枋女士用散文寫的食譜，文筆流暢雋永，以慧心、啓發性及千變萬化的創意寫出本書。『民以食爲天』，蘇東坡有『東坡食譜』袁子才有『隨園食譜』。吃得好是學問也是藝術，本書不僅豐富您的吃，也豐富您的生活意境。

吃的藝術（續集）

劉　坊著　定價$200

編號：01040014

能吃是天生，會吃須有生活體驗，會吃的人懂得選館子，劉枋女士繼吃的藝術後又一佳作，經由行家指點平淡也會變美味。

京都八年　　姚巧梅著　　定價$180

編號：01040015

留學京都八年的姚巧梅寫她在日本第一古都—「京都」所遭遇過的人，經歷過的事。作者把「京都」視為第二故鄉，京都可以說是她青春的整頁，人生最美好的黃金歲月都在京都度過，對於京都的愛與戀，深深烙印在這本文集中的每一頁、每一行、每一字，本書是作者深入觀察、體驗日本社會後的結晶。

閒話愛情　　殷登國著　　定價$180

編號：01040016

哪個少男不多情？哪個少女不懷春？可是，問世間情是何物？卻教人惘然茫然。從永遠的初戀到失戀、殉情，從紅粉知己到情婦、情敵，十九帖愛情閒話，一百則愛情故事，為您解析愛情的真相，告訴您情場得意的秘訣。

飲食男女　　殷登國著　　定價$200

編號：01040017

聖人說：「飲食男女，人之大欲存焉。」可是，對這些與生俱來的大欲，你又了解多少？還是只能憑本能胡亂去滿足它？你可知為何古話說「從來酒色不分家」？你可知如何吃得四十歲還是一尾活龍？你是否對男人言行舉止間的矛盾不一感到迷惑？你是否常嘆最難捉摸女人心？本書作者從飲、食、男、女四個不同角度，剖析飲食男女間錯綜複雜而又相輔相成的關係。

老北京人的生活　　峯孟陽·張洪杰著　　定價$220

編號：01040018

你無須擔心古老北京的消逝，本書蒐集了 86 幅老照片，生動又清晰，精彩而珍貴，《老北京人的生活》圖文並茂，不但讓閱讀的人切身感受那東方古都特有的風韻，也讓人幾乎能耳聞那巷弄胡同裏吆喝的聲音。古老的北京不會消逝，他將永遠活在人們的記憶深處。

清宮奇后--大玉兒　　胡長青著　　定價$199

編號：01080001　　ISBN：957-8290-33-0

奪嫡、爭位、科爾沁草原的美貌公主一躍成爲至高無上的皇太后，然而卻危機四伏。爲了兒子江山穩固，她不得不下嫁小叔多爾袞，又設計除去多爾袞，輔佐幼兒親政，本可以高枕無憂，永享榮華，可是兒子廢皇后，娶兄弟之妻，欲出家爲僧，令她數臨困境。她中年喪子，扶持幼孫，擒鰲拜，平三籓，經歷了人生的大榮大辱，大喜大悲，走過了曲折離奇而又成功輝煌的一生。

漢宮艷后—衛子夫　　張雲風著　　定價$199

編號：01080002　　ISBN：9578290438

她有傾國傾城之美色，使漢武帝爲之傾倒，也使衛氏家族橫空出世，這裡有衛青爲漢朝開拓疆土的壯闊場面，也有衛子夫令漢武帝銷魂的長夜。

唐宮驕女—太平公主　　畢寶魁著　　定價$199

編號：01060003　　ISBN：9578290470

她是唐高宗與武則天愛情的結晶，也稱鎮國太平公主，在政治上賣官鬻爵，在性愛上追求刺激，將眾男子玩於股掌之上。然而由於權力與欲望過度膨脹陷入了萬　劫不復的深淵。

秦宮花后一趙姣娥　　張雲風著　　定價$199

編號：01060005　　ISBN：9578290527

她從趙國的妓女成爲呂不韋的愛妾，再到秦太子異人的妃子，直至秦國王后，最後由於性愛的膨脹而走進人生的深淵。

如何購買大地叢書

書店實施「零庫存」，各出版社又不斷有新書出版，在書店有限的空間裡，無法保證不斷貨，如果您在書店找不到某一本想購買的書，還有以下方法可以找到你想要的書。

1. 只要您記得作者與書名，向書店訂購，書店會給您滿意的答覆。
2. 如果書店的服務人員對你說「書已斷版」或「賣完了」您可打電話到本社。

   TEL：（02）2627-7749 或

   FAX：（02）2627-0895 查詢。
3. 用劃撥方式函購，劃撥帳號： 0019252-9，戶名：大地出版社
4. 大台北地區讀者，如一次購買二十本以上，本社請專人送到府上，且有折扣優待。
5. 本社圖書目錄函索即寄。

國家圖書館出版品預行編目資料

遼宮雄后：蕭燕燕 / 趙強,鄭軍著. -- 一版.
-- 臺北市：大地, 2001〔民 90〕
面； 公分. --(歷史小說；4)（中國后
妃公主傳奇；4）

ISBN 957-8290-53-5 (平裝).

857.7 90018776

遼宮雄后－蕭燕燕

歷史小說 04

著　　者：趙強・鄭軍 合著
創 辦 人：姚宜瑛
發 行 人：吳錫清
主　　編：陳玟玟
校　　對：陳淑侖

出 版 者：大地出版社
社　　址：台北市內湖區內湖路二段 103 巷 104 號
劃撥帳號：0019252－9(戶名：大地出版社)
電　　話：（02）2627－7749
傳　　真：（02）2627－0895
e -mail ：vastplai@ms45.hinet.net

印 刷 者：久裕印刷股份有限公司
一版一刷：2001 年 12 月
定　　價：199 元

Printed in Taiwan

大地 大地 大地 大地 大地 大地 大地

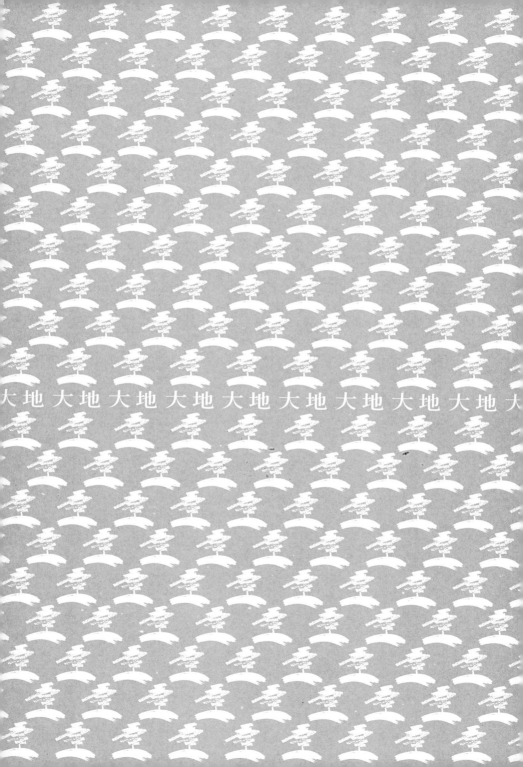